「ま、待ってください……っ!!」
っと来い!」
公爵令嬢
ミモザ・サザンクロス
第二王子
アルコル・アウストラリス

「どうかした？」
「……何でも、ありません……」
二の句が告げなくなるのは何度目だろう。
ミモザはしがみついたまま、当分戻ってきそうもない
平静に向かって必死に呼び声を上げていた。
アルコルに負われて学園へ戻ったミモザは、
森の入り口に待機していたスピカに抱きつかれ、
わんわんと泣かれた。

森の中だというのに、アルコルの背中はあまり揺れなかった。
痩せたとは言っても、その腕も背中も逞しくて、
いつの間にか男の人なんだなと思ったら羞恥が一気に襲ってきた。
乙女すぎる己の感想に追い討ちをかけられ、
ミモザは思わず「うぅ」と呻き声をあげその肩に顔を埋めた。

「……女の子を泣かせるなんて、最低ねアル」
第一王女
タニア・アウストラリス
伯爵令息
メグレズ・デルタ

お母様の言うとおり！

ふみ
Illustration 黒裄

一迅社ノベルス

CONTENTS

プロローグ

『いいミモザ。決して目立たず、騒がず、慎《つつ》ましく。人に優しく生きるのよ』

自分の中で一番古い記憶といえばこの一言につきる。

物心ついた頃から、母にずっと聞かされ続けていた言葉だ。あの頃はその言葉の意味を全て理解していたわけではないけれど、母のあまりに必死な様子に、幼心にとても大事なことなのだろうと思ったのは覚えている。

『ここは乙女ゲーム〝星の天使と七人の騎士〟の世界なの。そして貴女《あなた》はそのゲームに出てくるヒロインである星の天使……ではなく、そのヒロインの恋路を邪魔する魔性の赤き流れ星、悪役令嬢ミモザ・サザンクロスなのよ!!』

そして続いた言葉にすぐに前言撤回したくなったことも覚えているし、やはり正直今でも理解できない。自分の娘を魔性呼ばわりってどうなんだろうと、思い出すたび苦笑いがこみあげてくる。

母と同じ色の温度の高いオレンジがかった炎を写し取ったような赤い髪。肌は白いのに血色の良い頬、新緑を写し取ったかのような若葉色の瞳という容姿は、美しいかどうかは自分ではわからないが未来を想像させる片鱗《へんりん》はあるのだろう。

『将来、貴女は性格さいっっ……あくな第二王子の婚約者にさせられ、意地悪な継母《ままはは》とその娘に苛《いじ》められ……!!　苦しみ、悲しみ、傷つき……そして僻《ひが》み、妬《ねた》み、嫉《そね》みから、皆に愛されるヒロインを苛めに苛め抜く悪役令嬢となってしまうのよ……!!』

「なんてこと……!!」と、三つをようやく越えたばかりの娘の前で身を捩《よじ》らせる様は、侯爵夫人としてはかなり残念だった。

『私には前世の記憶があるの』

母は自分を『転生者』と称した。転生者とは、前世の記憶を持ったまま新しい生を受けた者。

『私だってこの見た目と能力を生かして、チートな転生ライフ……ドキドキ学園生活や甘酸っぱいアオハルを送りたかったわ……だってあのミモザ・サザンクロスの母なのよ！　一人の子持ちの今でさえ美女なのよ!?　若い頃は絶対にすごい美少女だったに決まってるじゃない!!』

しかし母が前世を思い出したのは、残念ながら陣痛の真っ最中という最悪なタイミングであったという。

『前世で命を落とした後、気がついたら体を襲う気が遠くなりそうなほどの激痛……朦朧《もうろう》とした頭で今の自分の境遇と立ち位置を理解した瞬間に絶望したわ……前世で何のために死んだのか、今まで生きてきた私は何だったのか……わからなくなって……けど、けどね、十時間以上の難産の末、生まれた貴女を初めて抱っこした時思ったの』

ぎゅっと抱きしめられて、その腕の温かさに反射のように抱き返す。

『なんて可愛《かわい》いんだろうって……あぁきっと今の私は貴女のために……貴女に会うために生まれ変わったんだと思った』

手を伸ばせば無条件に与えられる温かい腕が、どれほど尊いものなのか。幼い自分はまだ知らなかった。

『近い将来、私は貴女を残して死ぬわ』

前世での死を自覚してすぐに、また今世でも死を迎えなければならないと知った母の苦悩はどれほどのものだったのだろう。滲《にじ》む視界に映る自分と同じ赤く柔らかい髪をくしゃりと握りしめる。かろうじいて理解できたのはいつか母が自分を残していなくなってしまうということだけだった。

『ミモザにはたくさん幸せになってもらいたいの。けれどこのままじゃ貴女はいつか道を踏み外してしまう……時間がないの……だから』

ドキドキやらアオハルやら、よくわからない単語を鼻息荒く力説する姿は本当に残念なくらい淑女からは程遠かったけれど。

『今日から特訓よ！　目指せ！　叩《たた》き折れ死亡フラグ‼』

拳を突き上げ優しく笑う母は、誰よりも、この世の何よりも優しくて綺麗《きれい》だと思った。

✦母の教え その一

「立てば風景、座れば空気、歩く姿は壁の花」

ミモザの母は「転生者」だった。

母のいた世界では「異世界転生」や「乙女ゲーム転生」など、転生者を主人公とした色々な物語があったらしい。その中でも「乙女ゲーム」というのは、主人公が攻略対象の見目麗しい男性達と恋に落ちる物語の絵巻のようなもので。「女子なら誰でも一度は妄想しちゃうわよね〜」と、頬を染めてクネクネと気味悪く身を捩《よじ》っていたのが憧れの乙女ゲーム転生を果たした母である。

物語の主要人物でないとはいえ、美しい姿で見事憧れの転生を果たしたのに、中身がこんなに軽くていいのだろうかと、その様子を見たミモザは幼心に疑問に思ったものだった。

〝星の天使と七人の騎士〟というゲームは、ミモザ達が暮らすアウストラリス王国にある、国立魔法学園ルミナスが舞台だ。ルミナスは身分に関係なく魔力を持つ者全員が就学を義務づけられている学園で、攻略対象も王族から庶民まで身分が様々ある。

希少な光魔法を持つヒロインは学園へ入学し、伝承の天使の生まれ変わりであると見出《みいだ》されて、七騎士と呼ばれる攻略対象達と協力し、冥王の復活を阻止して世界を救うといったストーリーだ。

この世界には魔法があり、登場人物達はそれぞれ属性を持っている。もちろん、ゲームの中の悪役令嬢であるミモザも同じだ。陣痛の最中、母はここが〝星の天使と七人の騎士〟の世界であること、そして自分が悪役令嬢ミモザ・サザンクロスの母親であることに気がついた。前世で小説やゲームが好きだった母は例にも漏れずこの乙女ゲームをプレイしており、この先起こりうること、すなわち未来を知っているのだとミモザに言った。

『はっきり言うと……このままだと貴女《あなた》は将来悪いことをして処刑されてしまうかもしれないの』

びしりと指を突きつけ宣言する母に、ミモザは何も返事ができなかった。

『貴女が変わらなければ、きっと物語は筋書きどおりになってしまう……けれどそんなことはさせないわ！　私が前世を思い出したのはきっとそのためよ!!』

転生者にも種類があり、母のように生涯の過程で前世を思い出す者もいれば、生まれつきその記憶を有している者もいるらしい。ただ、彼らには一つだけ〝特別な能力〟を授かっているという共通点があった。

前世の知識を生かして新しいものを生み出したり、その〝特別な能力〟によって時代の寵児《ちょうじ》となったり。有り様は個々によって様々だが、その能力は血縁者に受け継がれるものと見られていたため、権力者や野心家がこぞって希少な転生者を求める傾向にあった。

母の場合、前世を思い出したのが既に成人を過ぎ、あまつ出産という有事であったこともあって、誰も母が転生者として覚醒したことに気づかなかったのだという。そして母はこれ幸いにと自分が転生者であることを隠蔽した。何故《なぜ》なら母の能力は特殊で、人の精神に影響を与える力を持っていたからだった。

『思考制限……えぇと、物事を考えることができないようにしたり、記憶を消したり……ないものをあるように思わせたり……』

最初はよく理解できていなかった。けれど、その能力を自分で使っていくうちに、それがどれほど恐ろしいことなのかを知った。母が使ってみせたのは闇魔法。希少ではあるが、その能力は、思考制限や思考の誘導、魅了、暗示など、危険なものばかり。使い方によっては誰かを陥れたり、それこそゲームのミモザのように国を混乱させることだって簡単にできてしまうだろう。

母が転生者であることを秘匿した最たる理由がこの能力だった。今ならミモザもわかる。こんな能力があると知れたら危険因子として暗殺されるか、自由を奪われ死ぬまで利用される恐れしかない。

『ゲームの中のミモザは死んだ母親から受け継いだその力を使って、第二王子をそそのかしてクーデターを起こしてしまうの。自分が王妃になるために。でもね、彼女は失敗する……何故なら自分の能力におぼれて他者を見くだしていたから。最後は一人ぼっちで破滅を迎えるの』

相手を思うままに操れる能力を手にしたら、どんな人間でも人が変わってしまうのではないだろうか。全ては理解できなかったが、いつか自分が処刑されるという事実を知ったミモザは怖くなった。

『この力のことは絶対に誰にも言ってはいけないわ。本当は私がずっとそばで貴女を守ってあげたいけれど……私にはもうあまり時間が残されていないの……』

この時から母は自分の死期を悟っていたのだろう。

『この能力は身を滅ぼすと同時に、貴女を救う希望でもある。もちろん悪用することは許さないけど、力の使い方を勉強してこの先一人で生きていけるように……。貴女が自ら第二王子と婚約したいと言うのならそれでもいいと思う。私がついているわ。貴女はどうしたい？』

ミモザはなんて答えたのか覚えていない。

『どの道を選ぶにしても、まずはこの厄介な能力をコントロールできるようにならなきゃね……。これから貴女が目指すのは深窓の令嬢ではないわ。芍薬《しゃくやく》でも牡丹《ぼたん》でも、ましてや百合《ゆり》の花でもない。立てば風景、座れば空気、歩く姿は壁の花よ！』

「私の指導は厳しいわよ……貴女についてこられるかしら？」と謎のポーズを決めた母は、やはりちょっと残念だった。

そうしてその日から、ミモザと母のフラグ回避生活が始まったのであった。

闇魔法のコントロールは強靭《きょうじん》な精神や強い心が必要になる。そして、ミモザ自身が悪意や憎悪に飲まれないようにする必要があった。叱られたこともたくさんあったけれど、限られた時間の中で母はいつもまっすぐに向き合ってくれた。目一杯慈しんでくれた。

そして地道な特訓と日々を重ね、ミモザが魔法を自分の意思でコントロールできるようになった頃、とうとう母はこの世を去った。

『不思議よね、死ぬのに後悔はないなんて……きっと大丈夫……ミモザ……どうか幸せに……』

最期にそう言って息を引き取った母に、ミモザは何も返すことができなかった。母は前世で不慮の事故で命を落とし、この世界に転生した。母が元いた世界はここよりもずっと自由に生きられたのだそうだ。きっとそんな世界に生きた母だから、あのような恐ろしい力を手にしても自分を見失わずにいられたのかもしれないとミモザは思った。

母は貴族令嬢としての教育の他、護身術、闇魔法の使い方はもちろん、一般的な庶民の知識や冒険者のことなど、一人で生きていくことができるように様々なことを教え遺《のこ》してくれた。なかでも法律や、道徳は特に厳しく「悪いこと、ダメ絶対」というのはほぼ口癖のようになっていた。その教育方針のおかげか、自分でもゲームの中のミモザとは違う道へ歩み出したような気がしていた。

『ゲームのミモザは、ぶりっ子で猫かぶりの要領のいい異母妹《いもうと》に父親を奪われたと嫉妬して、力を暴発させてしまう。それで余計に孤立してしまうのよ』

ゲームの内容が書かれた記録も母が遺してくれたものの一つだ。

茶色の革の表紙の本を見ながら、ミモザは息をつく。今のミモザならきっと力を暴発させることはないだろう。母が亡くなった時、家に帰ってくることもなかった薄情な父親を、異母妹に取られて嫉妬するなんて考えられなかった。使用人達の噂《うわさ》で父親は愛人の元へ行っていたと知った時は、我を忘れるくらい腹が立ったし、涙が出た。思いとどまったのは、すぐに母の顔を思い出したからだ。

(お母様は私に幸せになってほしいと言った……)

瞼《まぶた》を閉じればいつも母の笑顔が浮かぶ。もっと生きていてほしかった。けれど叶《かな》わなかった。

自分も母のようにいつか「後悔はない」と言えるようになるだろうか。母がいなくなった日から泣き暮らしていたミモザは、葬儀の日、空に昇る煙を見て泣くのをやめた。

将来どうしたらいいかは、まだわからない。けれどせめて、慈しんでくれた母に恥じない人間になろう、とミモザは決意した。

決意はした、が。

「お父様ぁ、アクルぅ新しいドレスが欲しいのぉー」

「んん～？　アクルはどんなドレスが欲しいんだい？」

「えぇっとねぇ、アクル、お花のドレスが欲しいのぉ」

「まぁ！　アクルが花のドレスを着たらきっと妖精のように美しくなるに違いないわ！」

「アクルは私とリギルの妖精さんだなぁ！　はっはっは！」

母がいなくなってから気落ちしてミモザが日々を過ごしていた時、唐突にそれはやってきたのだった。

目の前で繰り広げられる寸劇にミモザは思わず頬を引き攣《つ》らせ、令嬢らしからぬ表情を咄嗟《とっさ》に俯いて隠す。いつからいたのかも定かでない父親に呼ばれ、気乗りしないまま向かった応接間へ入った瞬間、ミモザの目に飛び込んできたのが先ほどの光景だった。

呆《あき》れた声を漏らさなかった自分を褒めてもらいたい。ため息が出るのと同時に、とうとう来たのねと心の中で気合を入れる。我が家にやってきた新しい母親とその娘。連れてきたのはもちろんこの家の家主、ミモザの父親のサザンクロス侯爵である。

「アクルはリギルに似て本当に愛らしいなぁ」

常日頃不機嫌そうに顰《ひそ》められている父の表情はとても明るい。肩口で短く切り揃《そろ》えられたくせのある薄茶の髪に目鼻立ちは深くはっきりとしている。それなりに整った顔と、大きな街道が通る裕福な領地を治める侯爵という爵位だけを見れば、父はかなりの優良物件だと言えるのではないだろうか。

ただし、その背はかなり、かなり低い。一般的な成人男性がどのくらいなのかは知らないが、屋敷内で働く男性より……メイドよりも低い。

母いわく、そういうのを「とっちゃん坊や」というらしい。子供のような背丈しかないのに、顔はしっかり大人というアンバランスな見た目のせいで結婚相手としては敬遠されていたという。女性の平均身長より少し高めであった母を伴って夜会に出た時も、まるで大人と子供のようだったと、今でもメイド達が噂をしているのを知っている。

そんな父と母は政略結婚だった。両者にとって不本意な結婚ではあったが、母は精一杯夫となった父には尽くしたらしい。けれどもそんな母の献身は父には届かなかった。父は自分よりも背の高い母のことがよほど気に入らなかったようだ。劣等感を一方的に募らせ、身勝手に浮気して母を裏切った。ミモザとアクルの歳がそう変わらないのがその証拠だった。目の前にいる継母《ままはは》はそんな父よりも背が低く、初めて見た異母妹、アクルもまた小柄で父親にそっくりだった。

人を呼びつけておいて、挨拶も紹介もない。いつまでこの家族劇を見せられなければならないのだろうと、ミモザは表情を隠すことを諦めて眉間に寄った皺《しわ》を人差し指でぐりぐりと伸ばす。

「お嬢様、お部屋に戻られますか？」

隣を見上げれば、自分と同じような顔をしたメイドのアリアが声を顰めて尋ねてくる。アリアは母についてこの家に来たメイドで、今はミモザつきとして働いてくれている。母亡き後、元の家に戻ることもできたのに、ミモザの身を心配してこの家に残ってくれた優しい姉代わりのような人だ。

「……そうね」

「おい、挨拶もせずどこに行くというんだ！」

踵《きびす》を返してアリアの開けてくれた扉を潜《くぐ》ろうとした瞬間、背中に怒声が投げつけられる。

「新しい母と妹に挨拶もできんのか」

挨拶も何も紹介すらされていないのにどうしろと言うのか。そんな思いが表情に出てしまったのか、父親はミモザを見てわかりやすく機嫌を損ねた。

「……失礼しました」

何を言っても無駄だとわかっていたので、ミモザは大人しく頭を下げる。

「ふん……まぁいい。リギル、アクル、これがあれの娘のミモザだ」

「……リギルよ、今日から屋敷のことは私に任せて頂戴ね」

「えぇ！　アクルの他にも娘がいるなんて聞いてないわ！　ねぇ、アクルのお部屋はどこ？　もちろん一番いいお部屋を用意してくれたんでしょお父様？」

「あ、あぁもちろんだともアクル！」

「当然ですわ、なんといっても今日からアクルは侯爵家の令嬢なのだから」

継母のリギルはそう言うと、耳にかかる黒髪をかきあげミモザを嘲笑《あざわら》う。一方異母妹となるアクルは、すでにミモザへの興味は薄れたらしく早く自分の部屋を見たいと父にせがんでいる。瞳こそ母親のリギルと同じ赤銅色であったが、くせのある髪は薄茶で父親によく似ていた。顔立ちは可愛らしく、眉を寄せた上目遣いで、舌ったらずに喋《しゃべ》る姿は父の心を掴《つか》んで離さないらしい。

「お父様ぁ、早くお部屋を見にいきましょう？」

「そうですね貴女に相応《ふさわ》しい〝一番〟のお部屋をね」

「アクルの可憐《かれん》さはまさに一番だな」

母はよく「ちんちくりんが何言ってもちんちくりんなのよ、話の通じないお猿さんだと思いなさい」と言っていたが、ここまでひどいとは思わなかった。基本的に人の話を聞かず、言いたいことだけを言い、ミモザを置いてけぼりに彼らは三人の世界を作り出していた。会話は全く成り立ちそうにない。

屋敷のことは任せて（今日からこの屋敷の女主人は私よ）とか、一番いいお部屋（私のほうが娘として愛されているのよ）とか、貴族特有の本音を隠した嫌味なのかと思えば、こちらの反応を見ずして自分たちだけの世界を繰り広げる様子を見てミモザは嘆息する。決して背の小さい人を馬鹿にしているわけではないが、この人達に関しては本当に小さいお猿さんが騒いでいるようにしか見えない。

「……アリア、もう戻っていいわよね」

「はい、戻りましょうお嬢様」

とりあえず挨拶は済んだのだからもういいだろう。今度は見咎《みとが》められないように念のため、ミモザは自分の気配を遮断する。これならミモザが部屋を出たことに誰も気づかない。あの様子では遮断などしなくても気がつかないかもしれないが。

すぐ後ろをついてくるアリアと歩きながら、これからのことを考える。異母妹達が来たということは、これからミモザの不遇な生活が始まるのだろう。

（確か……食事を抜かれたり、物を取られたり、理不尽に罵倒されたりするんだっけ……）

不安がないわけではなかった。どんな恐ろしい人達が来るのかと思っていたが、あの調子ならそれを躱《かわ》して生活できるかもしれない。けれど油断は禁物だ。

（お母様、私頑張ります……）

明日からの暮らしに思いを馳《は》せつつ、絶対に幸せになってやるとミモザは気を引きしめた。


「ミモザ！　まだここに埃《ほこり》が残って……あ、あら？　ミモザ！　どこへ行ったの⁉」

義母達が来てはや数ヶ月が経《た》った。その間ミモザは、自分の存在をほどほどに消しつつ順調に過ごすことに成功していた。嫌味を言われたり、理不尽に怒鳴られたり。母から聞かされていたとおり、二人はミモザを苛《いじ》め使用人のように扱った。前もって聞かされていたから耐えられるようなもので、何も知らない十歳の子供がこんな目に遭えば、恨みと寂しさから心を壊してもおかしくはなかっただろう。

生前に母やアリアから掃除や洗濯など一通りの家事を教わっていたから、言いつけられる仕事はそんなに苦にはならなかった。将来どんな形でも一人立ちする時にできたほうがいい。

食事を抜かれた時はアリアがこっそりパンなどを持ってきてくれたし、認識阻害を使い使用人に紛れて食事をとったりしていた。同様に異母妹にドレスや宝飾品を取られた時も、思考誘導を駆使して取られた振りをして後で取り戻していたから実質的な被害はない。今みたいに言いがかりをつけられそうになった時はこうして気配遮断してやり過ごしている。

住めば都とは少し違うけれど、使用人に交じって賑《にぎ》やかに食事をするのも、自分で洗った洗濯物が綺麗《きれい》になって風にはためいているのを見るのも悪くはない。

「奥様、お嬢様でしたらお庭の掃除をするとお外に行かれましたよ」

「あら、そうなの……？」

使用人を装って声をかけると、ウロウロしていた義母は諦めたのか悔しそうに去っていった。こうして過ごすうちに気づいたことだが、義母は案外素直である。嫌がらせもストレートで避けやすいというか単純なので対処に困らない。

義母がいなくなった廊下で、ほっと息をついてミモザは認識阻害をといた。お仕着せの裾をふわりと靡《なび》かせ、うきうきと厨房《ちゅうぼう》へ向かう。今日は厨房で気配を消しつつ調理を学ぶつもりだ。義母達に命じられて着ているお仕着せであるが、家事をするのには動きやすくて重宝している。いつかこの家を出ていく日がくるまで、できるだけたくさんの経験を積んでおこうとミモザは考えていた。

母がいなくなってから落ち込んでいたミモザは、少しだけこの生活に光を見出しはじめていた。

しかしそんな平穏な日々は、唐突に終わりを告げたのだった。

「は……お茶会、ですか……」

父から聞かされたのは、王城で開かれる第二王子の誕生祝いに参加しろという話だった。執務室の机に座り、立ったままのミモザのほうをじろりと睨《にら》みつけた父の表情は相変わらず不機嫌そうだった。

「そうだ、表向きは誕生祝いという名目だが、実質は今年十歳になられる第二王子の婚約者探しだ」

「………」

とうとうやってきてしまった。

『ミモザはお城で行われる茶会で、第二王子に見初められて婚約者にされてしまう』

母の残した記録に書かれていた第二の死亡フラグだ。このまま茶会に出席すれば、第二王子の婚約者にされてしまうかもしれない。背筋がすうっと冷たくなって、身体《からだ》が震えないようミモザはドレスの裾を握った。なんとか欠席する手だてはないかと必死に考えるが、動揺した頭ではままならなかった。

「我が家にリギルとアクルを迎えた以上、お前が侯爵家を継ぐことはない……言っている意味はわかるな？」

「……はい」

元々家を継ぐ気はなかったとはいえ、実の父親からはっきりと切り捨てられるというのは堪《こた》える。この家にとって不要なミモザは家のためになる縁談を結び、さっさと出ていけと言われているのだ。行きたくない。けれどミモザの居場所はここにはない。ぐっと唇を噛《か》んでミモザが返事をすると、父親は満足そうに頷《うなず》いた。

「わがままで癇癪《かんしゃく》もちとはいえ王子だからな、しっかりと目立って婚――」

「お父様ぁああ！」

「ひっ」

勢いよく扉を開け、すごい勢いで室内に飛び込んできたものに驚いて悲鳴をあげたミモザは咄嗟に横に逃げる。飛び込んできたのはピンクのフリルの塊……ではなく、頬を染めたアクルだった。

「お父様っ、お姉様ばかりずるいわ！」

「ど、どうしたんだいアクル？」

「私も王子様のお茶会に行きたいわ！」

ミモザと父の会話を部屋の外で聞いていたらしいアクルは、ミモザだけが茶会に参加するのが面白くなくて出てきたらしい。そして父に自分こそが王子に相応しいと宣《のたま》った。

「お城で王子様とお茶会なんてステキ……！」

「あ、アクル…第二王子は少し変わっていてね……お前が気に入るような相手じゃ」

「お父様っ、どうしてそんなことを言うの⁉　まさか私よりもお姉様のほうがいいと言うのっ⁉」

「そんなことはない！　ただアクルにはもっと相応しい人がいると……！」

「いやよ！　私は王子様と結婚するの！」

「………………」

喚《わめ》くアクルに、宥《なだ》める父親。あまりの騒がしさにミモザは気が遠くなる。動揺と不安で気が張りつめていたところにこの騒ぎで頭痛がしてきた。

結局、無駄《むだ》な言い争い（一方的なわがままともいう）の果てに、アクルはミモザと共に茶会に参加する権利を父親から得てしまった。

「お前はアクルが第二王子に目をつけられないようにちゃんと見張っているんだぞ！　万が一にもアクルが見初められることになんてなったら……！　あぁ！　なんてことだ……！」

「うふふふ……待っていらして王子様！　貴方のアクルが参ります‼」

額に手をあて、ありもしない未来を嘆く父親と、王子が訳ありだと聞く耳持たずに浮かれるアクルを冷めた目で眺めながら、ミモザは早く部屋に戻りたいと切に願った。

嫌な予定というのはすぐに来てしまうものだ。

迎えた茶会の当日。王城へ向かう馬車の中、上機嫌なアクルとは反対にミモザの気は重い。

同色のチュールのついた白い生地の上に、水色のレースと青色の小花柄の刺繍《ししゅう》がされている生地を重ねたドレスは今日のために新調されたものだった。胸下から腰までを濃青《こあお》のコルセットで締め、肩が出ているデザインだが、二の腕から下は七分の白い袖がついており清楚《せいそ》感がある。ハーフアップの髪には、ドレスと同じレース生地のリボンが飾られていた。

綺麗なドレスは嬉《うれ》しいが、今はときめきよりも憂鬱が勝る。膝に視線を落としため息をつく。ピンクのフリルがたくさんついたお気に入りのドレスを着て向かいの席に座るアクルは「私が王子様に見初められるんだから邪魔しないでよね」と、ミモザの心中を知りもしない。

一体どうしろと言うのだろう。大事な跡取りだというのなら茶会への参加を許可しなければいい話だし、性格最悪と言われている第二王子の婚約者など、こちらから願い下げだった。けれど、父母の言うとおりアクルを王子から遠ざければ自分が第二王子の婚約者に選ばれてしまう可能性が高くなってしまうし、逆に二人をくっつければ叱責や折檻《せっかん》がまっている。

(どうしたらいいの……お母様……)

心細くなって馬車の窓から外を見る。今日はアクルづきのメイドしか付き添いを許されず、表立ってミモザの味方をしてくれそうなアリアは留守番させられていた。眼前に迫る王城の門を見上げ、まるで勝ち目のない戦に向かう兵士の心境で、何度目かわからないため息をこぼした。

『知っていれば避けられる不運もあるわ、情報を制する者こそ戦を制するの』

ミモザはふと母のそんな言葉を思い出した。

（そうだ……どうせアクルは私の言うことなんか聞きはしないし……問題だらけの第二王子本人を実際に見ればきっと諦めるだろうし……）

馬車から降りて会場の刈り揃えられた芝生を踏む。ミモザは深呼吸して気持ちを切り替える。問題が起こった時に対処できるように、情報だけは集めておこうと。

茶会の会場は王城の庭園の一角に設けられていた。ガーデンパーティーなども催されるその場所には赤や黄色のチューリップ、勿忘草《わすれなぐさ》などの季節の花が植えられており、参加者達の色とりどりのドレスの色も相まって鮮やかな光景が広がっていた。白いクロスがかけられているテーブルには一口ほどで食べられそうなお菓子が並んでいる。苺《いちご》とオレンジの載ったタルトに気が惹《ひ》かれたが、まずは目下の目的を果たすべくミモザは気配を消して会場の風景へ溶け込んだ。いざ、壁の花だ。

一方アクルは、ミモザに目もくれず馬車を降りてすぐ会場へ飛んでいった。きっと第二王子を探しにいったのだろう。庶子とはいえ、男爵家出身の義母からアクルも最低限の教育は受けているはずだ。あのように走っていく姿を見ると王家主催の茶会に出して本当に大丈夫なのかと不安は尽きない。

会場にはミモザ達と同じ年頃の令嬢や令息が多く見受けられた。おそらくミモザと同じく第二王子の婚約者や学友として見繕われた者達なのだろう。

（婚約者はごめんだけど、お友達は欲しいな……）

学園時代に取り巻きはいたけれど、親しい友人はいなかった。そう母から聞かされていたため、将来の自分には友達の一人もいないのかとその時はがっかりしたが、今のミモザなら友人を作ることもできるかもしれない。数人の貴族が走り回るアクルに眉を顰めたのを目の端に留めて、身内だと思われたくはないが、これ以上ひどくなるようなら止めなければと痛む額に手を置く。

そうして庭園を見渡した時、ぽかりと人垣が空いた場所に一際目立つ白い丸い物体を見つけた。

「……っ」

その物体は、よく見ればミモザと同じくらいの歳の少年で、白いのはその服で、太っているせいで真ん丸に見えただけなのだと気づく。そしてその髪色に「あっ」と叫びそうになってミモザは慌てて手のひらで自分の口を覆った。

（もしかしてあれが第二王子……!?）

金色の髪は王家とそれに連なる家の色。日焼けしていない白い肌に碧《あお》の目。その身に白を纏《まと》うのは血筋が高貴な証《あか》し。言葉の上では理想的な王子様像だが、実際の姿は金色のモップを頭にのせた白い子豚であった。

第二王子は招待客など目に入っていないように、テーブルに並べられたお菓子を頬張っている。食べ方もマナーも何もあったものではなく、手当たり次第手掴みで口に入れ、飲み込みきれなかったものを口の端からこぼしている。白い服の胸元は食べこぼしでひどく汚れていた。

（あれは……ひどいわ……）

年頃の令嬢や令息達は数人ずつのグループで固まり、庭園の端のほうで時折第二王子のほうを窺《うかが》いながらひっそりとしていた。きっとどこの家も第二王子の悪評を知っているから、ああやって遠巻きに観察しているのだろう。まだ子供とはいえ貴族だ。第二王子との交遊が自分や家にとって有益かどうか図る必要がある。第二王子はそうやって観察されていることに気づいていないようで、ひとしきり食べて満腹になったのか今度は使用人を呼びつけ何やら騒いでいるようだった。

ミモザは気配を消したまま、声が聞こえる位置までそっと移動する。

「おい、どうして僕の服がこんなに汚れているんだ」

「菓子の欠片《かけら》がついてしまったようでございますね、すぐに新しいお着替えを用意いたします」

「お前はいつもそう言うじゃないか！　前にも言っただろう！　こぼれない菓子を作れと！」

（貴方がこぼさないように食べたらいいんですよ、とは……言えないんだろうな……）

「着替えるなんて面倒《めんどう》だ」とか「つまらないから誰かに曲芸でもさせろ」だとか、第二王子はとにかくわがまま放題だった。

（あんな人の婚約者に選ばれろなんて……）

父親の仕打ちにミモザは心底落ち込んだ。あれでは遠巻きにされても仕方ない。案の定、第二王子の態度を見て、早々とその場を離れる令嬢も見受けられた。

（いくらお父様の命令とはいえ、嫌だ……）

第二王子は私に興味を示されなかったということにしてこのままやり過ごそう。そう決めたミモザはそっとその場を離れようとした。しかしそこで思いもかけないことが起こった。

「ねぇ貴方《あなた》、王子様を見かけなかった？」

白い塊の横にピンクの塊を認めて、ピシリと世界が凍った。

「ちょっと、そこの貴方よ！　聞いてるの！」

凍ったのはミモザだけではない。第二王子のそばにいた使用人や貴族が一瞬で動きを止め、遠巻きにしていた子供達すら大人達の不穏な空気に囁《ささや》くのを一瞬でやめた。

(な、なんてことを……!?)

ミモザは本気でどうしたらいいかわからず頭を抱えた。シンと静まり返った会場でポカンとする第二王子に構わず、この静寂を作り出したアクルは尚《なお》も言い募る。

「私、王子様にお目にかかりたくて探しているの！」

「……王子は僕だ」

「え……」

呆然《ぼうぜん》としていた王子がやっとのことで口を開くと、アクルは驚いてピタリと喚くのをやめた。そしてジロジロと第二王子を観察して、再びとんでもない爆弾を落とした。

「貴方みたいな太ってる人が王子様のわけないじゃない」

(な、なんてことをっ……!!)

ミモザは真っ青になって叫びそうになった口を咄嗟に押さえた。会場ではアクルの発言を聞いた使用人がこらえきれず漏らした「ひぇ……」という小さな悲鳴が響いた。

「な……な……」

顔を真っ赤にして肩を震わせる王子に気づいていないのか「あぁ早く王子様に会いたいわぁ」とか

頬を染めて言うアクルにミモザは恐怖しか感じない。

「お、おそれながらお嬢様、っ……こちらの方こそアウストラリス王国、第二王子であらせられるアルコル・アウストラリス殿下でございます……!!」

やっとのことで言葉を絞り出した使用人から告げられたアクルは、一瞬「え……」と言葉をなくしてピタリと動きを止めた。しかしその表情は「とんでもないことをしてしまった」と自分の失言の重大さに気づいたというわけではなく、心底がっかりしたという感じで。

(っ……まずい……!!)

「王子様が貴方みたいな人だなんて――」

「アクル!!」

明らかに不穏な言葉を吐こうとしたアクルを止めたい一心で、ミモザは気配遮断を解いてアクルと王子の前に姿を現した。

「っ!?」

「お、お姉さま?　一体どこから」

「アクル!!　駄目じゃない離れちゃ」

これ以上口を滑らせる前に黙らせなければ。アクルの言葉を最後まで聞かず、ミモザは両手でアクルの顔を挟んで目を合わせる。アクルの赤銅の光彩を見つめて「静かに」と瞳に魔力を込める。

「な、何す……」

「これ以上のわがままは駄目よ」

貴女がやったのはいけないこと。反省すべきこと。だから非を認めてこれ以上騒がないで。と暗示をかける。

もっと早くに止めていればと後悔する。それでも今はとにかく事を収めなければ。

「……っ………ごめんなさいお姉さま」

「貴女はまだマナーが十分でないのだから、お父様に私から離れないように言われてたでしょう？」

「……はい、お姉さま」

アクルの目が虚《うつ》ろになり、淀《よど》みなく肯定の言葉が出てきたことにミモザは安堵《あんど》して息をつく。

(アクルのほうはこれでよし……あとは……)

突然現れたミモザに呆然としていた第二王子のほうに向き直り、胸の前で拳を握り覗《のぞ》き込むようにしてぐっと顔を寄せる。

「っ……」

「王子殿下、誠に申し訳ありません!!　この子は事情があって最近まで侯爵家とは違う場所に暮らしていたので常識に疎いのです……どうぞお許しを……!!」

近くで見開かれた碧の目を見つめて、ミモザは同じようにしっかりと記憶操作と暗示をかける。

さっきのアクルの発言をなかったことにして、王子の目の前で「ちょっと粗相《そそう》をしただけ」なので「寛容な心で許して」と。

「あ……」

何故か顔を真っ赤にさせた王子に、まさか失敗したのかとミモザが焦ったのも一瞬で、第二王子はごほんと咳払《せき》いをして「……まぁいい」とアクルの行いを許す言葉を発した。

(良かった……ちゃんと王子にも暗示が効いたみたい……)

これでアクルの極刑ものの不敬を揉《も》み消すことができたし、ほどほどに第二王子の不興を買ったので、今後サザンクロス家が第二王子の婚約者に選ばれることはないだろう。しかし、そうミモザがほっとしたのも束の間だった。

「お騒がせして申し訳ありませんでした。私達は帰らせて──」

「待て！」

使用人と近くにいた貴族に素早く一礼して会場を後にしようとしたミモザの腕を、第二王子が掴んで止めた。

「え……？」

「お前、ちょっと来い！」

「っ⁉」

使用人や招待客が固まる中、第二王子はぐいぐいとミモザの腕を引いて庭園の奥へと歩きはじめる。

「ま、待ってください……っ‼」

強く掴んだ腕を離さず、ずんずん歩いていく王子にはミモザの制止も届いていない様子だった。

(なんで⁉　なんでなのっ……⁉)

引き摺《ず》られるように会場から離されていくミモザは心の中で叫ぶしかなかった。

『ミモザ、第二王子はデ……ごほん……ふくよかな体型、勉強嫌い、基本の鍛練も満足にこなせない根性なしで、あげく性格がひねくれててわがままで癇癪もちよ。これだけ聞けば最低野郎だけれど……本当は第二王子にも事情があるのよ』

相手が止まってくれないため、母から聞いた第二王子についての話を思い出しながらミモザは現実逃避を図る。

『彼の母親のアトリア様は正妃で、けれど体が弱くいらっしゃってなかなか御子を授からなかったの。そうしているうちに側妃であられるシャウラ様がお産みになったのが王太子殿下と王女殿下よ。アトリア様はその後に第二王子をお産みになられたわ。けれども元々体が丈夫じゃなかったことが祟《たた》って、すぐに亡くなってしまった』

ミモザの記憶が定かであれば、確かに王妃様は数年前に亡くなっていたはずだ。

『いくら正妃の子でも継承は生まれた順と決まっていたし、彼を御輿《みこし》に妙なことを企《たくら》む輩《やから》が出ないように、王の計らいで第二王子は王族としての教育は受けつつも王宮では孤立させられていたようね』

目の前で歩くたびに揺れる金色の髪を見る。確かに正妃の子である第二王子こそ玉座に相応しいと、権力欲にまみれた人間が出てくるのは想像ができる。けれどそれで母親を亡くしたばかりの幼い子供を孤立させるなんて、ミモザは納得がいかなかった。母親がいないことがどれほど寂しいことなのか、兄妹と比べられ家族の輪を外側から眺めているしかできないことの辛《つら》さを、ミモザは知っている。

(確かに、わがままになってしまうのは仕方なかったのかもしれない……)

母が色々なことを教えてくれなかったら、ミモザもこうなっていたかもしれないと思うと強く拒絶できなかった。

『そして厳しい王子教育。勉強や剣の訓練のたびにできのいい兄である王太子と比べられて……成長すると次第に第二王子は王太子を恨むようになってしまうの……そしてそこで貴女の登場よ。第二王子は婚約者である貴女にそそのかされ、クーデターを起こそうとし、失敗して遠い北方地への流刑となる』

しかも筋書きでは、第二王子を破滅に追い込むのはミモザなのだ。

『第二王子を嫌っていた貴女は全ての罪を第二王子に被《かぶ》せ、騒ぎに乗じて王太子の婚約者に収まろうと画策するも、ヒロインと騎士達に断罪されて処刑されるのよ』

ゲームのミモザは第二王子の生い立ちを知っていたのだろうか。ミモザに事情があったとしても、知っていてそんなことをしたのならば、なんて嫌な人間なんだろう。そこまでして王太子と結婚したかったのだろうか。

王太子ならばミモザも何度か遠目で見たことがあった。第二王子と同じく金色の髪に凛々《りり》しい顔立ちで、成長すれば見目麗しい青年となるだろうと思えたが、それだけだ。剣の腕も立つらしいが噂で聞いただけなので実際には本当かどうかも知らない。

手汗で滑るのか、離さないように力を込めて引っ張られる腕が痛い。誰か助けてくれるような人を探すけれど、第二王子はそんなミモザの思いに気づかず、息を切らせながら植え込みや花壇の間を人気のないほうへずんずん進んでいく。

(どうしよう……)

思考に気を取られて、気がつけばかなり庭園の奥まで来てしまっていた。ミモザの焦燥など露知らず、第二王子は温室のような半透明の建物の中へミモザを導いた。

「…………」

「あの……」

外よりも気温の高いそこには、大きな葉っぱのついた木や茶色の実がなっている背の高い木が植えられていた。木の高さからしても天井は高いのだろう。植え込みには普段この国では見ないような花が多く咲いていた。

鮮やかな赤い花に「わぁ」と、思わず感嘆の声を漏らしたミモザに第二王子は立ち止まる。何度か呼吸を繰り返し、息を落ち着かせた相手はこちらを振り返ったが、それっきり黙りこんでしまった。さりげなく手を引こうとするも、腕は離してもらえなかった。

「……ここには僕しか来ない」

ぽつりと呟《つぶや》かれた言葉に、もしかして遊ぶ相手が欲しかったのかと思い至る。

（さっきの暗示が妙な方向に効きすぎちゃったのかな……？）

「寛容に許して」と念じたつもりが、逆にミモザのことを「心許せる相手」と印象づけてしまったのだろうか。

暗示が上手《うま》く効かなかったのかと唇を噛むと、第二王子はそんなミモザに気づかずに「だからお前はずっとここにいろ！」と肩を掴んで言った。ミモザはこの場をどう切り抜ければいいか考えた。

婚約者にはなりたくない。けれど第二王子が味わってきた孤独や焦燥は痛いほどわかる。

（もしかしたらゲームでも、一目惚《ひとめぼ》れとかじゃなくて、ただ遊び相手が欲しくてミモザを婚約者にしたのかな……？）

婚約者ではなく遊び相手なら。それに仲良くなれば、もしかしたら第二王子もミモザの忠告を聞いてくれるかもしれない。もし第二王子が変わることができたら、彼もミモザも最悪の結末からは逃れられるのではないだろうか。

（それなら……）

「あの……私……友達になら――」

しかしミモザは最後まで言葉を発することができなかった。

「お前は今日から僕のお嫁さんだ!!」

唾が飛ぶほど大きな声で叫ばれ、口を開く間もなく眼前に第二王子の顔が迫る。口づけされそうになっていると気づいた瞬間、ミモザの中で何かが切れた。

「いやぁぁっ!!」

ばしんと響いた音に、花に止まっていた蝶達が飛び上がった。

とにかく離れたい一心でミモザは思い切り第二王子を殴り、突き飛ばして後ずさった。

「な、何するんだよ!!」

「貴方こそ何を考えているの!?」

想い合っているわけでも、婚約者でもない初対面の相手に、同意どころか気持ちを伝えるでもなくいきなりこんなことをされるなんて思わなかった。

（信じられない……っ!!）

先ほどまで第二王子のことを可哀想《かわいそう》だと思っていた自分を殴ってやりたい。友達になれるかもと思った自分の気持ちまで否定されたような気がして涙が溢《あふ》れてくる。頭に血が上ったミモザは自制することも忘れ叫んでいた。

「貴方なんかきらい……!! 大っきらい!!」

「っ!?」

もう頭の中からは家のこととか不敬罪とか、そういう建前はなくなっていた。すぐにミモザは俯いて溢れた涙を必死に手で拭っていたので、第二王子がどんな顔をしているのかなんて知らなかった。

「っ……あ……う……」

「……女の子を泣かせるなんて、最低ねアル」

狼狽《うろた》える第二王子とは対照的な涼やかな声がして、ミモザはハッとして顔を上げた。

「あ、姉上……」

「っ!?」

第二王子の発した言葉にミモザは慌てて礼を取ろうと動く。

「あぁ、そのままでいいわ。公の場ではないのだし……それに悪いのはアルコルのほうなのでしょう?」

第二王子と同じ金色の髪がふわりと風に泳ぐ。くるりと巻かれた長い髪の先を手で軽く押さえて、その少女は青い目を細めて優しく微笑《ほほえ》んだ。

(うわ……)

あまりの可憐さにミモザは息を飲んだ。式典の時に見る華美な礼装ではないのに、醸し出す柔らかな雰囲気はまごうことなきお姫様だった。第二王子の姉、タニア・アウストラリス王女殿下。その現実離れした美しさに驚いて、ミモザの涙は一瞬で引っ込んでしまった。

「アルコル」

「っ……ぼく、は……悪くない……!!」

「そうかしら？」

「だって、こいつがぼくの言うことを聞かないから……!!」

「折角《せっかく》ぼくのお嫁さんにしてやるって言ったのに」とか「ぼくは悪くない」と言い訳のように不満を漏らす第二王子にミモザは腹が立ったが、王女の手前それをこらえて顔を俯かせる。ドレスをぎゅっと掴んだミモザの手元を見た王女は「片方の言い分しか聞かないのは不公平ね」と静かに言った。

「私はタニア。アウストラリス王国第一王女、タニア・アウストラリスよ。貴女のお名前は？」

「……私はミモザです……その……サザンクロス侯爵家の娘にございます」

正当な理由があったとしても、やはり王族相手に頬を叩《たた》いたり「大キライ」とか言ったりしてしまったのは不敬罪になってしまうのだろうかと、ミモザは一瞬家名を名乗るのを躊躇《ためら》ってしまった。けれどタニアが王女であることをきちんと名乗ったのだから、ミモザが家名を名乗らないのは礼を欠いてしまう。どちらにしろ家名に傷がついてしまうのなら礼を欠かないほうを選びたかったし、かくなるうえはタニアの記憶も改竄《かいざん》するしかないと思いつめる。

ミモザが顔を青くしながら頭を下げ覚悟を決めていると、頭上からは似つかわしくない明るい声が降ってきた。

「顔をおあげなさい、えぇと……ミモザと呼んでいいかしら？」

「はい、殿下」

「まぁ、私のことも名前で呼んでいいのよ、だって貴女は未来の妹になるかもしれないんだもの」

「っ……!?」

またもや持ち上がった死亡フラグに一瞬で青褪《あおざ》めたミモザに構わず、タニアは言葉を続ける。

「アルコル、ミモザは可愛いらしいわね」

「えっ……」

「立ち振る舞いも美しいし、それに動揺しながらもきちんと私への礼を忘れなかった礼儀正しさも……貴方が一目でミモザを気に入ったのも納得できるわ」

「は、はぁ……」

スラスラとミモザを褒め讃える言葉を吐くタニアに第二王子も呆気《あっけ》に取られている。

「思慮も体力も学力も足りない今の貴方がミモザのような子を見初め、伴侶にと望むなんて……」

タニアに結構ひどいことを言われているが、反論することもなく第二王子はぽかんと立ち尽くす。

「貴方にしては上出来な選択と言えるでしょう」

「……あ……姉上は……その、ぼくの味方なのですか……？」

「いいえ、反対よ。このままでは貴方がミモザと結婚するなんてありえないわ」

「な、なんで!?」

好意的だった内容がいきなり否定に変わったことに、第二王子は思わず声をあげた。

「当たり前でしょう、だって貴方はミモザに『大キライ』と言われるほどひどいことをしたのだから」

「っ……」

ぴしりと言い放ったタニアに、第二王子は顔を青くした。

「貴方はもっと自分の立場や発言に責任を持たなくては……アルコル、継承権は二番目だとしても、貴方は歴《れっき》としたこの国の王子なのよ」

「………」

タニアの言葉はもっともで、子供だからとか相手が気にくわなかったからとか、そんな理由で許される行為ではない。ミモザの耳に入る王女の評判といえば「妖精のように美しい」とか見目の麗しさを讃える声が多かったけれど、実際の彼女を見れば、その清廉な人柄こそ褒め讃えられるべきであろうと思った。

「ミモザだって貴方が守るべき国民の一人。それを貴方のわがままで傷つけるなどあってはならない」

「……はい……」

「アル……なんと言えばいいかわかるわね？」

「はい……その、ミモ」

「あぁ、そうだわ!!　わだかまりが残ってはいけないわよね!!」

「え？」

タニアに諭された第二王子がミモザに向かって何か喋りかけようとした時、突然王女が両手を胸の前で叩いた。突然こちらに向き直ったタニアにミモザも驚いて声を漏らす。

「アルコルばっかり言いたいことを言うのはずるいわよね？」

「え……あ、姉上……？」

「貴方ときたら、こんな状況になってまで僕は悪くないだのミモザが言うことを聞かないからだの、ぐじぐじと……矯正するいい機会だわ」

「た……タニア様……？」

「ミモザ、今度は貴女が言う番よ。発言を許します。今ここで発した言葉は問題にはいたしません。不敬罪など心配はいらなくてよ。容赦なく言いたいことを言いなさい」

遠慮ではなく容赦なのかとミモザは思った。見た目は妖精のように可憐なのに、中身はとても苛烈らしい。

ミモザは再びぽかんと口を開け、今日何度目かになる令嬢らしからぬ姿を晒《さら》してしまう。そしてすぐに、タニアと第二王子の二人からじっと視線を向けられ、はっとして口を閉じる。

(容赦なく、と言われても……でも、タニア様もきっと第二王子が態度を改めることを望んでいるのよね……)

それに先ほどミモザが感じたタニアの印象どおりなら、きっと本当に罰せられることはないのだろう。

ミモザは意を決して口を開く。

「わたし、は……」

「あ、あぁ……」

「私……私はっ、わがままで人の気持ちを考えず自分の言い分だけを通そうとして思いどおりにならないと使用人に怒ったり喚いたり無理やり腕を引っ張ったり……!! あげくの果てに謝りもせず悪くないとか言って開き直って!! おまけにだらしなくて太ってて食べこぼしがたくさんの不潔で甘ったれた貴方が大っっっ……嫌いです!! 貴方と結婚するなんて絶対に嫌です!!」

「!!」

言いたいことを思いきり。ついでに間違っても婚約者に選ばれないように大キライアピールもしておく。第二王子は、がーん、と音が聞こえそうなショックを受けた表情で固まった。目には涙も溜《た》まっている。

「っ……ぷはっ……ははははっ!!」

言い過ぎてしまっただろうかと内心ミモザが焦っていると、高らかな笑い声が響いた。

「あはは、はは、あぁおかしい……っ……くふふ……!!」

「あ、姉上!!」

「だってアル、この世の終わりのような顔して……!!」

「ひどいです姉上っ……!!」

涙目のまま第二王子がタニアに食ってかかると、タニアは「だってはじめにミモザにひどいことをしたのは貴方のほうでしょう？」とこともなげに言った。

「ふふ、これで両成敗ね……アルコル、なんて言えばいいかわかるわね？」

「……ごめんなさい」

「それは私にではないでしょう？」と、先ほどまでお腹《なか》を抱えて笑っていた姿からは想像できないほど優しげに微笑んだタニアが、第二王子の背中を押してをミモザの前にそっと促す。

「ごめんなさい……」

「ミモザも許して上げてくれるかしら？」

「私は……」

「……あ、あの……ごめんなさいっ!!」

「っ……」

「さっきは本当にごめん……もう嫌がることはしないし、これからはまわりの人のことをちゃんと考える……あ、あとこぼさないように身だしなみにも気をつけるから……!!」

なんと答えればいいのかミモザが思案していると、沈黙を怒りと勘違いした第二王子は泣きそうな顔で再び謝った。

その表情に確かに嘘《うそ》はないだろうと思えた。ミモザとてひどいことを第二王子に言った自覚はあったため、素直に謝っただけじゃなくて、自分の悪いところに気づいてくれたなら良かったと思う。

「殿下」

「っ」

「許します……あと、私も殿下にひどいことを言いました……ごめんなさい」

「！」

ミモザが頭を下げると、ようやくホッとしたのか第二王子は少しだけ頬を赤くした。

「いや、僕が悪かったんだ……だから……その」

「それでも、ひどいことを言っていい理由にはなりません」

「でも」

「二人とも、仲直りしたのだから謝るのはもういいんじゃないかしら」

「だってアルコルとミモザはもうお友達でしょう？」とタニアのおっとりした声が続く。

「ともだち……」

タニアの言葉に、ぼんやりと返事をした第二王子はミモザのほうを向いて再び顔を赤くした。そしてすぐに顔を俯けて指先をもじもじと弄《いじ》って時々不安そうな視線を寄越してくる。

（もしかしてこれは、私と友達になりたい、とか……）

「第二王子に気に入られない」という当初の目的からは真逆の状況にミモザはくらりとした。何故か垂れた耳としっぽが見えそうな第二王子のその眼差《まなざ》しを向けられるたびに良心はちくちく痛んでいく。

第二王子はミモザにとって最大の死亡フラグだ。彼の婚約者に選ばれるということは、処刑エンドへの大きな一歩と言っても過言ではない。確かにさっきまで友達ならとは思ったけれど、一度失敗してしまうとそれも尻込みしてしまう。

友達として第二王子を諌《いさ》めて助かる道を探してあげるべきか。それともやはり距離を置くべきか。

（婚約者じゃないなら大丈夫かな……でもさっきはダメだったし……）

ミモザが返答に迷っていると、意を決したように第二王子がミモザの前に跪《ひざまず》いた。

「っ⁉」

「……ミモザ嬢、僕と……わ、私と、友達になっていただけますか……？」

台詞《せりふ》だけはまるで物語の王子様のようだと思って、王子様なのは間違っていないことに気づく。混乱した頭でそんなことを考えていると、第二王子はミモザの手をそっと取って、静かに見つめてくる。その頭に再び垂れた耳の幻影を見てしまったミモザには最早《もはや》抗《あらが》う術《すべ》はなかった。

「……はい」

「っ……ほ、ほんとうか⁉」

「……はい」

（お母様……フラグじゃなくて膝を折らせてしまったけど大丈夫でしょうか……？）

婚約者に選ばれたわけじゃない、大丈夫と、自分に言い聞かせながら、ミモザは母の面影にそっと問いかける。不安を残しつつ、しかし目の前の王子の嬉しそうな顔を見ていると、しょうがないかという気にさせられた。

ミモザがアルコルに気に入られたことを報告すると、父はかなり満足げだった。そんな態度にも最近では落ち込むより諦めのほうが強い。アクルのことは「実際に第二王子を見て幻滅したようですわ」と言ったら、茶会でのことは深く追及されずに納得してくれたのは助かったと思っている。夫婦揃って単純でこの侯爵家は大丈夫なのかと不安になるが、いずれこの家を出ていくミモザには関係のないことだと割り切れるようになっていた。

そしてミモザが一番恐れていたとおり、アルコルがミモザを気に入ったことはその日のうちに国王陛下の知るところとなってしまった。国王陛下が「アルコルが望むのなら」とミモザを婚約者として迎えることに意外と乗り気だったのは驚いた。やはり心のどこかではアルコルを取り巻く状況が気になっていたのかもしれない。その場に王子と王女が揃っていたのだから話が伝わるのは仕方ないといえば仕方ないのだが、そんなに早く婚約の話が出るとは思わなくてミモザはとても肝を冷やした。

けれど、その場にいたタニアが婚約の話を「まだ早いですわ、だってアルコルはミモザに好かれていないもの、むしろ嫌われているわ」とあっさり保留にしてくれた。あまりきっぱりとした物言いに、国王陛下はじめ、王宮の使用人みんなが言葉をなくしていたのは記憶に新しい。

タニアの言葉にアルコルも眉を下げ頷いていた。

その場の雰囲気と、ミモザ自身もあくまで「友人の一人です」と何度も言い置いてきたので、まだ確定したわけではないと思っている。確かにアルコルはミモザにとって一、二を争う死亡フラグだけれど、同じ境遇のアルコルのことを放っておけないと思うのも本当で。

それにアルコルがこのまま改心したら、きっとお嫁さんになりたいと思う令嬢達も出てくるだろうとミモザは考えた。

（自分で決めたことなのだから頑張ろう……）

表面上は茶会前と変わらず、義母やアクルを回避する日々が続いていたが、その後ミモザの日常に一つだけ加わったことがあった。

「殿下、頬にお菓子がついてます」

「あっ……」

声を漏らした人物は慌てて手の甲で頬をぬぐう。けれども反対の頬についたそれは取れていない。

「どこだ……？」

「……こちらですよ」

ミモザは立ち上がり持っていたハンカチで頬を拭いてあげると、アルコルは頬を染めぎこちなく「ごめん」と言った。

「殿下、そういう時はありがとうです」

「そうか……ありがとう」

「はい」

素直に頷いたアルコルにミモザも小さく微笑むと、席に戻って紅茶を一口飲んだ。目の前には先ほどから慎重にお菓子を食べているアルコルがいた。

今日の天気は穏やかな快晴。アルコルから目を外して眺めた花壇にはラナンキュラスが僅かな風に揺れている。この間の茶会の時よりも小さな庭園だが、手入れが行き届いて整然とされた景色は流石《さすが》王城だといえた。公式な場ではないが、よそ行き用の珊瑚《さんご》色のセーラードレスを着てきて良かったと、そよ風で揺れる胸元のリボンを見て思う。

何故ミモザが王城の庭園でお茶をしているのかといえば、アルコルの話し相手として王城に呼ばれたからだ。

あの後、アルコルの「お友達」になってしまったミモザは、こうして定期的に城へ呼ばれることになった。ミモザはともかくアルコルのほうはミモザに好意を抱いているらしいことと、あの茶会以来わがまま放題だったアルコルが少しだけ変わりはじめたことが大きな理由らしい。何故そんなことを知っているのかといえば、城に呼ばれるようになってすぐにタニアが教えてくれたからだ。

『アルってばね、ミモザに早く会いたくて苦手な座学もきちんと受けるようになったのよ。この間も、わがままを言っていたから、ミモザに嫌われるわよって脅……言ったらすぐに大人しくなったわ。貴女のおかげね』

今もアルコルを見ていると、こぼさないように悪戦苦闘しながら食べているのがわかる。自分のおかげかはともかく、アルコルなりに変わろうとしているのがわかってミモザは嬉しかった。

「殿下、またお顔についてますよ」

「う……あ、洗ってくる……！」

大人達の間でどのような話がなされたのかはわからないが、無理やり婚約させられることはないようなので様子を見てもいいかと今は思っている。慌てて走っていく後ろ姿が小動物のように見えてミモザは少しだけ笑いそうになるのを咳払いしてこらえた。

急いで戻ってきたアルコルは、そんなミモザに気づかなかったようだが、すぐには座らずミモザの隣にやってきた。

「その……サザンクロス嬢」

「……ミモザで構いません」

「そ、そうか……」

この間も名前で呼ばれたような気がするのだけれど、名乗ってもいない相手にそれは失礼な態度であったと教えられたのだろう。家名に言い換えたアルコルにそう言うと、嬉しそうに「見せたいものがあるんだ」とミモザの手を掴んだ。

「こっちだ！」

「痛っ」

またしても急に手を引っ張られたミモザは、転ばないようになんとか椅子から立ち上がった。

「ご、ごめ……すまない……」

「……殿下、女性の手をそのように強く引いてはいけません」

それはやってはいけないこと。アルコルの目をじっと覗きこむと「どうしたらいいんだ……？　ミモザは知っているのか？」と、頬を赤くしながら素直に聞いてきた。

「こういう時は、このようにして手のひらを上に向けて相手に差し出すのです」

「そうか……」

神妙に頷いたアルコルは、おそるおそるといった感じでミモザに向かって手を差し出してきた。

「ミモザ……えっと、手を……」

「はい」

ミモザが素直に手を預けると、アルコルは嬉しそうに笑い「行こう」と歩きだした。握られた手のひらは汗でちょっと湿っていたけど、前回のように力任せに引っぱられているわけではないから十分歩きやすかった。

(やっぱり息が切れるのが早い……)

手汗もそうだが、アルコルは体型のせいで普通に歩いているだけでも息が上がってしまっているようだった。首筋には汗の玉も浮いている。

(もう少し痩せたほうが、体に負担がかからなくていいんじゃないかしら?)

ミモザがそんなことを考えていると、眼前に見覚えのある建物が見えてきた。それが前回連れ込まれた王宮の温室だと気づいてミモザは体を強張《こわば》らせる。

「ち、違う! 今日は、何もしないから!」

ミモザの態度に気づいたアルコルが慌てて「見せたいものがあるだけなんだ」と弁解をする。

「…………」

「ほ、本当だから……信じて!」

ミモザの疑うような視線に、縋《すが》るような碧い目が重なる。

「う……わ……わかりました……」

アルコルのそんな縋るような視線にとても弱いというのは最近気づいたことだ。同じ境遇、似たような逆境に立ち向かう相手だからだろうか。

(まぁ……何かあれば今度こそ距離を置けるし……)

諦めたように息をついたミモザは、破顔したアルコルの後に続いて、緊張しながら温室の扉をくぐった。

「殿下……見せたいものってなんですか？」

「こっちにあるんだ……あの大きな植物の後ろに……」

「わぁ……っ……」

たどり着いた先に広がっていたのは、赤みの強い橙色《だいだいいろ》の花がたくさん咲いている花壇だった。

「すごくきれい……花畑みたい……」

「…………」

花のひとつひとつは小さく可憐ではあるが花弁が多く、こうして群生するように植えられていると、温室の中であることを忘れてしまいそうになるくらいに美しい光景だった。

「……気に入ってくれた？」

「はいっ」

「よかった……」

心底ホッとしたようにアルコルは笑った。

「殿下は私にこれを見せたかったのですか？」

「あ、あぁ……うん……お日様に当たるとミモザの髪の色にすこし似てるなって思って、頼んで植えてもらったんだ」

「え」

「この間ひどいことをしたから……」

「…………」

「僕が悪いんだけど……その、もっとミモザに仲良くしてほしくて……姉上に相談したら、ミモザの喜ぶことをしてあげなさいって、言われたから……」

タニアの入れ知恵とはいえ、きちんと自分の悪かったと思うことを反省して、こうしてミモザの喜びそうなことを考えてくれたのだと思うと、何だか面映《おもはゆ》い。ミモザはぼんやり顔が赤くなるのを感じた。ぽっちゃりで、握られた手のひらは汗まみれで。全然王子様らしくないのに。

「殿下……その……あの、もう怒ってませんから……」

だから手を、と離れようとしたミモザの手をぎゅっと握ってアルコルはミモザの前に膝をつく。

「で、殿下……？」

「殿下じゃなくて、名前で呼んでほしい」

「えっ⁉」

人生で二度目になる「跪《ひざまず》いた王子様のお願い」に動揺が収まらないうちに、再びとんでもないことを言われミモザは動転する。

「それは……っ……」

「この間のことを許してくれるなら、どうかアルと呼んでくれ」

「⁉」

動揺して返答を戸惑っていたら名前から愛称にハードルが上がってしまい、更にミモザは混乱する。

「けど……」

「だめか……？」

（うぅっ……！）

しゅんとした視線にミモザが弱いのを把握されているのだろうか。せめてもの抵抗と顔を背けてアルコルのほうを見ないようにしたのに、握られた手を引かれてもう一度寂し気な顔で「嫌か？」と聞かれた。ミモザはすぐに白旗を掲げた。

「わ、わかりました……」

「本当か!?」

先ほどまでの様子が嘘だったかのようにアルコルは破顔する。

「呼んでみて！」

「あ………アルコル様……」

「アルがいい」

「………」

（ど、どうしたらいいの……！）

いくら本人がいいと言っても、ただの友人であるミモザがいきなり愛称で呼べるわけがない。もしそう呼んで親しい間柄だと思われて婚約者にされてしまったら。冷たい汗がこめかみから一筋落ちる。ミモザのそんな恐怖など露知《つゆし》らず、アルコルは期待の目で見つめてくる。どう答えればいいのか必死に考えていると、温室の入り口のほうからアルコルを呼ぶ声が聞こえた。

「アル、いるの？」

「……姉上、こっちにいます」

姉である王女の声にしぶしぶ返事をしたアルコルは、立ち上がってミモザの手を離す。とりあえず問題を先送りできたことに、ミモザはひとまず安堵する。

「あらミモザ、来ていたのね」

「タニア様、本日は殿……アルコル様にお招きいただきました」

「……あら……そうなの、今度は私ともお茶をしましょうね」

タニアは意味ありげに微笑む。しかしすぐに片眉を上げため息をつき、ミモザに名前を呼ばれてご機嫌だったアルコルに言った。

「アル、浮かれるのはいいけど時間を忘れてはいないかしら？　武術指南のエルナト先生が探していたわよ」

「あ……」

タニアの一言に、アルコルの表情が一瞬で曇る。

「……休んではいけませんか、今日はミモザも来てくれているのだし……」

「駄目よ。貴方は先生からもっと体を動かしなさいと言われているでしょう……それにミモザも約束や時間を守れない人は嫌いだと思うわ」

「……っ……」

言い訳は許さないとぴしゃりと言い放ったタニアにアルコルは言い返す言葉がないのか、口を噤《つぐ》んでそっぽを向いてしまう。

「だって……」

「アルコル様……？」

「だって、どうせ僕は兄上みたいにできないから……」

なんとなくアルコルの表情が暗い気がして。ミモザが呼んだ名前の返事の変わりに吐き出されたのはアルコルの苦悩だった。

『幼い頃から第二王子はできのいい王太子と比べられているの』

母から聞いていたが、ミモザが思っている以上にそのことはアルコルの心に深い傷を作っているのがわかった。

「エルナト先生だけじゃない、みんな兄上はできた、兄上ならこんなの簡単だって言う……僕だって一生懸命やってるのに……!!」

「アルコル様……」

「色落ちだからしょうがないって陰口たたいて僕の髪を馬鹿《ばか》にするんだ……!!」

色落ちという言葉が引っ掛かって、すぐに母の言葉を思い出す。

『第二王子は王太子や王女と比べると少しくすんだ金色の髪なの。金色の髪は王家の象徴とされているから、その色が薄い第二王子は幼い頃から「色落ち」などと言われていたわ』

確かにアルコルの髪はタニアに比べると色が少し暗い気がする。けれどそれだけのことで色落ちなどと蔑む輩の気がしれない。

ミモザは腹が立った。母親を亡くして一人ぼっち。大人達の意図で孤立させられ、寂しさを紛らわす日々に追い打ちをかけるような言葉。これではあまりにアルコルが可哀想だ。それに——。

「アルコル様」

「…………」

「アルコル様は、さっきこのお花が私の髪に似ているとおっしゃってくださいましたね」

すっかり落ち込んでしまったアルコルにミモザは顔を覗きこんで話しかける。

「私もアルコル様に似ていると思ったものが一つありますの」

「僕に……？」

今回だけは暗示をかけたりはしない。ちゃんとミモザの言葉で、アルコルに伝えたかった。

「アルコル様の髪は小麦の色に似ています」

「小麦……？」

ぽかんとしたアルコルにミモザは少しだけ微笑んで続ける。

「はい。うちの領地の西側には広い農地があります。何もないところですけど秋になると小麦が一面に実ってお日様の光をきらきら浴びて、まるで金色の野原みたいでとってもきれいなんですよ？」

「…………」

「でもその金色の小麦はただきれいなだけじゃなくて、領民においしい食事や、そこで暮らしていく仕事を与え、たくさんの人の生活を豊かにしてくれます。だから私は小麦畑の金色が大好きなんです」

「大好き……」と呟いたアルコルが、かっと一気に赤くなる。

「ミモザ……」

決して色落ちなどではありません。伝わってほしくてミモザはじっとその碧の目を見つめる。

「小麦の、金色……」

「はい」

碧い目が上向いて額にかかる前髪を指がなぞる。ぼんやりとした面持ちでそれを眺めたアルコルは憑《つ》き物《もの》がおちたような顔で「そうか……」と小さく呟いた。きっと全てに納得したわけではないだろう。けれども、ミモザの気持ちが少しでも伝わっていたらいいと思う。

「……それで、アルコルはどうするのかしら？」

はっとして振り返れば、いたく機嫌がよさそうなタニアと目が合った。

「……授業は受けます」

「そうね」

授業に行く決心はついたようだが、未《いま》だに兄である王太子へのコンプレックスは強いらしい。「行きたくない」と書いてある丸まった背中に苦笑する。しょんぼりして肩を落とすアルコルに、ミモザは昔同じように鍛錬を嫌がった時に母に言われたことを思い出した。

「アルコル様、筋肉は裏切りません」

「は？」

「母が言っていました。人や動物は生きている限り裏切ることもあるでしょう。しかし筋肉だけは裏切りません。自分が鍛えた分応えてくれるのが筋肉です、と」

いきなり突拍子もないことを言われて呆気に取られているアルコルとタニアに、だめ押しで「世の中で起こっている問題の三割は筋肉で解決できます」と続ける。

「ですから……頑張りましょう？」

「ミモザは……筋肉がついているほうが好き……？」

筋肉、筋肉と連呼したせいか、どうやら筋肉好きだと解釈されてしまったらしい。別にそういう意図はなかったけれど、少しでもやる気になってくれたらいいなと思い「少なくともないよりはあったほうが自分の身を守るためにもいいのではないでしょうか？」と、打算をもって答える。

ミモザの適当な返事に「そうか……」と神妙に返したアルコルは、何故か自分のお腹を触って渋い顔をしていた。

閑話　世界で一番大事な女の子

『兄上様は簡単にできましたよ』

物心ついた頃から、周囲の大人達に毎日のようにそう言われていた。どれだけ勉強しても、どれほど努力しても、アルコルが得られた評価は兄には到底及ばなかった。

『大丈夫、人によって得意なことも苦手なこともあって当たり前なのよ。アルにはアルのいいところがちゃんとあるわ』

できのいい兄と何一つ満足にこなせないアルコルを比べる時に、周囲の人間は揃《そろ》って「色落ち」と口にした。兄や姉に比べてくすんだ色合いの髪のせいだろうというのは嫌でもわかった。うまくいかなくて悔しくて泣きつくと、母はいつも根気よく慰めて諭してくれた。兄に敵《かな》わないことに卑屈になった時は叱られたこともあった。体が弱く、いつも床に臥《ふ》せっていた母ではあったが、優しく芯の強い人間であったと思う。自分の存在をきちんと認めて慈しんでくれる、そんな母の膝の上で頭を撫《な》でてもらうのが大好きだった。

だからこそ、たとえ兄に敵わなくとも勉強や鍛錬を怠らなかったし、母が悲しむような道理に背くことは絶対にすまいと思っていた。けれどそんな優しい母は自分をおいて逝ってしまった。母親がいなくなったことがよく理解できていなくて。ただもう会えないのだということだけは嫌というほどにわかって。

父親である国王は、正妃であった母が亡くなってすぐに、側妃であった兄の母を正妃に迎えた。母が亡くなったことを、父も同じように悼んでいると思っていたのに、その行動にアルコルはひどく裏切られたような気がした。呼応するようにアルコルの周りからはどんどん人が離れていった。継承順は二番目ではあったが「正妃の息子」という肩書もなくなってしまった今の自分は、きっと誰にも必要とされないのだと思い知らされた。

色々なことがもうどうでも良くなってしまって、母や民に誇れる自分であろうと努力していたことも、できなくても意地のように続けていたことも、全て手につかなくなった。腫れ物のように扱われ、哀れだと言いながら陰では「色落ち」だと見下して。周りにいる人間全てが敵に思えて、普通に人と話すことができなくなり、鬱憤を当たり散らしてはひどくなる悪口に苛立《いらだ》って。

勉学や鍛練に励んでも兄と比べられて蔑まれるのであれば最初からしないほうがいい。どうせ誰も自分に期待などしていないし、目も向けないだろう。

授業はどんどん遅れていったし、食べてばかりで動くこともしなかったせいか、体はどんどん重く鈍《なま》っていった。そんなアルコルに唯一姉だけは心配して何度も話しかけてくれたけれど、頭が愚鈍になろうが、見た目が醜悪になろうが、他人からどう思われようが、もう自分には関係ないことだと思っていた。認めてくれる母はもういない。自分を見てくれる人はもういないのだから。

自棄《やけ》になっていたのだと思う。全部がどうでもよくて、諦めていたのだと思う。気づけば周りには誰もいなくなっていた。

そんな時、王宮で茶会が開かれることになった。名目は誕生祝いだが、同じ年頃の令息や令嬢が集められたそれは、アルコルの将来の従者や伴侶を探すのが目的だと聞かされた。茶会の前に「もしこの中で従者にするなら誰がいいか」とか「気に入った者がいればすぐに侍従に言うように」と、父から言われた気がするけれど、どうでもよかった。なんと返事を返したのかもハッキリしないが、わかっているのは従者だろうが婚約者だろうが、誰がなっても同じだということだった。

今のアルコルには誰も好んで寄りつかないし、疎まれるのがわかっているのだから、こちらから声をかけるなんてことしたくない。政略的に互いの利害が一致している相手であれば誰でもよかった。

会場に入った瞬間、見世物のように自分に注目が集まるのがわかった。集められた同年代の子供達は大人顔負けに陰でひそひそと囁《ささや》き合う。この場にいるだけで気分が悪くなりそうな光景だった。

遠巻きにしているだけで近寄ってすらこないのだから、気に入るもなにもない。どうせこちらからは話すこともないのだし、今さら取り繕ってどうなるものでもないだろう。そう思っていつものように振る舞っていた時だった。

見知らぬ令嬢にいきなり不躾《ぶしつけ》に話しかけられ、引く様子もない相手に仕方なく返事をすれば、そんな太っている王子はいないと吐き捨てられた。怒りに震えるアルコルの前に現れたのは、その令嬢の姉を名乗る人物だった。突然目の前に現れた彼女は、非礼を言い聞かせるよう妹を諭して、アルコルを見つめ謝罪の言葉を口にした。

橙《だいだい》色に近い赤い髪。視線が合った明るい緑の目は不安に揺れつつもアルコルをしっかりと捉えた。その眼差《まなざ》しは、いつかの自分を心配して叱る母を思い出させて。不敬を咎《とが》めようと開いた口はぴたりと上下が張りついてしまったかのように動かなくなった。

『あれは確かサザンクロス家のご令嬢よ……確か夫人が亡くなってすぐ後妻を迎えたのよね』

『姉のほうは新しい夫人と連れ子の娘にひどく苛《いじ》められているそうよ……父親も見ないふりだとか……お可哀想《かわいそう》に……』

どこかからひそひそと囁く声がする。誰が言ったのかはわからない。けれどそれが本当であるならば、この少女は自らを虐げる異母妹《いもうと》を庇《かば》うため、王子である自分の前に現れたということだ。

どうしてそんなことができるのだろう。自分を苛めるような人間をどうして庇う。何故《なぜ》卑屈にならない。アルコルは黒くてドロドロしたものが胸にせりあがってくるのを感じながら二人を見ていた。

未《いま》だ近い場所にある顔に緊張しながらも、心のどこかでは自分の境遇を恨んでいるのだろうと、見返した瞳の奥に相手を疎む気持ちや憎しみを探した。けれど間近で見た緑の目に、暗い影は一切見つからなかった。彼女のまっすぐな瞳に、頬を思い切りひっ叩《ぱた》かれたような気になったのと同時に、心臓がうるさいほどの音を立てる。

顔が熱い。胸が痛い。恥ずかしかった。

この少女は自分と同じだと思っていた。母親を亡くし、父から見放され、自分の責ではないことを責められ、努力してもどうにもならない現実を恨んでいるのだと。しかし彼女はそんなこと微塵《みじん》も感じさせず、しっかりアルコルを見据えて言葉を紡いだ。

きっと彼女は諦めていないのだ。何もかもを諦めて捨ててしまった自分とは違うと気づいた時、急に相手が眩《まぶ》しく思えて頬に熱が上がるのがわかった。

もし自分が彼女を欲しいと言ったら、同じような境遇を持つ彼女なら自分のことを理解してくれるのではないだろうか。暗いところからアルコルを引っ張りあげてくれるのではないだろうか。

『王子の婚約者に選ばれれば、彼女も家族に疎まれずに済むんじゃないかしら』

そんなことを考えていた時、またどこからか声が聞こえた。そうだ。婚約者にすれば、彼女の家での扱いもきっと良くなるはず。彼女は自分の助けを必要としている。それに王子の婚約者になれるのだから、きっと彼女も喜ぶだろう。

相手の気持ちなど考えもせず。それがとても独りよがりだとは、アルコルは考えもしなかった。

すぐに背を向け去ろうとした少女の腕を掴《つか》み、無理やり温室まで引っ張っていって「ずっとここにいろ」とか「結婚しろ」とか言ったのかもしれない。心臓が煩くて、頭がぼうっとして。言い訳になってしまうけれど、まるで自分の意思ではないみたいだった。

驚いて見開かれた大きな緑の目に自分が映っているのが嬉《うれ》しくて。よく見ると彼女はとても可愛《かわい》い。掴んだ腕の白い指先も、新緑の瞳に映える赤い髪も、自分よりひとまわり小さな肩も、不安なのか戦慄《おのの》く唇も。靄《もや》のかかったような頭でそんなことを考えていたら自然と体が動いていた。我にかえったのは、彼女の悲鳴と頬に衝撃を感じてからだった。

『貴方《あなた》なんかきらい……‼　大っきらい‼』

ぶつけられた言葉に、頬を殴られた以上の衝撃を受けた。拒否されるなんて思わなかった。彼女は自分の助けを必要としていて、王子と結婚できることを喜ばないはずがないと思っていた。嗚咽《おえつ》をこぼして泣き出してしまった彼女に、激しい動揺と後悔が襲う。

突然現れた姉があの場を収めてくれなかったら、どうなっていたかわからない。姉に聞かれてミモザが名乗るまで、相手の名前すら聞こうとしなかったことに気づかされた。本当に自分は馬鹿《ばか》だ。

これでは嫌われたって仕方ない。名前すら聞かず、無理やり連れてきて結婚を迫り口づけようとするなど、ミモザにとっては恐怖でしかなかっただろう。ミモザは顔を青褪《あおざ》めさせ、姉の質問に肩を震わせながら答えている。きっと王子である自分に不敬を働いてしまったと思いつめているのであろう。

悪いのは自分なのに。早く謝らなければと思うのに、声が出せなかった。

『アルコル、継承権は二番目だとしても、貴方は歴《れっき》としたこの国の王子なのよ』

姉の言葉はもっともで、自分は良かれと思ってやったとか、そんな理由で許されるものではないと思い知らされた。

謝らなければ。そう決意して口を開こうとしたら、姉の提案で彼女の気持ちを知り、更に落ち込んで泣きそうになった。実際ちょっと泣いてしまったかもしれない。項垂《うなだ》れた自分を笑う姉を恨めしく思いつつも、ああしてミモザの気持ちを知るきっかけを与えてくれなかったら、自分はずっとあのままだったかもしれないと思うと反論できなかった。

『ごめんなさい……』

きっともうこれ以上嫌われることもないだろう。底まで落ちた自分の評価に、そう思ったら素直に言葉が出てきた。結局ミモザはあんなことをした自分を許してくれて、それどころか自分もひどいことを言って悪かったと謝ってくれた。ほっとして、目の前の彼女に緊張して、また顔が熱くなる。

反省しなければと思うのに、姉の「友達」という言葉に勝手に期待してしまう自分はずるいとも思う。

嫌われたくない。もっと仲良くなりたい。話がしたい。笑ってほしい。虫がいいのはわかってる。あんなことをした自分が望んではいけないことだと、誰よりもアルコル自身がわかっていた。

相反する感情を持て余しながらミモザのほうを窺《うかが》えば、困惑している様子だった。

すぐに断らないのは彼女が優しいからだろう。けれど、もし少しだけでも。ミモザがまだアルコルに同情してくれているのなら。

『ミモザ嬢、僕と……わ、私と、友達になっていただけますか……？』

意を決してミモザの前に跪《ひざまず》いて、アルコルは自分の気持ちを伝える。ずるいとわかっていてもこのまま帰したくなかった。返答をじっと待ってアルコルが静かに見つめていると、やがて根負けしたように彼女は頷《うなず》いてくれた。それがどれだけ嬉《うれ》しかったか。

ミモザはサザンクロス侯爵家の長女で、母親を亡くしてからあまり茶会などの公な場には出てきていないが、愛らしい見た目のせいか縁談を望む家も少なくはないと聞いた。侯爵家は異母妹に婿《むこ》を迎えて継がせるらしく、ミモザは他家へ嫁入りが可能だというのはあの茶会の後で知った。どこか情報が偏っているのは、それが姉からの情報であったせいかもしれない。

茶会の後、ミモザは友人として時々城に来てくれることになった。そんなことを思い出しながら、ミモザに見入っていると、こちらを向いた彼女に「頬にお菓子がついてます」と頬を拭われてしまった。呆《あき》れられたくなくて、こぼさないように注意していたというのに。恥ずかしくなって「ごめん」と謝れば「そういう時はありがとうです」と言われた。

素直に頷いた自分にミモザは小さく微笑《ほほえ》んでくれた。そういうところが本当に可愛いと思う。優しくて、こんな自分に呆れたりせず、ちゃんと目を合わせて話をしてくれる彼女だから惹《ひ》かれているのだ。見た目だけで結婚を望むような輩《やから》には絶対にミモザを渡したくないと思った。

父はすぐにでも彼女を婚約者にと言ったが、姉の言うとおりミモザに嫌われている現状では頷くことができなかった。無理強いはしたくないけれど、その隣を諦められない。

だから、ミモザに見直してもらえるよう、やめてしまっていた鍛練や勉強を再開し、口調や立ち振る舞いは王子らしく。使用人への接し方も見直して、今までのことを謝った。菓子一つ食べるのにみっともないくらい必死になる。

すぐには変われないかもしれないけど、胸を張って気持ちを伝えられるように。いつか少しでも好いてもらえるように。嫌われている現状から、せめて友達になるというのが最近の目標である。

『自分のしてあげたいことではなくて、相手の喜びそうなことを考えてあげなさい』

どうしたらミモザに仲良くしてもらえるか姉に相談したらそう教えられた。悩みに悩んで自分なりに考えた結果が、彼女の髪色と似た花を見せるということだった。

温室までの道を、宝物みたいなその小さな手を握って歩くと、とても幸せな気持ちになった。同時に喜んでくれるだろうかと心配になる。

前に温室に来た時に感心したような声を漏らしていたから、きっと花は好きなんだろう。

「頼んで植えてもらった」と言ったが、実はアルコルも少しだけ手伝った。努力の甲斐あって、綺麗《きれい》に咲き誇った花達の前でミモザはとても喜んで頬を染め笑ってくれた。その顔を見ていたらどうしても我慢できなくなって、気づけば膝をついて名前を呼んでほしいと願い出ていた。

当然、彼女は困った顔をした。最近気づいたことだが、ミモザは情が深い。こうしたしゅんとした視線に弱いのだと思う。汚いが、名前を呼んでもらうために自分も必死だった。顔を背けたミモザに、こっちを向いてほしくて握った手を引くと、こちらに視線を戻した彼女は迷った末に頷いてくれた。

『あ……アルコル様……』

言わせてしまった感は否めないが、ミモザに名前を呼んでもらえてかなり浮わついていたのだと思う。しかし、温室へやってきた姉に、苦手な剣術の先生がやってきていることを知らされ、兄に劣る自分を思い出した。ミモザにこんな卑屈な自分を見られたくないと思いながらも、一度兄への劣等感を口に出してしまうと止めることができなかった。そんなアルコルを止めてくれたのもミモザだった。

『アルコル様の髪は小麦の色に似ています』

ぽかんとしたアルコルにミモザは「お日様の光をきらきら浴びた金色の野原」の話をしてくれた。

この髪が大嫌いだった。兄のように、姉のように、綺麗な金色じゃないこの髪が。

『だから私は小麦畑の金色が大好きなんです』

それなのにミモザはその一言で、ずっと自分が抱えていたものを綺麗に吹き飛ばしてしくれた。

「大好き」と自分に対して言ったわけではないのに、勝手に顔が熱くなってどうしようもなくなった。寂しさから自分を認めてくれる相手を求めているだけなのかと思う時もあった。けれど、その一言でミモザは世界で一番大事な女の子になった。

本気で変わりたいと思った。彼女の隣にい続けるために変わろうと思った。自分の中に確かに決意が生まれた瞬間だった。

『筋肉は裏切りません』

ミモザは筋肉質な男が好きらしい。思わず掴んだ自分の腹に顔が渋くなる。

少しでも好みに近づいて、いつか振り向いてもらえるように。もっと痩せて、もっと筋肉をつけようと密《ひそ》かに誓った。

✦母の教え その二 「眼鏡はかけているだけで取り柄」

登城するようになってからしばらく経《た》った頃、ミモザの前に第三の死亡フラグが現れた。

「今日から一緒に授業を受けることになったメグレズだ」

王城の一室。いつも座学をしている部屋で、そうアルコルから紹介された少年は、俯き気味の顔を少しだけ上げミモザと目を合わせた後、すぐに目を逸《そ》らしながら小さな声で「よろしくお願いします」と言った。

「メグレズはデルタ伯爵家の次男で、将来は僕の従者になる予定なんだ」

アルコルがミモザに説明している間も、メグレズはきょろきょろと不安そうに視線を彷徨《さまよ》わせて落ち着かない様子だった。

視線が動くたび後ろで三つ編みにされた深い緑色の髪が揺れ動いて、顔の大きさと合っていない眼鏡を忙《せわ》しそうに何度も直しているのが印象的だった。成長を見込んで大きめに作られたシャツと半ズボンから覗《のぞ》く手足はまだ年相応に細い。それだけ聞くとなんだか不格好に思えるが、眼鏡の奥の黒目は切れ長で、幼いながらも鼻筋の通った整った顔は美形だと言わざるを得ない。

（さすが乙女ゲームの登場人物の一人だわ……）

そう、何を隠そうこのメグレズ。ゲームのタイトルにもなっている〝七人の騎士〟のうちの一人であり、歴《れっき》とした攻略対象なのだ。

『〝七人の騎士〟のうちの一人、メグレズ。冷静沈着メガネ。腹黒度は王太子の側近メラクといい勝負だけど、見た目穏やかそうなあちらに比べると冷たい印象を受けるわ。実際にゲームでも最初はヒロインにもかなりそっけないの。心を許した相手にしか笑わないから、ファンからチベットスナギツネってあだ名をつけられていたわね。彼は幼少時から第二王子に仕えている側近よ。実家であるデルタ伯爵領は大きな災害に見舞われて困窮していたの。だからこそ伯爵は領地への多額の援助の代わりに、まだ幼い次男を評判の悪い第二王子の従者に差し出したのよ』

つまり人身御供《ごくう》として王家に献上されたのがこのメグレズということだ。将来の王弟の側近になれると聞けばかなりの好条件ではないかと思うのだが、そこはやはり今までのアルコルの悪評が響いているのだろう。

あれからアルコルは変わろうとしている。毎日少しずつ体に負担がかからないよう鍛錬をするようになったと言っていたし、この間だって「兄上のようにできなくても投げ出さない」とミモザに言ってくれた。

城へ会いにいけば実際に頑張っている姿を見かけることだってあった。けれど未《いま》だに「わがままな第二王子」のイメージが払拭されないせいで、こういった状況になってしまっているようだ。

(大人って何を見ているのかしら……)

メグレズの様子を見れば、アルコルに対して不安がっているのがよくわかる。アルコルもまた、そんな相手に緊張している様子だった。

変わろうと努力しているアルコルに見向きもせず、大人の都合で振り回す。ミモザはもやもやする思いを内心に留め、挨拶の途中だったことを思い出し居住まいを正す。

「はじめまして、私はミモザ・サザンクロスと申します。殿下には友人として仲良くさせていただいています」

令嬢らしくお辞儀をすると、おどおどしていたメグレズも背を伸ばして礼をした。そしてすぐに怪《け》訝《げん》な顔をして「友人？」と小さく呟《つぶや》いた。

「えぇ。この間の王宮で開かれたお茶会でご縁があって、それ以来友人として時々王城にお招きいただいていますの。友人として。メグレズ様は殿下のご学友になられるのでしょう？　私とも友人として仲良くしてくださると嬉《うれ》しいです」

大事なことなのでミモザは何度も友人と強調しておいた。あくまで自分とアルコルは友人なのだと、にっこり微笑《ほほえ》んで言い含めると、ミモザから何か感じ取ったのかメグレズは「そうなのか」と解せない顔をしながらも頷《うなず》いた。なにも『第二王子の婚約者に選ばれないようにする』という打倒死亡フラグのためだけに言ったわけではない。ミモザが友人、友人と連呼したのにはちゃんと理由があった。

『彼は最初、王太子の側近の候補に上がっていたんだけど、王太子が選んだのは別の人間で、そのことでそれはもう父親にひどく叱責されたらしいわ』

家が傾いたのはメグレズのせいではないのに、理不尽な話である。

『家を助けてもらった恩や、家にはもう自分の居場所がないことがわかっていたから、彼はわがままな第二王子に誠心誠意尽くすしかなかった。ゲームの中で第二王子がクーデターを企てた時もつき従っていたくらいだもの、よほどね。でも彼は学園でヒロインと出会って第二王子に見切りをつけ、諫《いさ》め切れなかった自分を恥じて王子を裏切り、断罪に手を貸すの。第二王子と貴女《あなた》の断罪にね』

そう、ゲームのシナリオで第二王子とミモザが起こしたクーデターが失敗するのは、このメグレズの裏切りが最大の原因である。メグレズルートだけでなく他の攻略対象ルートでも、詳細は多少違うが彼はアルコルを裏切ってヒロインに手を貸している。

メグレズが裏切るのは、アルコルの長年にわたる傍若無人な仕打ちに耐え切れなくなったとか、他人を省みないアルコルとその婚約者である悪役令嬢ミモザの振る舞いが許せなかったとか、危なくなったら自分を切り捨てようとしていたアルコルへの信用をなくしたからとか、色々な理由があったが、そもそもは二人の信頼関係が損なわれたことが原因だといえた。

つまり、この第三の死亡フラグを回避するには、アルコルとメグレズの信頼関係がしっかりと結ばれていることが重要なのだ。だからこそわざとらしいくらいに友人、友人と口にしているのだけれど、当の本人達がそんなに話そうとしていないのが気にかかる。ここはミモザが頑張って二人の間を取り持たなければと、心の中で意気込んで口を開いた。

「メグレズ様」

「は、はい」

「最初に言います。殿下は貴方《あなた》が思っているような人ではありません」

「え」

虚をつかれたメグレズにミモザは続ける。

「確かに以前はわがままな一面もあったかもしれませんが、今の殿下はたくさん努力しています。お勉強だって私が習っているところよりずっと先に進んでいるし、運動も自主的に取り組んでいるんですよ。友人でしかない私にもとても親切にしてくれますし……周りの人にちゃんとありがとうが言える優しい方です」

「ミモザ……」

アルコルが赤い顔を隠すように口元に手の甲を当てる。

「だから、どうか今の殿下を見ていただけませんか」

「サザンクロス嬢……」

ミモザの突然の擁護にメグレズは困惑している様子だった。初対面のミモザの言うことを信じられないのも仕方ない。けれどお互い幸せになれない誤解をしたままなのは嫌だと思ったのだ。

「……ミモザ」

「はい？」

メグレズから意識を外すと、赤い顔のままどこか拗《す》ねたような表情をしたアルコルが「殿下じゃなくて」とミモザのほうに手を差し出した。

「？」

(手を出せということ？)

よくわからず差し出された手のひらに、ぽす、と自分の手を載せると、きゅうと握られてもう一度「殿下じゃなくて」と言われる。

「殿下？」

「アルコルと呼んでほしいと言っただろう……」

「しかし、メグレズ様もおりますし……他の方の前ではきちんとしなければ……」

「いやだ」

「いやだとおっしゃられても……婚約者でもないのにそんな風にずうずうしく呼べませんわ」

「うっ……」

空いているほうの手で胸を押さえて項垂《うなだ》れるアルコルに、ミモザは首を傾《かし》げながら、同意を求めるようにメグレズを見れば、彼は彼で驚いてずれた眼鏡を直していた。

「ミモザ嬢は、殿下の婚約者ではなかったのですか……？」

「違います」

またしても横からうめき声が聞こえたが、今はメグレズの誤解を解くほうが先だ。

「でもさっきの話はどう考えても」

「違います、友人です。大事な友人が誤解されたままなのは悲しいです。それに親しい友人なら名前で呼び合ってもおかしくないですよね？」

「そ、そうかな……？」

「そうです」

きっぱりと言い切ると、握られていた手がくいくいと引かれる。

「確かに……その……まだ……婚約者じゃないけど、それなら僕の従者で学友なんだから、メグレズも僕をアルコルと呼んだらいい」

「そっ、それは……！」

いきなり話が飛び火して驚いたメグレズが言葉を失くす。

（そうよね、いきなり王族から名前で呼べと言われたら驚くわよね……）

最近同じことを言われた身としては、メグレズが固まってしまう気持ちがよくわかった。ましてやメグレズは、アルコルが「わがまま癇癪《かんしゃく》もちのどうしようもない王子」だと聞かされているのだろうから、下手なことを言って不敬罪にでもされたらどうしようとか考えているに違いない。そんなメグレズの葛藤に気づくことなく、アルコルは「そうしたらミモザだって僕の名を呼べるだろう」とか言っていた。

（ん……？）

「殿下……もしかしてそのためにメグレズ様に友人だと言ったのですか」

「っ……だ、だってそうでも言わないと呼んでくれないだろう……」

「だとしても、メグレズ様を利用して無理やり言わせるのはいけないと思います」

「メグレズを友達と言ったのは本当だよ！」

「！」

固まって顔を伏せていたメグレズがアルコルの言葉に勢い良く顔をあげる。

「ずっと一人ぼっちだった王宮にミモザが来てくれるようになって、これからはメグレズも一緒に勉強したり鍛錬したりできるんだって言われて嬉しかったんだ」

「…………」

「やっと少し仲良くなれたと思ったのに、そうやって殿下って呼ばれるとまた一人に戻っちゃう気がして嫌なんだ」

「あ……」

今のアルコルは理由もなくわがままなんて言わないのに。自分もアルコルのことを見ていなかったんじゃないかと後悔が込み上げる。一人ぼっちの部屋で膝を抱えている自分の姿が重なる。他の誰でもない自分こそ、その寂しい気持ちをわかってあげなくちゃいけなかったのに。

「二人がどうしても呼びづらいというなら無理強いはしない」

「折角《せっかく》できた友人をこんなことでなくしたくないからな」と眉を下げて笑うアルコルに、ミモザは体ごとしっかりと向き直って名を呼んだ。

「……アルコル様」

「！」

「ごめんなさい……またお名前でお呼びしてもいいですか？」

「っ……あぁ！」

ミモザの言葉に嬉しそうに笑って頷いたアルコルに、それまで横で呆然《ぼうぜん》としていたメグレズが一歩近づく。

「王子殿下……」

「あ、あぁ……どうし」

「……ごめんなさい!!」

「!」

勢いよく頭を下げたメグレズに驚いて、今度はアルコルが固まる番だった。

「僕は……僕は、殿下のことをとても怖い人だと思っていました」

「……………」

「僕は兄のように領主としての教育も満足に受けていないし、魔法だって満足に使えないし……何の取り柄もない僕を従者に選んでくれたのは他の誰でもない殿下だったのに……。噂《うわさ》を信じて、自分で貴方を見ようとしなかった」

頭を下げたままのメグレズに「半分は本当のことだから仕方ないよ」と、アルコルが声をかけ頭を上げさせる。

「それに、メグレズを選んだのも宰相に言われたからなんだ。君を従者にすることで伯爵領が再興できるならそれでいいと思ったし、恩を売っておけば他の奴《やつ》らみたいに僕を蔑《ないがし》ろにしないんじゃないかって自分勝手に考えただけで……ちゃんと考えたわけじゃなくて、ごめん」

「それでもです、僕は家のために選ばれなきゃいけなかった。もし貴方があの茶会の時選んでくれなかったら、僕はきっと厳しく叱られて家でも居場所をなくしていたでしょう」

先ほどまでおどおどしていたのとは別人のように、アルコルの目を見て堂々と話す様子に彼が攻略対象の一人であると思い知らされた。丸まっていた背が伸び、ずれ落ちていた眼鏡はようやく収まりどころを見つけて嵌《は》まった。

「今更、と思われるかもしれませんが……どうか僕にも殿下の名前を呼ぶお許しをいただけませんでしょうか。申し訳ありませんでした」

そう言って頭を深く下げたメグレズに、アルコルはミモザの手を一度ぎゅっと握ってからその手を離して向き直った。

「僕もこの間言われたんだけど……そういう時はありがとうって言うんだよ、メグレズ」

「！」

「僕こそなんの取り柄もないし、こんな見た目だし、まだ直さなきゃいけない悪いところもたくさんある……それでも友達として、名前を呼んでくれるか？」

「っ……はい!!」

「アルコル様」と呼んだメグレズに微笑み返して、アルコルは少し赤くなった頬を指先で掻《か》いた。

「嬉しいけど、照れくさいな……メグレズに友達だって胸を張って言ってもらえるよう努力するよ」

「僕も……もっと勉強して取り柄の一つも見つけられるよう努力します」

「メグレズのそういうところは十分取り柄だと思うけど」

「私もそう思います。それに母が『眼鏡はかけているだけで取り柄なのよ』と昔言っていましたわ」

「どういう意味なんだ……？」

「わかりません」

「わからないって……っふふ、ははっ……」

王宮へ来てから初めて声を出して笑ったメグレズを見たアルコルは、ミモザに小さく「ありがと

う」と耳打ちをした。

「メグレズのことも……さっき庇《かば》ってくれたことも、嬉しかった」

「っ……」

それが少し恥ずかしかったのと、アルコルの笑顔がずっと柔らかくなっていることに気づいて、感極まってミモザの胸は一杯になった。嬉しくて心のままアルコルに「良かったですね」と笑い返すと、ミモザより更に赤くなったアルコルは背を向けてしまった。

「確かに婚約者ではないんだな………まだ」

そんなミモザ達を見ていたメグレズはおかしそうに小さく呟いた。

閑話　笑い方なんて気付いたら覚えてる

自分が生まれたデルタ伯爵領は、王国の西に位置しており、温暖な気候による自然や領地を流れる何本もの川から引いた水路が街中に張り巡らされていて、景観がとても人気の観光地でもあった。特に目ぼしい産業もないが、豊かな自然資源のお陰で粛々と続いてきた伯爵家に激震が走ったのは、気象異常で何日も何日も雨が降り続いた挙句の日のことだった。

『山からの土石流で街が……!!』

『水路に流れ込んだ土砂が街に溢《あふ》れ出して建物が埋まった！　下敷きになった奴《やつ》らがいる!!』

『収穫目前だった作物が……南側の果樹園も水没したと聞いた……』

この時まだ自分は幼くて、大人達が話していることを全部理解していたわけではなかった。けれども、そのただならぬ様子と母親の青褪《あおざ》めた顔に、よくないことが起こったのだということだけはわかった。領地に降った長雨は大きな山崩れを引き起こし、川を伝って街までをその土砂が飲み込んだ。街中を水路が走るつくりが災いして、領民や作物への被害はとても大きいものだった。

父は災害対応と金策に、母は領民のためと家計の見直しに奔走していた。たった一人の兄は伯爵領の後継者としての勉強があった。幼い自分だけが皆の走り回る家で一人取り残されているようだった。けれどわがままなど言うわけにもいかず、何もできない自分はただ大人しくしているほかなかった。

時間と共に災害の傷は薄れていくものだと思っていた。けれど降り続く雨に復興は思ったように進まず、土砂の排出が済まないまま季節が夏になり、壊れた景観を目にした他領の人々はデルタ領を訪れなくなり観光客が激減した。観光にその収入の多くを頼ってきたデルタ領にとってはかなりの痛手で、その頃には領地の経営はかなり逼迫《ひっぱく》したものになっていた。

父から王太子の側近になるように言われたのはそんな頃だった。

『殿下の側近……僕がですか……?』

『そうだ……来年王太子殿下は十歳となられる、そろそろ側近をお決めになる時期だ』

そして父は「必ず選ばれてくるのだぞ」とメグレズに言った。王子の側近に選ばれれば多額の援助がもらえる。それを知ったのは、王太子の側近に選ばれることが叶《かな》わず、領地へ帰り父から激しい叱責を受けている最中だった。「役立たず」とか「なんのために生きているんだ」とか、その罵詈《ばり》雑言の合間に交じるお金の話に、自分が領地への援助のために売られようとしていたことを、その時になって初めて知った。

確かに悲しかったのだと思う。けれど毎日父が領民のために走り回ってるのを知っていた。母が家計を切りつめた分自らの宝飾品や嫁入り道具を手放したのを知っていた。だからこうして父が領地の役に立てなかった自分に幻滅し怒りを覚えるのは仕方ないことだという思いもあり、反発することなんてできなかった。

それからまた季節が変わり復興が遅々として進まないなか、再び父から話があると呼び出された。

『第二王子……』

父は家族が集められた部屋で、第二王子の側近にメグレズをと願い出てきたと言った。

『そうだ、第二王子とお前は同じ歳だろう』

『お待ちくださいだ旦那様っ……第二王子は言動に問題のある方だとお聞きしています！　そんな方のもとにメグレズをやるなんて……！』

『お前は黙っていなさい、これは領の存続に関わる大事なことだ』

『しかし……！』

『うるさい!!　これにはそれくらいしか利用価値がないだろう!!』

執務机を両手で殴って怒鳴り飛ばした父親に、母は顔色を失くして口を閉ざした。

『第二王子は確かに言動に問題がある。だからこそ誰も側近になりたがらない……。これはチャンスなんだ、お前が側近になった暁には陛下と宰相殿がデルタ領への多額の援助を約束してくれた。それがあれば領を再興できる…お前ならわかるなメグレズ、お前は次男だから家を継ぐことはない。ここにいる限りごく潰しとして扱われる。お前ができることは王家に仕えこの領に金をもたらすことだけだ』

父から一方的に詰《なじ》られている間、母も兄も父の豹変《ひょうへん》に怯《おび》えたようにただじっと身を竦《すく》めているだけであった。見上げた父の目に自分は映っていなかった。そんな家族の様子を見て、もうこの家に自分の居場所はないのだとメグレズは理解した。

『メグレズ様って今度第二王子にお仕えするんでしょう？』

『第二王子っていったらわがままで乱暴で使用人にあたり散らしたりするって聞くけど……』

『勉学や剣術でも何一つ兄上様に敵《かな》わないことを逆恨みしているんですって』

『権力を笠にきているから誰も咎《とが》められないのですって』

メグレズが第二王子に仕えるのだと知った使用人達は毎日のようにひそひそとそんな話をしていた。漏れ聞こえる第二王子の評判はどれも悪いものばかりで、わざと自分に聞かせているんじゃないかと疑いたくなるほどひどいものだった。もうこの家にいることはできないとわかっていても、そんな悪評ばかり聞けば不安が募っていく。

父から聞いた話では、第二王子の側近になることは内々で決まっているようなものだが、事前に他の候補者と一緒に目通りする機会が設けられているとのことだった。そのたびに「必ず選ばれろ」とか「相手がどんな人間でも耐えろ」とか口うるさく言われるので、むしろ早くこの家を出ていきたいとすら思うようになっていった。

それからほどなくして、第二王子のための茶会が開かれた。同じ年頃の令息達は学友の、令嬢達は婚約者の候補なのだと聞かされた。茶会の前に通された部屋で、宰相であるベータ侯爵に紹介されて初めて見た第二王子は太っていて態度も王子らしくなく、何が面白くないのか随分とふてくされた顔をしており、家で聞いた噂《うわさ》どおりの印象を受けた。

しかし驚いたのはその場に国王陛下も同席していたことだ。国王陛下は王子に「誰か気になる者はいるか」とか「従者になったら王城で暮らすのだから、お前が一緒にいたいと思う相手を選びなさい」とか言っていたようだったが、王子はそのどれにも無関心で、集められた自分達の自己紹介をただ黙って聞いていた。国王の目の中に王子への心配の色が見て取れて、それが少しだけ羨ましいとメグレズは思った。

中には選ばれるのが不本意だと言わんばかりな態度を取る者もいた。色々な思惑によって集められたそれぞれの紹介が終わると、第二王子はどうでもいいと言わんばかりに自分達を見渡した。

「……お前と、お前……あとそっちの奴も、もういい」

いきなり指をさして数人を「いらない」と切り捨てた王子に部屋の中の空気が冷たくなった。

「殿下……もういいというのは？」

「見ればわかるだろ、そいつらはあきらかに僕のことを嫌っている。態度に出てただろ」

第二王子は何を今更とでも言うように吐き捨てた。指を差された令息達はバツの悪そうな顔をして黙り込んで、王の目の前で王子を貶《おとし》めたと言えなくもない状況に顔を青くした。けれどメグレズは人の心配などしているどころではなかった。

もし選ばれなかったら。さっきの奴らと同じように「もういい」と言われてしまったら。今度こそ父親になんて言われるか。そう考えたら緊張で足が震えた。心の中はともかく表立って不敬な態度は取っていなかったと思う。けれど、何も秀でるものがない自分が選ばれるだけの自信はメグレズにはなかった。動揺を収めようと、手が無意識に眼鏡に伸びた。

「そうか……残念だが仕方ないな……」

「………」

「アルコル、残った者の中で従者にするなら誰がいい」

息を一つ吐いて、それから気持ちを切り替えたように国王が聞くと、第二王子は少し考え込んだ後

「誰でもいい」と言った。そういった態度がわがままだとか、ふてぶてしいとか言われるのであろう。投げやりな返事に国王が困った顔をすると、宰相は指で眼鏡を押し上げ、手助けするようにそれぞれの領地の話などを第二王子に振って聞かせた。

領地の経営が苦しいなんて言われたらますます選んでもらえないのではないだろうか。景気のいい領地の話が続き、不安に押し潰されそうになっていたメグレズは体の横で拳を握る。そしてとうとうメグレズの番になった時、第二王子は初めて反応らしい反応を返した。

「デルタ伯爵領は以前は国内でも有名な観光地でありましたが、数年前の災害によってまだ復興が十分ではありません」

「……復興が十分じゃないのに、家のことを放って城へあがっていいのか？」

「彼は家を継ぐことのない次男です。だからこそデルタ伯爵は王家との縁を繋《つな》ぎたいのでしょう……自ら殿下の側近に志願してきたのは、ここにいる中では彼の家だけです」

「…………」

宰相にそう言われて少しだけ目を伏せた第二王子はすぐに顔をあげて「こいつでいい」と自分を指差して言った。そのことにどっと汗が噴き出てきて、体の力が抜けそうになるのを唇を噛《か》んで耐えた。

「他の者はいかがいたしますか」

「あとの者はいい」

「……アルコルの申すとおりに」

「御意に」

王子の返答を受け国王が許可を出すと、頭を下げた宰相は素早く自分達を連れ退室を促した。メグレズは何を聞かれることもなく、話すわけでもなく。安堵《あんど》と不安が入り混じった状態で呆然《ぼうぜん》としたまま茶会の会場へ戻された。

緊張のあまり何をしていたか覚えていないというのはこういうことだろう。正気に戻ったのは茶会の中で浮いていた第二王子が、一人の令嬢を連れて会場を去ってからだった。

放心状態のメグレズが家に帰ると「よくやった」と父には褒められ、母には「なんてことなの……」と泣かれた。メグレズ自身はもうどんな顔をすればいいのかわからなくなって、肩を叩《たた》かれたり抱きしめられたりするたびにずれる眼鏡をただただ無表情で直していた。しばらくは王城へあがるための準備に忙しくて、そんな父と母の相手をしなくて良かったのは幸いだったかもしれない。

数日後、城へ行く日がきて、王城へ向かう馬車の中でようやく家を出て行く実感が湧いたくらいだ。揺れる馬車の中で迎えにきた宰相から、家から離れて王城にある使用人の寮で暮らすことや、第二王子と共に座学や剣術などを学ぶことを聞かされた。実家に帰ることは許されているが、基本的には王城内での生活が中心になるだろうと。

「…………」

「……不安かな？」

「えぇ、と……すこし……」

誤魔化《ごまか》すのもおかしいと思い素直に頷《うなず》けば、宰相も困ったように笑って「そうだな」と言った後、少し考えてから口を開く。

「デルタ伯爵家への援助は、たとえ君が側近にならなくても行われる予定だったんだ」

「えっ」

「あそこは運河も多く、これ以上復興に時間が掛かるのは国としてもよろしくないんだよ」

「…………」

脈絡なく聞かされた事実に呆然と口を開ける。たとえメグレズが城へあがらなくても援助が望めたのであれば一体自分は何のためにここにいるのだろう。

「我々にとって殿下の側近は君でなくても良かったんだ。あの場にいた者達の中には君よりも適任が何人もいた。そもそも誰が嫌がろうが側近にすることなど王命でなんとでもなる。でもそれをしなかったのは偏《ひとえ》に国王陛下の親心だよ」

「……そう、ですか……」

「でも殿下が君を選んだからね。何故《なぜ》かわかるかい？」

「…………」

まるで狐《きつね》に化かされたみたいだ。援助のためというひっくり返った前提も、質問の意図もわからなくて考え込むと、どこか微笑《ほほえ》ましそうに宰相は眼鏡を直した。余裕のあるその仕草はなんとなく格好よく見えて、他人事《ひとごと》のように後で真似《まね》をしようとか思考は現実逃避をはじめていた。

城で再会した時、既に第二王子の変化の片鱗《へんりん》は見て取れた。見た目こそ変わっていないが、どうでもいいと諦めたように淀《よど》んでいた目には活気があり、なにより「よろしく」と差し出された手に驚かされた。噂で聞いていたとおりの人物だったなら、絶対にこんなことはしない。

動揺しつつも手を握り返せば、ぱっと顔を明るくさせる。挙動が不審になり眼鏡が不格好にずれるが、宰相のように格好よく直すことも忘れて、両手を使って押し戻した。

そして更に驚いたのはその後だった。友人だという令嬢を紹介されて、それがあの茶会の時に第二王子に連れていかれた少女だと朧気《おぼろげ》ながら思い出したメグレズは、二人の仲が良さそうなことに目を丸くした。

無理やり婚約者にさせられたとかそういう様子ではなさそうだが、幼くても侯爵家の令嬢だ。既に感情を殺す術《すべ》くらいは身につけているのかもしれないと、怪訝《けげん》さを隠せなかったメグレズが困惑していると、ミモザは「殿下は貴方《あなた》が思っているような人ではありません」と力説した。その言葉と表情に嘘《うそ》はないように思えた。

（そこまで庇《かば》うのなら……やっぱり婚約者なのか……？）

ミモザは否定していたが、彼女に庇われた第二王子は耳まで赤くして手の甲を口に当てて耐えていた。その様子を見れば、メグレズの推察はあながち間違っていないように思えた。

その後、立ち直ったのか気を取り直したのかはわからないが、メグレズに対しても友人だと言った第二王子に、メグレズは再度みっともなく腰が抜けそうになった。

同じように王子の願いを最初断っていたミモザは、吐露された気持ちを知り、節度を守ることより王子の心を優先した。一体何度驚かされれば済むのだろう。けれどミモザに名を呼ばれたアルコルの笑う顔を見て、なんとなく宰相の言いたかったことがわかった気がした。

アルコルは変わろうとしているのだ。自分はどうだろう。噂に惑わされ、相手を見ずに思い込みから忌避して壁を積み上げていた。どうせ他の候補者よりも領地が困窮していたから、貧乏貴族の次男だからいつでも切り捨ててもいいと思ったか、哀れみだけで都合がいいから選ばれたのだと思っていた。けれどそれは違っていた。

どんなに後悔しても過去には戻れない。それでも変わろうと必死にもがいている。さっきだって黙っていればいいのに自分を選んだ理由を正直に教えて頭を下げてくれた。

メグレズだってそうだ。次男だから、家を継げないから、こうして生《い》け贄《にえ》のようにここに来るしかなかったと言い訳をしていたに過ぎない。領地を救ったのは自分ではなく、王家からの援助だ。結局自分は何一つ領地のためにできなかったのだから。

自分も変わりたい。人の言葉に惑わされないように。誰かに誇れる自分になるように。初めて感じるこの感情が、きっと忠義とか敬愛なんだろう。

たしかに「まだ」婚約者ではないようだと呟《つぶや》いたメグレズに、笑い合う二人は気づかなかった。

✦母の教え その三「マリア様がみていなくても」

『ミモザ、それはいけないことよ』

紙束が廊下に散らばっている。先ほど母とミモザの目の前で、それを運んでいたらしいメイドが勢いよく転び、腕に抱えた書類を見事にぶちまけたからだ。帳簿かなにかだろうか。転んだメイドが慌てて起き上がりそれを拾い集める横を素通りしようとした時、母はそう言った。

『……？』

どうして叱られたのかわからず母を見上げると、母は自ら屈《かが》んで散らばった書類を集めだした。

『奥様っ……いけません、お手が汚れてしまいます！』

『あら、二人で拾ったほうが早いじゃない』

恐縮して何度も謝るメイドをよそに、母は笑顔で次々と書類を集めていく。メイドが恐縮するのは当たり前だ。母は貴族でこの侯爵家の夫人なのだから、このようなメイドの粗相をいちいちフォローするような立場にない。それどころか叱るなり責任を問うなりしてもいい状況であった。メイドのほうもそれをわかっているからこそ、顔を青褪《あおざ》めさせ何度も頭を下げているのだろう。

『も、申し訳ありません……!! 奥様にこんな……っ!!』

『別にいいのよ、怪我《けが》はなかった？』

『は、はいっ……』

『それなら良かったわ、次からは気をつけましょうね』

『はい……申し訳ありませんでした!!』

『まぁ、そういう時はありがとうって言うのよ』

それなのに母は叱るどころか一緒になって書類を拾い、相手の怪我の心配までして。涙目で『ありがとうございます奥様』と、笑顔を浮かべて頭を下げたメイドを背に再び歩き出した母に、釈然としないままミモザは問いかける。

『……どうしてお母様はさっきメイドの仕事を手伝ったの？』

『書類をぶちまけてしまって困っていたでしょう』

『それはあの人の失敗なんだから……私には関係ないもん』

母に「いけないことよ」と叱られたことがまだ心に燻《くすぶ》っていた。

『……私がさっき貴女《あなた》にいけないと言ったのは、貴女が見て見ぬ振りをしようとしたからよ』

『………』

母は足を止めてミモザの前に膝をついて目を合わせた。

『確かに使用人が大きな失敗をしたのなら叱るのも仕方ないわ。でもあの子はまだこの家に来てから日が浅いの、仕事に慣れていなくて当然よ。親元から離れて慣れない邸《やしき》で、それでも真面目に朝早くから働いてくれているわ。あの子だけじゃない。貴女のその着ている服を洗ってくれているのは誰？毎日食事を用意してくれるのは誰？　貴女のベッドを毎日綺麗《きれい》にしてくれているのは？』

『…………』

母にそう言われて考える。その日着たドレスはミモザが何もしなくても数日後にはちゃんとクローゼットに戻っていた。食事は食堂へ行けば当たり前のように毎日用意されている。今朝「シーツをお取り換えしますね」とミモザのベットを綺麗にしてくれたのは、さっき目の前で転んだ彼女だった。

『あ……』

その日着たドレスがどうやって戻ってきているのか考えもしなかった。食事が用意されているのが当たり前だと思っていた。毎日、それをしてくれているのが誰かなんて考えようともしていなかった。

『もちろん私達は貴族という身分を賜っているから、家の外で今のような行動をとれば相応《ふさわ》しくないと他の貴族から眉を顰《ひそ》められてしまうでしょう。でもそれは見て見ぬ振りをしていいということではない。それに……私も彼女達がやってくれている仕事の全てを知っているわけじゃないけれど、毎日そうして私達に尽くしてくれている彼女達が目の前で困っていたら助けたいと思うじゃない？』

『……はい』

ミモザはようやく母の言いたいことがわかった気がした。

『私、明日はちゃんと、ベッドを綺麗にしてくれてありがとうって言います……』

『そうね、相手の気持ちを考えて人に優しく生きていればきっと貴女は変われるわ。情けは人のためならずってね』

『なさけはひとのためならず……？』

聞きなれない言葉に、オウム返しに聞き返したミモザに母は笑ってミモザの頭を撫《な》でた。

『えぇそうよ、どういう意味かっていうとね――』


「………」

眩《まぶ》しさを感じて目を開けると、そこにはいつもと同じ自室の天井が見えた。

「……夢……だった……？」

まるでさっきまで本当に母と話しているような夢だった。頭にはまだ母に撫でられた手の感触が残っているようだ。ミモザは思わず自分の頭に手をやって母が撫でてくれた場所を手のひらでなぞる。

「お母様……」

懐かしい夢だ。幼い頃、何も知ろうとしなかった自分を諭した母の姿。一つ一つミモザに何がいけないのか、どうすればいいのかを教えてくれた。ミモザが少しずつ変われたのは、ああして母が根気よく話してくれたおかげだろう。

（それにしても……情けは人のためならずってどういう意味だったかしら？）

意味を聞く前に目が覚めてしまったので、ミモザが思い出すことができたのはその言葉だけだった。意味もちゃんと聞いたはずなのにどうしてもその意味が思い出せない。

「情けは人のためにならないから……容赦しないでしごきなさいってこと……？」

なんだかそれだとあの時の母の言動と一致しないような気がしないでもないが、段々頭が覚醒してくるうちに夢の内容もぼんやりと薄れていったため、これ以上思い出すことは難しそうだった。

（甘い顔をしてばかりだと相手のためにならないから、叱る時は厳しくしなさいってことかな……）

ミモザはそんな風に考えながら、まだ起きるには早い時間だったが今日の予定を思い出して結局起きることにした。

「あ……おはようございますお嬢様！　もう起きていらしたんですね」

「おはようカペラ、いつも朝早くからありがとう」

普段着のドレスに一人で着替えを終えたミモザは、花瓶を抱えて部屋へ入ってきた相手を見て微笑《ほほえ》む。廊下で転んで恐縮していたあの頃の面影は今はもうほとんど見られない。

「綺麗なお花ね」

「はい！　今朝咲いたばかりのガザニアの花です、ルガス爺《じい》からもらってきました！」

「ありがとう……ルガス爺にも後でお礼を言いにいかないと」

ルガス爺というのはこの家の庭師で、アリアの父親で母について一緒にこの侯爵家へ来た使用人だった。今、義母とアクルが実権を握るこの侯爵家で表立ってミモザの味方をしてくれるのはアリア、ルガス爺の親子と、このカペラだけだった。

もちろんそれを面白く思っていない義母が三人へ嫌がらせめいたことをするのだが、アリアとルガス爺は義母よりも何枚も上手《うわて》だったし、カペラにいたっては無意識に嫌がらせを全てかわすという妙技をやって見せた。よくわからないけれどルガス爺に言わせると「あれはとてもいい星の下に生まれている」とのことだった。

他の使用人達もミモザのことを哀れに思っているのか遠巻きにするだけで何かされるわけではない

ので、今のところはミモザが覚悟していたよりもずっと落ち着いて過ごせている。

「お嬢様、今日はお城へあがる日でしたよね。その時に髪にお花を挿していったらどうでしょう？」

ミモザが早起きした理由は今日がアルコルのところへ行く日だからだ。城へあがるようになってから、朝早くから使用人のように働かされることはなくなった。自分達がミモザを苛《いじ》めていることを王族に告げ口されるとでも思っているのか。それとも本気でアルコルの婚約者に選ばれると思って怪我でもされたらたまらないと思っているのか。父や義母の考えはわからない。

お仕着せを着て、使用人に紛れて働くことができなくなってしまったことは少しだけ残念だった。

(認識阻害を使えば私だとばれずにお仕事できるかしら？)

最近めっきり使うことのなくなってしまった自身の能力に思いを馳《は》せつつ、ミモザが考え込むと
「お嬢様？」とカペラが首を傾《かし》げた。

「ごめんなさい、ちょっとぼーっとして……今日は暖かいし生花はあまりもたないんじゃないかしら？　すぐ枯れてしまっては可哀想《かわいそう》だし……」

「あ……そうですよね……」

しゅんとしてしまったカペラに「小さい花束を作って持っていくのはどうかしら」と提案する。

「花束なら花瓶に移せば一週間ほどはもつし、アルコル様にも見せられると思うの」

「そうですね！」

カペラが「では早速ルガス爺にお願いしてきます！」と飛び出していこうとした瞬間、同じタイミングで外から部屋の扉が開かれた。

「ずるいわお姉さまばっかり‼」

取っ手を掴《つか》み損なって「ひゃっ」とよろめいたカペラを支えたのは、扉を開け放ったアクルの後ろにいたアリアだった。

「お止めすることができなくて申し訳ありませんお嬢様……」

その顔には強い疲労が漂っていた。おそらく朝からミモザのところへ押しかけようとするアクルを必死に止めてくれていたんだろうと思う。

「私は大丈夫よ」

慣れているから、とは口に出さず「それより大丈夫？」とアリアに支えられたカペラに声をかける。

「は、はい……受け止めてくださってありがとうございますアリアさん」

「怪我がないならよかった」

「ちょっと‼　私の話を聞いてるの⁉」

その場で床を踏み鳴らしながら癇癪《かんしゃく》を起こすアクルを駄目元で窘《たしな》めてみたが、案の定ミモザの言葉を耳に素通りさせたアクルは「それよりも話があるの」とミモザの前で胸をそらした。

「今日は王宮へ行く日なんでしょう？　私も連れていって」

「はぁ？」

精一杯ふんぞり返っているようだが、それでもミモザのほうが背が高いのでどうしても見下ろす形になる。それが気に食わなかったのかアクルはこちらを睨《にら》みつけてもう一度「私も行くから」と言った。

「行くからって……呼ばれているのは私一人なのだから勝手に連れてはいけないわ」

「そんなのお姉さまが第二王子に聞いてくれたらいいじゃない」

「……たとえ城から許可をいただいたとしても、お父様の許しもないのでしょう？」

あの茶会でアクルの失態を見ていたのはアルコルとその使用人だけではない。記憶を操作したわけではないから、アクルの令嬢としてあるまじき行動を覚えている人間もいただろう。たとえミモザが言わなくても、それは噂《うわさ》となって父の耳にも入った。

「何故《なぜ》ちゃんと見ていなかった」と激怒した父に呼び出され詰《なじ》られたが「アクルの態度にかなりご立腹だった第二王子のお怒りを静めるのに忙しくて、他の方には手が回りませんでした」と言ったら青い顔をして黙ってしまった。ミモザは心の中で舌を出しつつ「アクルの態度が改められたのがわかれば王子にもお許しいただけるかもしれませんわ」と殊勝に言って部屋を後にした。

その後アクルにはマナーの家庭教師がつけられ、ある程度身につくまでは茶会などへの外出は許されていないのだという。事前にアリアから聞いていたからこその確認だ。

「ふんっ!!　許可、許可って、お姉さまはいっつもそうやっていい子ぶるのね！」

「……当たり前のことを注意しただけよ」

「そうやっていい子ぶったってお父様からは見向きもされないのにね、あぁ可哀想なお姉さま!!」

「…………」

一体朝から何をしにきたのだろう。ただ嫌味を言いにきただけならば、お腹《なか》が空《す》いてきたので早く帰ってほしい。ミモザが黙ったのを反論できず悔しがっていると勘違いしたアクルは尚《なお》も喋《しゃべ》り続ける。

「いつも偉そうに文句言ってくるけど、本当は私のことが羨ましかったんでしょう？　ドレスも靴も宝石も、侍女だって！　こんな貧乏臭い花が飾ってある場所とは大違いの部屋もよ？　み－んな私のほうがお姉さまよりいいものを持ってるわ！　だってお姉さまより私のほうが可愛《かわい》がられているもの！　お姉さまにはあのデブ王子がお似合いよ！　早く結婚してこの家から出ていってほしいわ！」

　黙って聞き流していれば害はないと思っていた。でもそれが間違いだったのだと悟った瞬間、ミモザの頭の中でぶちりと何かが切れた気がした。

「……アクル」

「あら、なぁにお姉さ……ひっ⁉」

「謝りなさい‼」

　アクルに向かい一喝すると、相手は先ほどまでの勢いが嘘《うそ》のように肩を揺らし怯《おび》えた。外まで聞こえたかもしれない。けれどミモザは今回は容赦する気はなかった。

「貴女が自分の持っている物をひけらかすのも自慢するのも勝手だし、私のことを見下して優越感に浸りたいのもどうぞご自由に。でもそれとは関係ない彼女達やアルコル様まで持ち出して侮辱するのは絶対に許さないわ‼」

「べ、べつにお姉さまに許してもらわなくたって……」

「私だけでなく世間も貴女を許さないと言っているのよ‼」

「っ」

　びくりと再び肩を揺らしてアクルが一回り小さくなる。

「前回のお茶会での失態から何も学ばなかったの⁉　アルコル様への侮辱がただ謝って済むことだと

思っているの⁉　さっきの貴女の発言は立派な不敬罪、首をはねられて家を取り潰しにされてもおかしくないわ‼」

「ひっ……」

「さっきの発言がたとえ不敬罪にならなくても、アルコル様のお心を傷つけた貴女を私は許さない、私達のために働いてくれる彼女達を軽んじたことも‼」

アクルはミモザの剣幕に怯えきってしまって「ひっ」とか「うぇ」とか小さい嗚咽《おえつ》を漏らしている。両親にあれだけ甘やかされていれば叱られたことなど数えるほどもないのだろう。たとえ怒られたとしてここまで苛烈に厳しい言葉を投げつけられるなんてことはなかったはずだ。

ただ怒鳴って叱っているだけだというのに、返す言葉も出てこないのは自分より下に見ていた相手に言い返されるとは思っていなかったからだろう。甘やかされて育った結果がこれだというのなら、やはり時には厳しく接することも必要なのかもしれないとミモザは思った。

母から聞いた本来の意味とは違っている気もしたが、怒っているうちに徐々に冷静さを取り戻してきた頭で、ミモザはそう結論づけた。

「大体、貴女は朝からいくつ恥知らずな行動をとれば気が済むの。使用人の話を聞かない、廊下を走る、ノックもせずに扉を開け、入室の許可もなく部屋に押し入っては足を踏み鳴らして喚《わめ》き散らす。マナーも何も、見られたものではないわ」

「う……うぅ……」

「城へ連れていっても同じような振る舞いをするのが目に見えているのに、貴女を連れていけるわけないでしょう」

　言いたかったことを全部言い切って大きく息をつく。アクルはもはや反論などできない状態でひっくひっくと嗚咽をこぼしているし、さぞ驚かせてしまっただろうとアリアとカペラのほうを見れば、アリアは指で涙を拭い、カペラはうるうると涙目で両手を胸の前で組んでいた。

「お嬢様……そこまで私達のことを思ってくださっていたなんて……」

「おじょうざまぁあ……カペラは、カペラはうれじいですぅう……!!」

「えっ……どうしたの二人とも……」

　とうとう泣き出したカペラに驚いて肩を揺らせば、そのカペラにつられたのか、アクルも同じようにわんわんと泣き出した。

「あぁああっ……だって……だ、って……っ…おねえざまばっかりぃ……うあぁ……!!」

「おじょうざまぁぁ……!!」

「…………」

　いつの間にかカオスに陥った室内で、今日の朝食は何だろうと現実逃避を試みるも、空腹も問題事はごめんだとばかりにどこかへ行ってしまったようで、嫌でも目の前の現実をつきつけられる。いい加減ミモザも泣きたくなってきた頃、ようやくアクルが意味のある言葉を発し出した。

「ずる、いっ……お姉さまばっかり城へ遊びにいって……!!　私も行きたいって、言ったのに!!」

「アクル様、それは侯爵様からもまだ駄目だと言われたではないですか」

「どうしてっ……どうしてみんなお姉さまばっかり好きになるの……っ、私の部屋には誰も花なんて飾ってくれないっ、マナーの先生だってお姉さまは上手だったってすぐ比べる……!! 私だって頑張ってるのにっ!!」

「アクル……」

ミモザはアルコルが前に「いっそのこと兄弟じゃなかったらこんなに僻《ひが》むこともなかったのに」と言っていたのを思い出した。

『他人だったらこんなに悩まない、仕方のないことだと諦めることができる。けれど近い存在だからこそどうしても羨まずにはいられなかった』

床にぺたんと座り込んで泣き喚くアクルにようやく合点がいった気がした。愛人の子ということで肩身の狭い思いをしていた分甘やかされ、欲しいと言えば与えられ、願いを言えば叶《かな》えられる。挫折を知らない。だからこそ正妻の子で全てを享受していたミモザが自分よりも優れているのが我慢ならないのだろう。

アルコルと同じように、アクルもきっとミモザへの感情をもて余して拗《こじ》らせているのかもしれない。ミモザから言わせれば、母親が健康で、父親にも愛されているアクルのほうがよほど恵まれていると思う。一人ぼっちの悲しみをこの子は知らないのだから。

勝手な逆恨みだろうと切り捨てることもできた。けれどもこうして泣いているアクルを放っておくことができない自分もいた。

(お母様なら……)

母だったらどうするだろう。

「…………」

憎らしくなかったわけじゃない。けれど、結局見捨てることもできないと思う自分は甘いのかもしれない。

（……仕方ないか）

そう考えて、泣いているアクルの前に屈み、その頭を抱え込むように抱きしめた。

「ほら、もう泣かないの」

「お……姉さま……？」

驚いて泣きやんだアクルに、昔母がしてくれたように頭をゆっくり撫でる。そしてわかりやすいように難しい言葉を使わず、何がいけなかったかを一つ一つ説明した。

「もし私がお義母様《かあ》を悪く言ったら貴女は嫌な気持ちになるでしょう？」

「……うん」

「それと同じよ、アルコル様も、アリアもカペラも私の大切な人なの」

「……使用人なのに大切なの？」

「そうよ、毎日貴女のドレスを洗ってくれているのは誰？」

「えっと……」

「貴女のベッドを毎日綺麗にしてくれるのは誰かしら？」

「…………」

ミモザの言葉に呆《ほう》けていたアクルは難しい顔になって黙り込んだ。あの時のミモザと同じ、考えた

こともなかったのだろう。

「お父様が城へ行く許可を出さないのは貴女を守るためなのよ」

「どうして……私がお姉さまみたいにできないから？」

「いいえ、私と同じにする必要はないの、貴女には貴女のいいところがあるのだから。けれどお城にはお城のルールがあるから、それをきちんと守れるようにならなければたくさんの人からアクルが悪く言われてしまうのよ」

貴族として生きていく以上、教養やマナーは絶対だ。身を守るために必要なことなのだと説明する。

「貴女が悪く言われたら、お義母様もお父様も悲しむ。もちろん私も」

「どうしてっ……お姉さまが悲しいの……私は……っ……」

「お姉さまにひどいことを言ったのに」としぼんでいく小さな声で言ったアクルに「たった一人の妹ですもの」とミモザは言った。

「っ」

「……貴女は私のことが嫌いかもしれないけど……私も貴女が苦手だと思っていたけれど……こうして泣いているのを放っておけないくらいには貴女のことが好きみたい」

「…………」

呆然《ぼうぜん》とこちらを見上げてくる赤褐色の目に溜《た》まった涙を指先で拭って名前を呼ぶ。

「アクル、半分しか血は繋《つな》がってないけれど、私達姉妹なんだもの。もうちょっとだけ話をしてみない？」

「話……」

「そう、好きなものとか嫌いなものとか、勉強でわからないところがあったら聞きにきてもいいし……何でもいいの。たくさん話をして、それでも私のことが嫌いなままだったら仕方ないけれど……」

「……っ……」

「でも、もし貴女が私ともっと仲良くなりたいと思ってくれたら……その時は笑顔でお姉さまって呼んでくれたら嬉《うれ》しいわ」

　これ以上ミモザが言うことはない。後はアクルがちゃんと自分で考えなければいけないことだ。彼女が出した結論がどんなものでも、ミモザがアクルの姉であることに変わりはない。どうかミモザの存在に固執せず、アクルらしく生きてほしい。ミモザはそう思って、ぽんぽんとアクルの頭を撫でて
「はい、今日はもうここまで」とぽかんとしている相手を支えて立たせた。しゃがんでドレスの裾の埃《ほこり》を払ってやる。

「お……おね……」

「まぁ、もう八時になってしまうわ……お腹が空いたでしょう？」

　時刻を認識してようやくどこかに行っていた空腹が戻ってきたようだった。ミモザは「食堂へ行きましょう」と何か言いたげなアクルの背を押した。アリア達に食事の用意を頼もうと振り返ると二人ともハンカチで顔を覆って「お嬢様が尊い……」とか言いながら泣いていた。

「…………」

よくわからないが、その様子に暫《しばら》く回復しないだろうと早々に諦め、その時はまた自分で用意すればいいだろうと思ってミモザはアクルを連れて食堂へ歩き出した。

アクルを叱ったあの日から数日が経《た》った。ミモザは刺繍《ししゅう》をしていた布から顔を上げ、そっと視線で指されたほうを見てみると庭木の間から薄茶の髪が見え隠れしている。

「……見えてるわね」

「お嬢様、あちらに……」

「はい、本人は隠れているつもりなのでしょう」

今日は城へあがる用事もなければ、嫌がらせの雑用を言いつけられることもなかったので、ミモザは庭へ出て刺繍をしていた。はじめは室内で刺していたのだが、首と目が疲れてしまって、気分転換にと天気もよいことだし庭の一角の木陰にシートを敷いて続きをすることにしたのだ。そして刺し始めて三十分くらい経った頃だろうか。一度離れてお茶を用意し戻ってきたアリアの指摘でアクルが庭へ来ていることに気がついた。

父譲りの薄茶の髪は地味に思えるが、陽の光の下ではかなり明るく見える。その茶色がひょこひょこと垣根の薔薇《ばら》の向こうで揺れていた。時折半分顔を見せこちらを見つめてくることから、隠れる気が大してないのであろうことも窺《うかが》える。

「……どうなさいますか？」

「声をかけてきてくれる?」

あれからアクルはこうしてミモザの様子を遠巻きに窺いにくるようになった。その姿はまるで人間を警戒する野生動物のようだ。最初はこちらが気づいたり声をかけたりすると逃げられてしまっていたが、最近は声をかければそのままその場に留まることも多くなっていた。

(少しは警戒心が解けてきたのかしら……)

あの朝の一件はアクルに多少の変化をもたらしたようだった。ミモザは母の教えに従って一度きつく叱ったに過ぎないのだけれど、今まで一度だって叱られたことなどなかったアクルにはよほど堪《こた》えたらしかった。しかもその後に叱られた相手であるミモザに慰められ何がなんだかわからないといった顔をして混乱していた。それが逆にアクルが考えるいいきっかけになったのかもしれない。

今まで問題だらけだった言動も少しずつ改善が見られてきている。マナーのレッスンや座学などは相変わらず苦手としているようだったが「アクル様が廊下を走らなくなった」とか「侯爵様に無駄にわがままを言わなくなった」とか、そんな使用人達の話を聞くとミモザもほっとしたものだ。

「お嬢様、アクル様をお連れしました」

「わ、私はべつに来たくなかったけれど、アリアがどーしてもって言うから来てあげたのよ!」

ふん! と斜め上を向いて胸を張る相手にやれやれと思いつつ、ミモザは眉を下げて少し笑う。

「それでも私はアクルが来てくれて嬉しいわ」

「っ、な……」

「呼んできてくれてありがとうアリア、お茶の用意をお願い」

真っ赤になったアクルが言葉を探して固まっているうちに「さぁここに座って」と、立ち上がって手を引いて自分の隣へ座らせてしまう。

「…………」

「はい、お茶をどうぞ」

ミモザは未《いま》だ素直に言葉が出てこないアクルの先回りをするように話すようにしていた。

「今刺繍をしていたのよ。私お花のモチーフが好きで、こうして練習しているの」

「わ……」

濃い桃色の糸で布に描いているのは秋桜《コスモス》の花だ。刺しかけのハンカチを出すとアクルは小さく感嘆の声を漏らした。

「……かわいい」

思わず口に出してしまったようで、慌てたように口を押さえる姿にミモザの口からも微笑が漏れた。

「じゃあ刺し終わったらこれはアクルにあげる」

「いいの!? じゃ、なくて……べっ、べつに私は欲しいなんて一言も……!!」

「ツンデレだわ」と後ろでアリアがぼそりと呟《つぶや》く。確か明らかに好意を持った相手に「あんたのことなんか全然好きじゃないんだからねっ」って言うのがツンデレよ、と母が言っていたことを思い出したが、内容は今は関係なさそうなので頭の隅に避けておく。

「私がアクルにあげたいの、だめ？ いらない？」

「う……」

アルコルの得意技であるお願いを参考に、ちょっとだけ困った顔で首を傾げてみる。いつもはやられているほうなので、自分ではどこまで効果があるかはわからないが、悪役令嬢ミモザはそれなりに容姿が整っているらしいので全く効かないということはないだろう。

じっと見つめているとアクルは真っ赤になって「もうっ」と言った。

「し、仕方ないからもらってあげる!!」

「そう、良かった」

お願い作戦が成功したこと内心で勝利のポーズを取る。刺繍するミモザの手元をきらきらと期待した顔で覗き込んでくるアクルを見ているとミモザまで嬉しくなって、気づけば自然に微笑んでいた。

(お母様もきっとこんな気持ちだったのかな……)

今となってはアクルは手のかかるただの可愛い妹だった。

『親は先立つものだけれど、兄弟姉妹はその先も同じ時を生きていくから』

母も昔アリアのことを妹のように可愛がっていたと言っていた。「お姉様って呼んでって言ったら断られちゃったけど……やっぱりマリア様が見てないと駄目なのかしら」と残念そうに嘆いていたけれど。アクルとの関係が改善されたことを知ったら、きっと母も喜んでくれただろう。

(これは失敗できないわ……可愛く仕上げなくっちゃ!!)

しかしミモザが気合を入れなおしたところで、アクルがミモザのドレスの膝の辺りをくいくいと引っ張った。

「どうしたの?」

「……えっと……あのね……」

言いにくそうにもじもじとする様子に、ミモザに意地悪をしていた頃の影はない。急《せ》かせば言うのをやめてしまうかもしれない。そう思ってミモザが辛抱強く待っていると、やがてアクルはぽつりと「お姉さまって第二王子様のことが好きなの？」と聞いてきた。

「い……っ……いきなりそんなことを聞いてどうしたの？」

アクルの口から飛び出した発言に口から心臓が飛び出しそうになる。なんとか声が震えないように返せば「だってお姉さま達はとても仲がいいでしょう？」とアクルは水を得た魚のように話し出す。

「第二王子……殿下は、お姉さまが来るのを楽しみにしてるって使用人達が話していたわ。それにこの前お姉さまはあの人……じゃなくて、殿下がバカにされた時すごく怒ったじゃない」

「……………」

「仲良しの異性の友人＝恋人」という子供らしい発想かと思いきや、当たらずとも遠からずな内容を話すアクルによく見ているなとミモザは感心する。

「それは、大切な友人を悪く言われれば腹も立つわ」

「友達だから怒ったの？　殿下のことが好きだからじゃなくて？」

「もちろん友人としてお慕いしています」

この先一体何回このやり取りをしなければいけないのだろうと、ミモザは内心冷や汗をかいていた。

「じゃあもし殿下に結婚してって言われても断るの？　殿下と結婚するのは嫌なの？」

「うっ……」

子供だからか、相手がアクルだからかわからないが、悪意のない無邪気な質問に言葉に詰まる。

（死亡フラグだから結婚したくない……なんて言えない……！）

決してアルコルが嫌いなわけではなく、相手が自分の生死の鍵を握っている人間だから距離を置いていたい、というのを不敬にならないようにアクルにわかりやすくどうすれば説明できるのかミモザは頭を振り絞って考えた。

「……さ、先のことはわからないわ、それにアルコル様だってもっと相応しい相手がこれから現れるかもしれないでしょ」

「でも殿下と一番仲がいいのはお姉さまよ？」

「っ……それでも、貴族は政略結婚も多いのだから、結論を急ぐことはないのよ」

「うーん……？」

言いくるめようと必死なミモザの葛藤を知らずに首を傾げるアクルに「そういうものよ」と姉ぶって言うと、全て納得したわけではないのであろうがアクルは小さく頷《うなず》いた。

「お姉さま」

「なぁに？」

「……私、お父様から婚約者ができるかもって言われたの」

「！」

アクルの発した「婚約者」という単語に驚いて息を飲む。

「ど、どなたなの……？」

「えっと……確か、イーター伯爵のご子息だって言ってたわ、アルカイド様というの」

「イーター伯爵……」

イーター伯爵といえば騎士団で隊長を勤めている、武官を多く排出している家だったはずだ。確かヒロインの攻略対象の一人がイーターという家名だった気がする。

そしてミモザは母の遺《のこ》した記録の中にアルカイドのルートでアクルの名前が書かれていたことをようやく思い出した。

『アルカイド・イーターは、イーター伯爵家の三男で、騎士団長の息子。学生でありながら現役騎士よ。学年はヒロインの一つ上で王太子の側近。彼も第二王子断罪の時王太子側につくけど、彼ルートの悪役令嬢はミモザではないの』

アルカイドルートではミモザは悪役令嬢ではないと言われていたから、彼についての記述は深く読まなかった。そしてミモザが悪役令嬢ではないとすれば、そのポジションに入るのが誰になるかということを失念していた。

『アルカイドの婚約者はアクルよ。彼女もアルカイドをヒロインに奪われたと嫉妬に狂って、魔力を暴走させ、最終的にアルカイドの手で倒されるの』

「っ……」

ミモザは自分が助かることばかり考えて、その結果どうなるかなんて考えていなかったことを激しく後悔した。アクルにあんなことを言っておいて、自分こそきちんと理解していなかった。胸を手で押さえて、自分を落ち着かせようと意識して呼吸を深くする。

「すぐにではないけれど、今度顔合わせをするんですって」

「そう……」

今すぐ部屋に戻って母の記録を確認したいところだが、不自然にならずにこの場を離れる言い訳が思いつかないほど焦っていた。

（アクルの婚約……）

ゲームではどうか知らないが、同じ家から王族の周囲に人を出すことはよしとされていない。一つの家の力が強くなってしまうからだ。おそらく王太子や他の攻略対象のルートではミモザが第二王子と婚約していたから、アクルが王太子の側近であるアルカイドと婚約することはなかったのだろう。けれど今のミモザとアルコルが婚約していない現状のせいで、アクルとアルカイドの婚約という話が出たのかもしれないと考え及んだ。

（アルカイドと婚約してしまえばアクルは……）

死んでしまうかもしれない。そう思い至って肩が震えた。今のミモザの顔は真っ青になっているだろう。今までは自分の身に降りかかることだったから、回避さえできればいいと思ってやってきた。けれど、もしミモザのその行動がアクルの死亡フラグを呼び起こしたのだとしたら。

最初はアクルのことが嫌いだった。けれど関わっていくうちにアクルもまた悩んでいたことを知った。大人の都合に振り回された結果、年相応に無邪気なだけなのだと知った。少なくとも今のアクルを見捨てるなどという選択肢はミモザにはない。

（この子は何も知らない……）

「アクル……貴女はその人と婚約したいの？　もし嫌なら私からもお父様に言ってあげる」

そもそも婚約しなければミモザのように死亡フラグを回避できるのではないかと考えての言葉だった。どうせあの父親がアクルの意見も聞かずに独断で持ってきた縁談だろうと予想して、一縷《いちる》の望みをかけてミモザはそう問うた。

「わからない……お姉さまは政略結婚でも相手のことを好きになれると思う？」

ぽつりと呟かれたその声に、きっと今日アクルがここに現れたのはそれを聞きたかったのだろうとわかった。

「…………」

その質問にミモザは答えられない。アクルもまたミモザと同じことを思ったのだろう。だからこそミモザの意見が聞きたかったのかもしれない。

「そう、ね……」

相手の方とたくさん話をして誠心誠意お仕えすればきっと大丈夫と、無責任に言えたらどれほど楽だっただろう。それができないのは偏《ひとえ》に父親のせいだ。なにせミモザの母は政略結婚の相手である父から全く愛されていなかったのだから。

「私ね、アルカイド様の姿絵を見せてもらったの。赤い髪がとても素敵で、凛々《りり》しくてとっても格好良かった……」

「…………」

アクルの言葉にミモザの背中に冷たい汗が流れる。

（もしかしてアクル……アルカイドのことを……？）

ミモザの悪い予感は的中したようで、アクルはうっすらと頬を染めて、握ったままだったミモザのドレスの裾を手の中でもじもじとさせていた。

「早く会ってみたいけど……アルカイド様が同じように私のことを好きになってくれなかったらって考えたら、その……どうしていいか、わからなくて……えっと……」

（まずいわ……）

アクルがアルカイドに惚《ほ》れてしまっている以上、アクルから婚約を諦めさせるのは難しいだろう。

末だもじもじとしながらアクルは「だから」と言葉を紡いだ。

「お姉さまに、ついてきてほしいの」

「……え？」

ミモザは最悪アルカイドの記憶を操作するしかないかと考え込んでいたせいで、アクルの言葉を聞き逃してしまい「今なんて？」と聞き返す。

「だからっ……アルカイド様と会う日にお姉さまにもついてきてほしいの！」

アクルはきっと不安なのだろう。それでもアルカイドに会いたいとミモザを頼るくらいには、この婚約を望んでいると言ってもいい。

（アルカイドの記憶を操作すれば……でも……）

それなのに自分はアクル達の顔合わせに同席できるのであれば、婚約を潰すことができるかもしれないなどとひどいことを考えている。アクルの恋心を操作して消そうとするなんて、ゲームの中の悪役令嬢そのままではないかとミモザは落ち込んだ。

「わかったわ……」

「よかった！」

安心したように笑うアクルに表面上は微笑を返しながら、己の無力さを噛《か》みしめてミモザは暗澹《あんたん》たる気持ちを抱えたままその日まで過ごした。


「お嬢様、そろそろ出発のお時間ですよ」

「……うん」

いつもならば長くて面倒《めんどう》になる身支度の時間が、こんなに短く感じたのは今日が初めてだった。ミモザは声をかけられ、ぼんやりと座りっぱなしだった鏡台の前から立ち上がる。髪は結わずに背中に流されており、右耳の上から編み込んだ髪を左の耳の後ろでまとめられ、くすんだ黄色の星がついた飾りで留めている。瞳と同じ色合いの薄い若葉色のドレスは胸の下で暗めのオレンジのサッシュがまかれている飾りの少ないシンプルなものだ。

ドレスも化粧もいつもより色合いがぼんやりしているのは、今日の主役が自分ではないから。それでもこれだけ見栄えするのはきっと支度をしてくれたカペラの腕がいいからだろう。

「はぁ……」

思わず漏れたため息にカペラが「なにか気に入りませんでしたか？」と焦って尋ねてくるので、慌ててミモザは首を振った。

「ちがうの、ちょっと外出するのが億劫《おっくう》になっただけだから！」

「そうですよね、今日は侯爵様が一緒ですもんね……」

そう言うと、カペラは父親と一緒に出かけるのが嫌なのだと勘違いをしたようだったので、ミモザはそのまま誤魔化《ごまか》して曖昧に微笑んだ。

「もう少し色味を落としたほうがよかったかしら……」

「そんなことないわ」

「綺麗にしてくれてありがとう」と言えば「当然です！」とカペラは胸を張った。

「アクル様の付き添いとはいえ、王城に行かれるんですもの！」

「そうね……」

そう、本日の外出先は王城である。何故アクルの婚約者候補との顔合わせが王城で行われるのかといえば、その相手であるアルカイド・イーターがこの婚約に乗り気でないということが大きいらしい。そのため顔合わせを嫌がったアルカイドに内緒で、王城でばったり出くわしたように装って二人を近づけようというのが両家の目論見《もくろみ》だ。子供心に安っぽい芝居だと思う。

『アルカイドは騎士である父親に憧れて自らも騎士を目指して、幼い頃から鍛錬などをしていたみたい。爵位を継ぐことはないから在学中から護衛騎士として王太子の側近で重用されていたわ』

あの後ミモザはすぐに部屋にこもり、アルカイドに関する部分を目を皿のようにして読んだ。

『七騎士に選ばれたことに誇りを持っているというか……自分の強さを過信しすぎているというか…

幼い頃から大人の騎士達に交じって訓練していたせいか、同年代に対しては少し傲慢で、自分よりも「弱いくせに」と見下すような発言が結構あったわね』

ここだけ聞くと乙女ゲームの攻略対象とは思えない描写である。

『彼のルートでは、己の力を過信したアルカイドは単身でクーデターを企む第二王子を追い、結果的に王子を操っていた敵に返り討ちにあう。そして彼を庇《かば》って重傷を負ったヒロインの姿をみて、ようやく過ちを認めて強さとは何かを知りヒロインに惹《ひ》かれていくの。アルカイドルートの悪役令嬢であるアクルは親交を深めていく二人の姿に嫉妬し、ヒロインを排除しようとして第二王子のクーデターに手を貸すけれど、途中で第二王子からも切り捨てられ魔力を暴発させヒロインもろとも死のうとする。最後はアルカイドの手で倒されるわ』

「このルートは比較的王道で攻略も簡単だったわ」と、しめくくられた記述に複雑な思いを抱く。

アルカイドのルートは〝王子を操っていた敵〟の存在が匂わせられていた。このルートにはミモザの名前はほとんど出てこない。断罪されるのは第二王子と異母妹《いもうと》だけなのだから、このルートならミモザの生存は望めるのかもしれないが、とてもそれを選ぶ気にはなれなかった。

考え事をしながら邸の入り口につくと、アクルが「遅いわ、お姉さま！」と張り切って腰に手を当てて待っていた。

「ごめんなさい……そのドレス、よく似合ってる」

「べっ……べつに、いつもとおんなじじゃない！」

謝りつつも褒めれば、嬉しかったのか小さい背を仰《の》け反《ぞ》らせて胸を張るのがなんとも小動物のようで可愛らしいと思う。

今日のアクルは桃色のシフォン素材で胸元に大き目のリボンがついたドレスで、髪も揃《そろ》いのリボンで飾られている。確か父と義母が「妖精さん」と言って褒め讃えていたのはこのドレスだっただろうか。しかし本人もいつだか「お気に入りなのよ！」と言っていたのを思い出して、きっとアクルなりに頑張っておしゃれをしてきたんだろうと思ってミモザは微笑ましくなった。

「アクルは普段からお前と違って可愛らしいからな」

いつの間に来たのか「いつもと同じで可愛いぞ！」とか囃《はや》し立てている父を冷めた目で見つめる。

（そこは今日は一段と可愛いと褒めるべきところでしょ！）

頑張っておしゃれをした結果が「いつもと同じ」だと言われたら誰だって気分が良くないだろう。空気の読めない父親と、案の定黙ってむくれたアクルを見て、ミモザはため息が出そうになるのを飲み込んだ。首を傾げる父を置いて、ミモザはアクルの手を引いて馬車にさっさと乗り込む。隣に座り「そのリボン、ドレスとお揃いで可愛いわね」と耳打ちすれば、ぱあっと明るくなった顔にほっとする。そう、今日のミモザの目的はこの笑顔を守ること。

アルカイドルートの詳細を知った今、やはりアクルをアルカイドと婚約させるのはリスクが高すぎると思う。しかしアクルはこうして会うのを楽しみにしているくらいには、この数日でアルカイドに好意を寄せてしまっていた。二人に暗示をかけて婚約をなかったことにしたとしても、嘘の気持ちを植えつけたり、アクルが悲しむのでは意味がないと、ここ数日ミモザも悩みに悩んでそう結論を出した。

（折角《せっかく》こうして微笑みかけてくれるようになったんだから……悲しませたりしたら駄目よ）

『貴女を悪役令嬢になんかさせないわ、絶対』

母が昔ミモザによくそう言ってくれた。今度はミモザの番だ。もし婚約がうまくいってしまったなら、アクルが嫉妬に狂うことのないようにその時はミモザが身を張ってでも止める。

(この子を悪役令嬢になんかさせない)

かろかろと揺れる馬車の中、ミモザはそう誓って二人のお見合いを見守ろうと決意した。

「お父様、どうしてアルカイド様は王城にいらっしゃるの?」

「それは彼が王太子殿下の側近だからだよ」

王太子の側近候補である彼は王城に通って、王太子や他の候補者達と一緒に学んでいる。立場的にはメグレズと同じだが、彼の場合、父親が王城近くに居を構える騎士団の隊長であったため、王都の家から通っているらしい。

「休みの日も騎士団で騎士達に交じって鍛錬しているらしいよ」

「まぁ……努力家なのね……」

父親の情報にほわほわと頬を染めて微笑むアクルの顔は、もう恋するそれだ。未だ現実を知らない歳なのだから王子様や騎士様に憧れる気持ちはミモザにもわかる。

「ついたようだな」

父親の声と止まった車体に、ミモザは気が張り詰める。父親にエスコートされながら降りるアクルの後ろから、御者の手を借りて降りると、振り返った父親から「お前はついてくるだけでいい、余計なことをするな」と再度釘《くぎ》を刺された。

「アクルがどうしてもお前と一緒じゃないと嫌だと言うから仕方なく連れてきたんだからな」

「……わかっております」

「そう何度も言わなくてもわかっています」と言いたくなるのをこらえるため、眉間に皺《しわ》が寄りかけたが、それはすぐに違う声によってかき消された。

「ミモザ！」

「っ……アルコル様？」

城内とはいえ、馬車の乗降場など王子の来る場所ではない。それでも城内のほうから手を振って小走りでかけてくるあの丸いシルエットは、見間違えようもなくアルコルだった。

「どうなさいましたの？」

「はぁっ……は…………ミ、……モザが……はっ……」

「落ち着いてください……」

「深呼吸です」と膝に手をついて息を切らせているアルコルの背中をさすってやれば、ようやく落ち着いてきたのかアルコルがそれを手で制した。

「ごめん……ミモザが城へ来るって聞いたから……つい……」

「……もしかして会いにきてくださったのですか？　あんなに急いで？」

「あー、いや……その………うん」

恥ずかしそうに頭に手をやるアルコルに「でも走るのはお行儀が悪いです」とミモザが言うと、途端にしゅんとしてしまった。

「すまない……」

「次は気をつけましょうね……でも、来てくださってありがとうございます」

「うん……！」

お礼を言えば嬉しそうに笑うアルコルに、ミモザも知らずに入っていた肩の力が抜けていくのがわかった。いくらアクルのためとはいえ、この父親とずっと一緒にいなければならないというのは気が滅入《めい》っていたのだ。

「髪型、いつもと違うね」

「カペラが結ってくれたんです」

「可愛い。似合ってる」

「あ、ありがとうございます……」

ストレートな褒め言葉に照れて、ミモザはアルコルから視線を外す。逸《そ》らした視界の先では笑顔のアルコルに呆然と口を開けている父親がいた。しかし茶会の一件を思い出したのか、慌ててアルコルの前に進み出て礼の形をとる。

「アルコル様、私の父と異母妹《いもうと》です」

「……サザンクロス侯爵、こうして挨拶をするのは初めてですね」

「はい、殿下の御前では初めて挨拶させていただきます。先の一件では娘が誠に申し訳ありませんでした。また我が娘が仕出かした粗相をご寛容にもお許しくださり誠にかたじけなく思います」

心なしか表情を消したアルコルに父は顔色を悪くしていた。最近では他の人にこうした態度を取ることはなくなってきていたのに、どうしたのだろうとミモザは思う。もしかして茶会の時の嫌な記憶を思い出してしまって怒っているのだろうかと心配になって、アルコルの袖を小さく引いた。

「っ」

「アルコル様……？」

「あっ……えっと、何でもないよ……！」

引かれた袖を凝視して顔を赤くしたアルコルが、反対の手で口元を覆う。

「あまり、ミモザと似ていないなと思って……」

「そうですね、私は亡くなった母似なので……どちらかと言えば異母妹のほうが父と似ていますよ」

「あっ……」

ミモザから呼ばれたアクルは、びくりと肩を揺らしながらもアルコルの前に歩み出た。

「殿下……この間は、ごめんなさい!!」

「！」

いきなり謝罪を叫んで頭を下げたアクルに、アルコルも驚いて肩を揺らした。

「私……ひどいことを言いました……本当にごめんなさい……」

「私も……あの場にいたのにこの子を止められなかったのは私です。アルコル様、本当に申し訳ありませんでした」

これもアクルが城へ行きたがっていた理由の一つだった。頭を下げたアクルに父が目を瞠《みは》った。父は茶会でのアクルの暴言を第二王子にも問題があったのだと思いこみ、侯爵である自分が一度頭を下げればそれで済むと考えていたのだろう。アルコルがもう怒っていないようだとミモザが伝えてから、途端に気が大きくなったのか、最近になって「直接謝りたい」と言ったアクルに「そんな必要はない」と切り捨てていたくらいだ。全て身から出た錆《さび》だというのに、開き直るなど愚かなことだと思う。

まさか今日会えるとは思わなかったが、アクルがちゃんと自分から謝ることができてよかったとミモザは思った。ミモザも一緒になって頭を下げると、アルコルは慌てたように「頭をあげてくれ」と言った。

「もう怒っていない」

「でも……」

「私にだって悪いところはあったから」

困ったように言ったアルコルに少し驚いたようにアクルは目を丸くする。その後、やっと心のつかえがとれたのかほっとしてミモザのほうを向いて笑った。同じようにミモザもアクルに微笑む。

「っ……アル！　一人で行かないでくださいってあれほど……」

なんともいえないほんわかとした空気の中、アルコルの後ろから窘める声がかけられた。声の主は走っているとは言えないぎりぎりの速度でミモザ達のほうへ歩んでくる。

「ごめん、メグレズ」

「いくらミモザ嬢が来ているからと言って、座学が終わってすぐ走っていくのはどうかと思います。それにいきなりあんなに走ったのでは体に負担がかかり、かえって――」

「ごめんってば、気をつけるよ」

長くなりそうなお説教の気配にアルコルはすかさず謝る。メグレズは「本当にわかっているのですか」と眼鏡を光らせ訝《いぶか》しんだ。その表情に嫌悪感などが見られないことに、ミモザは安堵《あんど》するのと同時におかしくなって頬が緩む。

「ふふっ……メグレズ様はお母様のようなことをおっしゃるのね」

「だっ、誰が母親なんですか⁉」

「母……っふ…ははっ、母親か、それはいい……っ……」

「アルまで！」

お腹を抱えて笑い出したアルコルにメグレズは「元はといえばアルが走るからでしょう！」と耳まで赤くして訴える。

「ふふっ……メグレズ様、アルって呼ぶようになったんですね。お二人が仲が良くて羨ましいです」

「そうだろう、メグレズは大事な友達だからな」

「っ……次からは気をつけてくださいね」

「あぁ」

ただの側近である彼を「大事な友達」と言ったアルコルに毒気を抜かれたのか、メグレズは耳を赤くしたまままそっぽを向いてた。

（メグレズ様って……案外アルコル様には甘いわよね）

そういうミモザもアルコルに対しては甘い自覚があるのだが、最近の対応を見ているとメグレズも大概であると思っている。王族というのはこうして人を惹きつける力でも持っているのだろうか。けれど王族だからというよりは元々のアルコルの人柄によるところが大きい気もしていた。

どちらにせよメグレズも譲れないところは駄目と突っぱねているようだし、二人の仲がいいにこしたことはない。

思いもかけないところで二人に会ったけれど、アルコル達がいてくれたおかげか父からの口撃がなくなり騎士団の詰め所まで心穏やかに向かうことができたのはありがたかった。

「アルコル様とメグレズ様はここまでついてきてよかったのですか？」

「あぁ、私達もこのあと剣の鍛錬なんだ」

「教えてくださっているエルナト先生は騎士団を引退されているけれど、とても強い騎士だったと有名な方なのです」

「へぇ……」

アルコルに手を引かれ並んで歩きながら、一歩後ろを歩くメグレズの説明を聞く。父とアクルは後ろを少し離れてついてきていた。ほどなくして到着した騎士団の詰め所では何人もの騎士達が訓練をしていた。打ち込みの声が訓練場を越えて聞こえてくる。鍛錬に向かうアルコル達と別れミモザが父とアクルの後をついていくと、目的の人物を見つけた父が声をかける。

「イーター伯爵」

歩みを止めたミモザ達のほうを振り向いたのは、訓練場の全体が見渡せる位置にいた、がっしりとした体に騎士服を纏《まと》った壮年の男性だった。

「この場では騎士隊長とお呼びしたほうが良かったかな」

「どちらでもかまいませんよ、サザンクロス侯爵」

こちらへ歩み寄り、背筋が伸びた美しい礼をするイーター伯爵は、父と並ぶと背の高さや均衡の取れた身体《からだ》つきが際立っていた。騎士服にはいくつもの勲章がつけられ、襟に入れられた三本のラインがこの場所の責任者であることの標《しるし》だった。

「愚息のせいでこんなところまでご足労いただいて申し訳ない、鍛錬を休むのが嫌だという真面目な奴《やつ》なんだ、許しておくれ」

父親から紹介された後、アクルの前に膝をついてイーター伯爵はそう言った。その様子に侯爵家からの縁談を断れないから仕方なくといった感じは見受けられない。もしアクルたちの婚約が成れば、アルカイドは次期侯爵の地位を得ることができる。アルカイドの印象を少しでも良くしようとアクルに訴えるのは、彼なりの爵位を継げない息子への愛情なのだろうと思えた。

「あれが私の息子のアルカイドだ」

指を差した先、大人の騎士達が訓練している訓練場の端に、動く小さな赤い頭が見える。

「カイド、こっちに来なさい」

イーター伯爵に呼ばれこちらを向いた少年は、遠目からでもわかるほど明らかに顔を顰《しか》めた。しぶしぶと木剣をしまい、わざと時間をかけてこちらに歩いてくる。父親である伯爵と同じ真紅のくせのある跳ねた髪は、ミモザの髪より赤色が濃い。目の色も同じ赤だがそちらはだいぶ色素が薄かった。

近づいてくるにつれて、いかにも「不本意です」というような表情が見て取れて、ミモザは顔を顰めた。

「……何?」

「こちらは私がお世話になっているサザンクロス侯爵とそのお嬢さんだよ、挨拶なさい」

「……アルカイド・イーターといいます」

「初めまして、この子が私の娘のアクルだ」

「おはつにお目にかかります。アクル・サザンクロスと申します」

「…………」

アクルの挨拶に非はなかった。最近の本人の努力の甲斐あって、淑女らしく礼をしたアクルに対して返事をするわけでもなく、不躾《ぶしつけ》にじろじろと見てくるあからさまな失礼な態度に、後ろで見ていたミモザはカチンときた。父はアクルのほうを感動するように見ていてアルカイドのそんな態度に気づいていない様子であった。

アクルが大事ならちゃんと相手の人となりも見てほしいと、ミモザは臍《ほぞ》を噛む。話の続かない息子に痺《しび》れを切らしたのか、イーター伯爵は「この先には花の植えてある庭もある」と咳《せき》払いして父に提案をした。

「アクル、この辺りを案内していただいたらどうだ」

「え……」

「それがいい。カイド、庭園を案内してさしあげなさい」

「……わかりました」

大人達の提案であれよという間に二人で散策に行くことになってしまい、アクルが焦ったようにミモザを振り返る。

「お、お姉さま……」

聞き取れないくらいの小さな声でミモザを呼んだアクルの顔は不安で一杯だった。

(大丈夫よ)

「あとからついていくわ」と、ミモザは小さく言ってアクルの顔を見て頷く。ミモザに頷き返したアクルも、意を決したように一人でスタスタと歩き出したアルカイドの後ろを急いで追っていった。

「お父様、アクルは城に来るのが初めてなので、私も後ろを離れてついていってもいいでしょうか?」

「……お前がか?」

訝しむ父に「決して二人の邪魔はいたしません、心細い思いをしているアクルのためです」としつこく言うと、しぶしぶながらも納得したのか離れてついていく許可を出してくれた。

「いいか、声をかけるのはアクルが助けを求めた時だけだ」

「はい」

「二人がいい雰囲気だったらお前は戻っていい」

「わかりました」

早くしないと二人の姿が見えなくなってしまうではないかと、ミモザは返事を言い切る前に踵《きびす》を返す。もう二人の後ろ姿はかなり遠くなっていた。後ろで父が何か騒いだような気がしたが、そんなことに構っている暇はない。

今はアクルが心配だった。出会い頭のあの態度といい、挨拶も返さずエスコートもせず。憧れていたアルカイドからのぞんざいな対応に、アクルが気落ちしなければいいとミモザは思う。

(フォローできる範囲ならいいのだけど……)

とにかく二人に追いつかなくてはと、ミモザは足を速めた。

しかし二人を追いかけた先でミモザの目に飛び込んできた光景は、フォローとかそういう生易しい段階を遥《はる》か彼方《かなた》に飛ばしたものだった。

「おい、あんたらは剣は使えるのか？」

「……使えるけれど、練習を始めたばかりだから相手はできないよ」

「剣じゃなくても構わないさ」

「体を動かしてたほうがよっぽど有意義だからな」と、アクルに庭園を案内しているはずのアルカイドが詰め寄っているのは、先ほど別れたアルコル達だった。

「え……？」

ミモザが呆然と立ち止まると、アルカイドの行動に同じく呆然と立ち竦《すく》むアクルの姿が見えた。

(どうして、こんなことになってるの……？)

アルコルとメグレズの手には木剣が握られていたから、きっと鍛練の最中だったんだろう。近くに大人の姿は見えなかったから、アルコル達の教師は席を外しているのかもしれない。ただ、そこに何故アルカイドがアクルをほったらかして乱入しているのかがわからない。ミモザがうろたえている間にも、アルカイドはアルコルに「あんた鈍くさそうだから俺が鍛えてやるよ」と詰め寄ったり、間に入ったメグレズが「殿下に対して不敬です！」と怒っていたり、状況は混乱を極めていた。

「ちっ……ミザールと違って噂どおりの腰抜け王子だな……」

吐き捨てるように言われたその言葉に、メグレズが顔を真っ赤にして言い返そうと口を開くが、それよりも先にアクルが声をかけた。

「あの……アルカイド様……？」

「あ？　……まだいたのか、おい、俺はお前と結婚なんかしないからな」

「えっ」

おそるおそる声をかけたアクルに、アルカイドはいきなりそう吐き捨てた。ミモザは状況が整理できないながらも、その言葉に腹の中で我慢していたものが一瞬で煮えたぎるのがわかった。

「ど……して……」

「元々この歳で結婚相手を決められるのが嫌だったんだ。女なんか手がかかるばっかりで邪魔だから」

「っ……」

「服だの花だの宝石だの、身にならないもんのことばっかで騒いで、守られて自分に時間を割いてもらうのが当たり前だと思ってる。お茶会やマナーが何になるっていうんだよ、だったら護身術の一つでも学んだらいい」

「それはっ……っ……」

「ほら、すぐそうやって泣けばいいと思ってる。今だって父上に言われたから仕方なく時間をとってやってるんだ。余計な手間をかけさせるな。これで結婚は無理だってわかっただろ、縁談もそっちからうまく断れよな」

肩を震わせ、ドレスの裾をぎゅっと握りしめて。アルカイドに言われたことを気にして、アクルは泣き出さないように必死に声をこらえていた。それでもこらえきれずに涙を溢《あふ》れさせたアクルを、ミモザは駆け寄って抱きしめた。

「っ」

「大丈夫アクル、大丈夫」

「お、ねえ……っま……」

昔母がしてくれたように背中を優しく撫でる。余計に泣き出したアクルに、ミモザの怒りは頂点に達した。

いつも意地悪く勝ち気に笑っていたあの面影はもうない。今のミモザが知っているアクルは、ちょっと意地っ張りで、自分の悪いところに気づくことができて、可愛いものが好きで、好きな人のためにおしゃれを頑張ってしまうような、大事な妹なのだから。

「な、なんだよお前……いきなり現れて……」

「私はアクルの姉のミモザ・サザンクロスと申します。本日は付き添いで登城しておりましたので、ご挨拶が遅れてしまい申し訳ございません」

「あ、あぁ……」

アクルを背に庇い、アルカイドの前に進み出たミモザは、礼にのっとって貴族の令嬢らしく挨拶をする。しかしアルカイドから返ってきたのは曖昧な返事だけだった。

「……近衛騎士隊隊長、イーター伯爵のご子息、アルカイド様とお見受けします」

「付き添いで来てたんなら言われるまでもなく知ってるだろ」

きちんとした自己紹介が返ってこなかったので、知っているうえで嫌味をかねてそう言ったのだが、まさか嫌味も通じないほど脳筋《のうきん》だったとは思わなかった。この場合は単なる考えなしだろうか。ただ脳筋だろうが馬鹿《ばか》だろうが、自分本位でアクルを傷つけ泣かせた相手をミモザは絶対に許さない。

「イーター近衛騎士隊隊長の功績なら十分に存じておりますが、ご子息様のことは名前しか存じませんでしたので、間違いがあってはいけないと思い確認したのですわ」

「………」

遠まわしに父親のことは知ってるけど貴方《あなた》のことなんか知らないわと込めたが、それだけでは通じないと思ったので、はっきりとした言葉を、目一杯小馬鹿にしたような顔をしてつけ足した。

「まさか騎士隊長のご子息が、女性にこのような暴言を吐くならず者のような方だとは思いませんでしたので」

「なっ、なんだと!!」

ようやく馬鹿にされていることを理解したのか、顔を真っ赤にしたアルカイドはミモザに食ってかかる。

「貴方は先ほどお茶会やマナーが何になるとおっしゃいましたね」

「それがなんだよ！　本当のことだろ！」

「いいえ、そんなこともわからないなんて、脳にいく分の栄養が全部筋肉にいってしまっているのではないかと思って心配になっただけですわ」

できるだけ威圧的に見えるように胸を張って、馬鹿にしたように鼻で笑う。元が悪役令嬢であるのだから、相手を蔑む表情はさぞや様になっているだろうとミモザは他人事《ひとごと》のように思った。あまりしたことのない表情というのは疲れるけれど、手を弛《ゆる》めてやる気はない。全力で恐ろしいほどの冷たい笑みを浮かべる。自分で勝手に女性像を作りあげて勝手に幻滅して。そんな自分に酔ったように、全く関係のないアクルを泣かせるなど、意味がわからない。

今回の婚約が望まないものだったのなら、もっと穏便に断れたはずだ。それなのにわざわざひどい言葉をぶつけて泣かせた挙句、開き直るなどもってのほか。母も「女性蔑視するような輩《やから》はちぎって投げなさい」と言っていたので、容赦はしなくていいだろう。

「お前っ……無礼だぞ!!」

「無礼？　礼の必要性も知らないくせに？　でも気に触ったのなら失礼しました。まさかその歳になってマナーが必要ないなどとおっしゃる方がいらっしゃるとは思わなくてつい」

「マナーの必要性くらい知っている！　そのうえで役に立たないって言ったんだ！」

「まぁ、では貴方はわかったうえで女性を差別するようなことをおっしゃったというのですか？」

「実際女なんて弱いじゃねーか！　有事の時役に立たないだろ!!」

「まぁあ！　騎士を志している方とは思えない発言ですわ。最近の騎士は随分と思考が偏った方が多いのね、怖いわ……こんなにも質が低くて我が国の騎士団は大丈夫なのかしら？」

「このっ……」

少し大袈裟に挑発してやると、頭に血が昇ったのかアルカイドが肩を震わせるのが見えた。

「騎士として勇敢に戦うことにくらべたらっ……女のこなす茶会なんてなんの役にも立たないだろう

が……っ！」

「役に立つ、立たないではなく必要なものだと言っているのです」

反論する相手を睨みつけ「いいですか」とミモザは口を開く。

「男性が外へお勤めに出ている間、家を守るのは誰の仕事だと思っていますの。女性が家を守っているからこそ、何の気兼ねもなく男性は陛下からいただいたお勤めを全うできるのではないですか」

「そんなのは詭弁《きべん》だ！　実際家に賊が入ったら女だけじゃどうにもできないだろっ」

「力だけを見れば、女性は男性よりも弱いかもしれませんが、騎士が求める強さというのは力の強さだけを指すのですか？」

「それはっ……」

どちらが優れているとかではなく、それぞれに役割があって、互いにそれを果たしている。強さの意味をはき違えてはいけない。

「家を守るということは、家の警備に不備はないかということだけでなく、緊急時に必要な連絡が取れるだけの手段を持っているか、使用人との信頼関係は充分か、領民や使用人たちの安全は確保されているのか、困った時に助けてくれる人脈をどれだけ築いておけるか……決して、武器を持って戦うとか、ただ門扉を頑丈に施錠しておけばいいという話ではないはずです」

反論できず、怯《ひる》んだアルカイドにミモザは続ける。

「女性が社交に力を入れるのは武力以外で、家を守る術《すべ》を得るためです。お茶会をするのは、情報交換や家同士のパワーバランスを図るためです。ドレスだって花だって宝石だって、この貴族社会を生き抜くためのいわば戦闘服なのです。ドレスや宝石がみすぼらしければ家名をみくびられる、家の中に飾ってある花一つで家の格を決められてしまう。女性が身だしなみに手をかけるのは家格をみくびられないようにするため。一領民であれば必要はないでしょう、けれども私達は彼等の生活を預かる貴族なのだから」

段々ヒートアップしていくミモザに、アルカイドだけでなくアルコルやメグレズまでもぽかんと口を開けたままこちらを見ていた。ミモザは気づかなかったが、背中から聞こえていた泣き声もいつの間にかやんでいた。

「そもそも縁談が気に入らないのならこんな形でなく、もっと穏便に断れたはずです。大体、貴方も貴族なら政略結婚も覚悟しなければいけないはずですわ！　それをなぜ自分だけが被害者のように振る舞っているの？　アクルはね、政略結婚の相手である貴方とうまくやっていけるか不安で一杯になりながらも侯爵家の娘としてこの場に来たのよ！　次期侯爵家当主となるかもしれない貴方を支えるべく知識やマナーを学び、貴方に気に入られるよう身だしなみを整えて、少しでも貴方といい関係を築けるよう努力していたのを私は知っているわ！　この歳で結婚相手を決められるのは嫌だ？　ふざけないで！　そんな理由で懸命に努力をしたこの子を傷つけたのであれば、こっちだってようやく心を開きはじめてくれた大事な妹を、貴方のような挨拶もエスコートも満足にできず、貴族のルールの初歩も理解していないどころか身勝手な持論を振りかざす、無礼で短慮な輩の婚約者になど絶対にさせたくないわ!!」

「お姉さま……」

カッとなった勢いのまま言いきり、ミモザはぜいぜいと肩で息をする。しかしすぐに怒りにまかせて言い放ったものの、当の本人を差し置いて勝手に縁談を断ってしまったことに気づいて、ミモザは顔を青褪めさせた。固まるアルカイドから目を離して、振り返って呆然としているアクルの手を取って頭を垂れて謝った。

「ごめんなさい、アクル！　私頭にきて貴女の気持ちも考えずにあんなことを……！」

「え……」

「貴女はアルカイド様に少なからず好意を持っていたのでしょう？　それなのに私が勝手に、断るようなことを言ってしまって……今からでも遅くないはず、私イーター伯爵とお父様に謝ってくるわ!!」

「ま、待って、お姉さま!!」

急いで騎士団の詰め所に引き返そうとするミモザの腕をアクルが掴んだ。

「どうしたのアクル、貴女には何の責任もないようにするから安心して」

「ちっ違うの！　もういいのお姉さま!!」

「もういいって……」

再び駆け出そうとしたミモザに、アクルが両手で縋《すが》る。

「お姉さま、ごめんなさい」

「え……アクル？」

「ごめんなさい、お姉さま……」

突然ぽろぽろと泣き出してしまったアクルに、ミモザは慌てて取り出したハンカチで涙を拭う。

「ど、どうしたの……？　そんなにショックが……！」

「ちがうの、違うの……」

「そうじゃなくて」と涙をこらえた目で、アクルはミモザを見上げる。

「私、お姉さまがずっと羨ましくて、嫌なことを言ったり、ものを盗ったり、ひどいことばっかりしてきたのに、お姉さまは全然怒らなくって、悔しがってもいなくて……私なんか眼中にないんだわと思ったら、悔しくて」

「…………」

「でも、この間初めて怒られて、お姉さまと話すようになって、そしたら優しくしてくれて……どうしていいかわからなかった……今だってお姉さまは私のこと庇ってくれて……」

再びぽろぽろと泣き出したアクルに、ミモザはどうしたらいいかわからなくなる。

「泣くほど嫌だった？」

「ちがうっ……嬉しかったの、お姉さまが私のことで怒ってくれてっ！」

「だからアルカイド様のことはもうどうでもいいの!!」と、ミモザにしがみつくように泣きだしたアクルに、ミモザも困惑しながらも頭を撫でた。

「っ……ふざけ……な……!!」

「ミモザッ……」

「え」

アクルに気を取られていたミモザは、突然背後から聞こえた声に視線を向ける。横向いた目が捉えたのはこちらに腕を伸ばしたアルカイドの姿だった。

殴られる。

そう思って、ミモザは自分にしがみついていたアクルの頭を庇うようにぎゅっと抱え込んで、衝撃に備え目を瞑《つぶ》った。

「ぐっ……」

鈍い声は聞こえたけれど、いつまで待っても衝撃はこない。おそるおそる目を開けたミモザの視界は白いもので埋まっていた。

「ア……ルコル様……？」

それがアルコルの背中だと気づいて、今度こそ膝から力が抜けて立っていられず、腕に抱えたアクルごとミモザは座り込んだ。殴りかかってきたアルカイドの前に割り込んだアルコルは、掲げた腕でその拳を受けていた。そしてアルカイドに「いい加減にしろ」と冷たい声で言い、その腕を払った。

「ミモザ、大丈夫……？」

間近で覗《のぞ》き込んできたアルコルに、ミモザは心臓がどくんと大きく鳴ったのがわかった。

「っは、はいっ……大丈夫、です……」

何度も頷いてミモザがやっとのことで返事を返すと、アルコルはミモザの前に手を差し出した。心臓がドキドキしながらその手を取って立ち上がると、アルコルが「間に合ってよかった」と、優しい声で言う。

「アル……なんていう無茶を……」

「ミモザを守らなきゃって思ったら、勝手に体が動いた」

「そういうのは俺の仕事です……！」

「僕のほうが近かったし……それにメグレズが怪我をするのは嫌だ」

「…………次から絶対に、絶対、やめてくださいね」

アルコルはメグレズと何言か交わした後「それより」と、アルカイドに向き直り「やっていいことと悪いことがあるだろう」と強く非難した。

その声や雰囲気は国王陛下が声をかける時によく似ており、先ほどまでアルコルのことを「何もできない第二王子」だと見くびっていたアルカイドもまた、その声に無意識にさっと顔を青褪めさせた。

「女性に手をあげるなど、何を考えているんだ」

「そ、それは……コイツが……」

「言い負かされたから拳で反撃していいなどと、そんな理屈は通らない。女は弱いと言ったのはお前だろう。お前はその弱い相手に手をあげたんだ。お前の目指す騎士というのはそういうものなのか？」

「それは……」

普段のアルコルからは想像ができない冷たい声だった。以前の傍若無人な態度ともまた違う。

「過ちは誰にでもある。だがそれを指摘した者に拳をむけるなど騎士としてあるまじきことだ」

「……殿下のおっしゃるとおりです」

項垂《うなだ》れるアルカイドの代わりに返事をしたのは、悲しげに表情を曇らせたイーター伯爵であった。いつから見ていたのだろう。それでもあの表情を見る限り、おそらく早い段階でこちらの騒ぎに気づいていたらしかった。

「父上……」

「殿下、息子が大変失礼いたしました。お怪我はございませんか」

「あぁ……」

「アクルッ!! どうしたんだその顔は!!」

イーター伯爵の後から父が叫びながら現れる。

「どうした、ミモザに泣かされたのか!!」

何故そこで犯人をミモザに限定したのか。ぐっと寄った眉間の皺にミモザはこれ以上心労を溜め込まないように大きくため息をつく。

「侯爵、落ち着いてください。貴方も途中から見ていたでしょう。悪いのはうちの息子です」

ミモザを庇ってくれたのはイーター伯爵だった。

「お嬢様方、お怪我は?」

「大丈夫です……アルコル様が助けてくださいました。私もアクルも怪我はしておりません」

「……本当に皆様、この度の息子の愚行、誠に申し訳ありませんでした」

「っ……」

片膝をつき頭を下げた自分の父親に、アルカイドが息を呑《の》む。

「愚息は城を下がらせ、領地で教育しなおしたいと思います」

続けて伯爵が発した「全て私の監督不行届きです。いかような処罰も受けますので、何卒《なにとぞ》この身一つで収めていただきたい」という言葉に、アルカイドは「そんなっ！」と焦って父親に縋った。

「わざとじゃない!! 頭に血が上ってそれでっ……どうして父上が責任を負うんですか!?」

「そういう問題ではないのだ、カイド」

ようやく事の重大さに気がついたアルカイドは、アルコルに「自分が悪かったから、父は関係ない」と言い募るも、父親である伯爵に暗い声で諭された。

「子供だから、まだ騎士じゃないから、そんな理由で許されることではない。否定しようが伯爵家の子という肩書を持つお前は、歴《れっき》とした貴族だ。お前の言葉一つでも、外へ出てしまえば我が伯爵家の言葉として大衆には受け取られる」

「っ……」

「お前は本当に仕出かしたことの重大さをわかっているのか？ 殿下のおっしゃるとおり、どんな理由があろうとも、騎士を志す者が自分の感情だけで手をあげるなどあってはならないことだ」

「…………」

「多少傲慢なところがあるのはわかっていた。仕えるべき相手とは別の、守るべき令嬢と接することでそれに気づいてほしかったが……アクル嬢にはとても辛《つら》い思いをさせてしまったようだ……」

「本当に申し訳なかった」と再び頭を下げたイーター伯爵に、立ち上がったアクルが慌てて「頭を上げてください」と言う。

「私はもう気にしていません！　それに私も以前アルカイド様と同じ間違いをしたことがあるんです……なので偉そうに言えません」

「………」

「しかし……」

「それに私はお姉さまが庇ってくれたから」

「アクル……」

あんなことを言われて辛いだろうに、相手を気遣うような言葉をかけたアクルに、ミモザは胸が一杯になる。伯爵だけでなくアクルまでがミモザを庇ったことに父だけは釈然としない顔をしていた。もう何を言っても無駄だろうと諦めてミモザはその視線を無視することにした。

「悲しかったのがどこかに飛んでいっちゃいました」と赤くなった目元で笑うアクルを呆然と見ていたアルカイドはハッとして、父親の横に進み出て頭を下げる。

「申し訳、ありませんでした……！」

「っ……」

目の前で頭を下げたアルカイドに、アクルはびくりと肩を揺らし「どうしたらいいの」と困ったようにミモザを振り仰ぐ。きっとアクルは、以前の茶会での自分の過ちを今のアルカイドに重ねて見たのかもしれない。「貴女が許してあげたいと思うのであれば謝罪を受け入れれば大丈夫よ」と小声で教えると、ほっとしたようにアクルは肩の力を抜いた。ミモザは無理をして笑っているのではないかと心配をしていたけれど、今の表情を見る限りは、きっとアクルもアルカイドにやり直してほしいと思っているのかもしれない。

「はい、貴方様の謝罪を受け入れます」

「………」

「それでも礼を欠いた行いの償いはするべきです。このことは陛下にご報告いたします。殿下もそれでよろしいでしょうか？」

一人納得していない様子だった父も、伯爵の陛下に報告するという言葉に黙り込んだ。

「他の誰でもない彼女が彼を許したんだ。もう私が口を出すことじゃない」

「申し訳ありませんでした」

アルコルと伯爵の間で言葉が交わされる。目を瞑り頭を深く下げた伯爵と同じようにアルカイドも頭を下げた。それを手で制して、アルコルは一歩近づいてアルカイドに何かを告げる。一瞬だけ見えたその表情には何故かひどく敵意がこもっているように見えた。

「ミモザ、侍女に着付けを直してもらったほうがいい。サザンクロス侯爵、少し彼女の時間をもらうよ。行こう」

顔を青くしたアルカイドから視線を逸らし、父の返事を待つより早くアルコルはミモザの背を押して踵を返す。

「アルコル様？　私直すほど着崩れておりませんよ？」

それよりアルカイドに何を言ったのか気になったミモザが口を開こうとすると「顔色が悪い」と言われてしまい閉口する。驚くミモザの手をさっと取り歩き出したアルコルに、メグレズは呆《あき》れたような顔をしつつも、彼も最後までアルカイドを睨んでいた。

「どうして……わかりましたの……？」

「……わかるよ」

父達から見えない場所まで来たアルコルは近くの噴水の縁にミモザを座らせた。

悪意をもって害そうとするその腕の怖さを初めて知った。アクルの手前強がっていたが、ずっと足が震えないようにするのに必死だった。

「……あまり無茶をしないでほしい」

いつも穏やかなアルコルが、少しだけ責めるようにミモザを見る。

「アクル嬢を庇うためだってわかったけど……もっと自分を大事にしてほしい」

「貴女が怪我をするのは嫌だ」と、ミモザの前に片膝をついて真摯に見つめてくるその目に、さっきあんなに怒っていたのは自分のためだったのかと気づいて、自分の頬が熱くなるのがわかった。

「ミモザ？」

「な、なんでもありません……心配かけて、ごめんなさい……」

「ん」

謝ったミモザにアルコルは短く返事をして眉を下げ笑う。

メグレズのミモザの微笑ましい視線に気づいて、ミモザは赤くなった顔を隠すように俯いた。

『めざわりだわ、同じ空気を吸っているだけで汚らわしい』

開いた扇で歪《ゆが》む口元を隠しながら誰かを冷たい目で見下ろしているのは、今よりも成長した姿のミモザだった。この台詞《せりふ》はヒロインと同じクラスになってしまったミモザが、平民出のヒロインを貶《おとし》めるために吐き捨てた言葉だ。

（あれが、私……）

毛先が幾重にも巻かれたオレンジがかった赤い髪は腰ほどまで伸び、白い肌は人形のようで血の気を感じさせなかった。派手すぎる真っ赤なドレスに包まれた体は細くしなやかだ。誰もが「美しい」と称するような姿であったが、その若葉色の目は面影もないほどに暗く淀《よど》み、相手を冷たく蔑むような恐ろしい顔に見えた。

（夢……？）

ぼんやりと、自分を遠いところから見ているようなふわふわとした感覚に、ミモザは戸惑う。水の中を漂っている感覚に近いのかもしれない。明晰夢《めいせきむ》だろうか。抗《あらが》おうとするが体は重くて動かない。見えているはずなのに瞼《まぶた》も開いているのか閉じているかもわからない状態で、ミモザは思う。

（もっといい夢を見させてくれたらよかったのに……）

こんな夢を見てしまうのには心当たりがあった。アルコルと初めて会った時といい、アクルに説教をした時といい、アルカイドを言い負かした時といい。感情的になりすぎている、とミモザは最近の自分の行いを後悔していた。

もっとうまく立ち回れたであろう場面がたくさんあった。それができずに感情のまま自分の言いたいことを言い、相手を叱りつけ、終わってから後悔して。それなら最初から躊躇《ちゅうちょ》せず魔法で相手の気持ちを変えてしまえばよかったと思って、そんなことを考えた自分が恐ろしくなった。

胸の中に芽生えた不安は消えることなく、必死に忘れようとしても、こうして悪夢という形で毎晩ミモザの心を蝕《むしば》んだ。

『私の力で貴女《あなた》の大事な人達を全部奪ってあげる』

(だめ……お母様と、悪いことには力を使わないって約束したもの……)

目の前の光景を見たくなくて、目を瞑《つぶ》って両手で耳を塞ぐ。なのにその声は頭の中にガンガンと響いて。真っ暗な視界が涙で滲《にじ》む。頭が割れそうに痛い。

(っ……いや……助けて、誰か……お母様っ……)

『大丈夫、大丈夫よ……』

ミモザが母の名を叫んだその時、ミモザの体が急に何か温かいものに包み込まれた感覚があった。

(お……かあ、さま……?)

『大丈夫』

ぼんやりと目を開け、自分を抱きしめ優しく微笑《ほほえ》む母を見上げる。幼い頃のように抱きしめられ頭をゆっくりと撫《な》でられて、ミモザは目の前の母親に縋《すが》って泣いた。

(おかあ、さまっ……お母さ、ま……っ……)

『辛《つら》かったわね……ミモザ……』

(おかあさま……わたしっ……頑張ったの……！)

『そうね、貴女はとてもよくやったわ……だからね、もう頑張らなくていいのよ』

(おかあさま……？)

『私が助けてあげる』

母の言葉と温かい腕に、ぼーっとして頭に靄《もや》がかかる。眠くないのに瞼が自然と落ちてきてしまう。

言われた言葉の意味を考えようとするのに、それができない。

『私の言うとおりにすれば貴女は幸せになれるわ』

(お母様の……)

母の言うとおりにすれば悪役令嬢にはならない。

『そう、貴女は私の言うことを聞いてその力を使えばいいのよ』

(私は……)

『貴女は幸せになる。その力で今まで貴女を見下してきた奴《やっ》らを見返してやるのよ』

(…………違う)

母親の言葉に、ぱきんと頭の中で何かが割れる音がした。

『ミモザ……？』

「違う……お母様じゃない」

お母様は、誰かを見返すことが幸せだなんて絶対言わない。

〝ミモザ、私ができるのは貴女に色々な道があるのよって教えてあげることだけ。どの道を選ぶのか決めるのは貴女自身なの。間違ったことや悪いことを諫《いさ》めてあげることはできても、何がいけなかったのか考えて改めなければいけないのは貴女自身。どの道を選んだとしても困難はつきまとうでしょう。それでも貴女が選んだ道の中には、きっと貴女の力になってくれる人がたくさんいるはずよ。私は貴女の選んだ道を応援するわ〟

教えることや諫めることはあったけれど、母は決して全て自分の言うとおりにしなさいとは言わなかった。いつだってミモザの意見をちゃんと聞いてくれたし、選んだものが間違っていたとしても蔑《ないがし》ろにはしなかった。一緒に考えてくれた。

〝誰かと比べて幸せをはかるのではなく、貴女の心でそれを感じてほしいの。貴女が自分の手で、自分や周りの人と幸せになってくれる未来を信じてる〟

「私は……この力をそんなことには使わない。お母様と約束したもの」

はっきりとした意思をもってミモザはまやかしの母の腕から抜け出す。離れた瞬間、ぐにゃりとその輪郭が歪んだ。

「今はまだわからないけれど……悩んでも、後悔しても、自分だけじゃなくて皆が笑っていられるように……頑張るって決めたの」

母の形は既になく、黒い靄のような塊が目の前で蠢《うごめ》いて、またミモザの姿を形作ろうとする。あるかもしれなかった未来のミモザが吐いた暴言がまた頭に響いてきた。

「やめて」

ぶつりと場面が切り替わるように、悪役令嬢のミモザを形作っていた靄は動きを止め、その形を急に維持できなくなった。

「お母様の姿になるのも駄目よ」

『っ……』

先回りするように重ねて言った言葉に、またしても動きを封じ込められて、靄は焦ったようにざわざわと蠢いた。

一つ違和感に気づいてから、急に頭にかかっていた靄が晴れるように思考がクリアになっていった。先ほどの母に抱いた違和感は、この悪夢が恣意的なものではないかとミモザに疑問を抱かせるきっかけとなった。

〝精神に作用するこの能力には、貴女自身の精神力も必要になってくる。もし同じ能力を持つ者がいた場合、精神力のより強いほうが勝つわ。同じ能力を持つ者などそうそういないとはいえ、能力を遺憾なく発揮するためには精神のマウントを取ることが重要ね〟

魔法のコントロールを学ぶうち、母から教えてもらったことを思い出す。もし、この悪夢が誰かによってもたらされているものだとしたら。

先ほどまで手のひらでいいように転がしていたミモザが急に反抗しはじめたことに焦って、主導権を取り戻そうと黒い靄は動揺した様子で足掻《あが》きはじめた。

ひっくり返すなら今しかない。ミモザはそう直感して、目の前の靄を見据えた。

『お前は必要ない。早く家から出ていけ』

「お父様……むしろ、今更家を継げなどと言われたら困ります」

『さっさと掃除を済ませるのよ！』

「はい、お義母《かあ》様。掃除は嫌いではありませんから。頑張りますね」

『私のほうがお姉さまよりもずっと、ずーっとお父様に愛されているわ!!』

「そうね、私もアクルのことが大好きよ」

『っ……お前達を主《あるじ》だと思ったことなどない！』

「メグレズ様は大事なお友達ですもの。私もアルコル様もそう思っています」

『ぐ……っ……お前は将来この僕と結婚するんだ!!』

「アルコル様……今は好かれるよりも嫌われるほうが寂しいです。優しくて努力家な貴方《あなた》を尊敬しています……婚約者に選ばれるのだって、前ほどは嫌じゃないですよ」

『つく……ぅ……！』

内心で「死亡フラグということを除けば」と付け加えて、一つ一つ、まやかしを消していくと、黒い靄は小さな塊になって動きを鈍らせた。

「終わりですか？」

『……なん、でだ……』

「なんでと言われても……」

『どうして、何に、変わっても、飲み込まれない、お前が、恐ろしいと思っている、ものなのに』

「……私が恐れているものに変化していたのですか？」

先ほどまでの未来のミモザや、家族や友人らの姿は、ミモザが心の奥底で抱いていた不安そのものだったのかと納得する。

『あきらめろ、絶望しろ、お前は、悪夢から、逃げられない』

「目が覚めないということですか……？」

『そうだ』

「私に気づかれてしまったのだから、もう続ける意味はないと思うのですが……」

『……このままでは、終われない』

急に怒気を孕《はら》んだ黒い靄が発する言葉に、ゴオッっと強い風が吹いた瞬間、ミモザの目の前に身の丈より大きい狼《おおかみ》が姿を現した。

『人間、ふぜいが』

「いやぁっ!!」

眼前に迫る狼にミモザは悲鳴をあげる。狼に姿を変えた靄は、咆哮《ほうこう》し鋭い牙をむき出しにしたまま、ミモザの戦《おのの》いた表情にニタリと笑った。

顔にかかる生温かい息に体が震える。怖いと思ったのは本当だ。けれど、この悪夢から出るためには目の前の相手をどうにか出し抜かなければならない。ミモザは深く息を吐いて胸元で握った手を震わせた。

ミモザの様子に自らの優位を確信した相手は、その目の奥に浮かぶ恐怖をもっと覗《のぞ》こうと身を乗り出してきた。

その瞬間、ミモザは全力で暗示を発動する。

『にゃあ』

「…………」

『んに…………？』

黒い靄の本当の姿は「可愛《かわい》い猫ちゃん」なのだという暗示を。

「捕まえた！」

『にー⁉』

逃げ出そうとして暴れた黒猫は、すぐに自分の姿が変わらないことに気づいて呆然《ぼうぜん》とミモザを見上げる。相手がミモザよりも実力者で暗示が通じなかった場合を想定し、魔力を全部使う勢いでかなり強めにかけてしまったが、油断していた相手にはよく効いたらしい。

『にゃ……』

安堵《あんど》したミモザは呆然と鳴いた黒猫を抱いたまま、その場にぺたんと座り込んだ。こんな子供だましでうまくいくか心配だったが、挑発にあっさり乗ってきたし、話し方もどこか幼いし、この黒靄はミモザが想像していたよりも精神が幼いのかもしれなかった。

『みっ、みゃ……みーっ‼』

「ちょっと強く効き過ぎちゃったかしら」

みぃみぃとしか鳴けない相手に苦笑して、顔の前まで子猫を持ち上げて少しだけ暗示を軽くしてやる。すると、すぐに黒猫は『ふざけるなっ、もとに、戻せっ！』と暴れて喚《わめ》いた。

「嫌です」

『俺は、悪魔なんだぞっ、許さない！』

「悪魔……？」

『そうだっ、父親を、そそのかして、継母《ままはは》に悪意を植えつけて、異母妹《いもうと》をけしかけて、お前を孤立させて』

「…………」

『使用人に、悪意を吹き込んで、歪んだ王子に、お前のこと、教えてっ、従者の、不安を煽《あお》って！』

「な……」

『なのに、お前、絶望しない、これじゃ、クーデター、起こせない!!』

「!?」

ミモザは信じられないような気持ちで、前足をじたじたとさせて喚く黒猫を見た。もし今のことが本当なら、父が母を裏切ったことも、義母がミモザを目の敵《かたき》にしていたことも、アルコルが使用人達に悪く言われていたことも、メグレズにあることないこと吹き込んだのも、全部がこの自称悪魔のせいだったということなのか。しかも最後の一文はとても聞き捨てならない。

「クーデター……」

『お前、王子そそのかして、クーデター起こす、悪意、満ちる、冥王様、喜ぶ』

「冥王……」

『乱れた国、滅ぼすの、簡単。この世界、冥王様のもの』

急に色々な情報が出てきて、頭の処理が追いつかない。

どうしてかずっと不思議だった。母が言うゲームの悪役令嬢ミモザは、何故《なぜ》これだけの能力を持ちながら失敗して処刑されたのか。全てが、この悪魔によって操られていたことだったとしたら。

しかし母の記録にはこんな悪魔の存在は書かれていなかった。唯一アルカイドのルートで「彼がクーデターを企《たくら》む第二王子を追いつめた時、王子を操っていた敵に返り討ちにあう」という曖昧な表現があったが、それがこの悪魔のことなのだろうか。

「まって……一人だけ……」

攻略対象全員のルートをクリアした後に、もう一つだけエンディングがあったのだと、どこかに書かれていなかっただろうか。ただそれは「大団円ルート」と呼ばれるものでそのルートに入るには最低でも全員のルートをクリアしていることが条件だ。特に詳しく書かれているわけでもなかったし、そういった条件があったからこそ、母も重要視はしていなかったのだと思う。しかし、そのルートには確かに「冥王」の表記があった。

『おい！　元に！　もどせ！』

黒猫を腕に抱えたまま前に蹲《うずくま》って途方に暮れる。

もしや自分はとんでもないものを捕まえてしまったのではないだろうか。この世界の秘密とでもいえばいいのか、それとも本来のシナリオから外れてしまったがために現れたバグなのか。

『聞いてるのか！』

喚く悪魔にミモザは「とりあえず私をここから出しなさい」と言うのが精一杯だった。

起きたら消えてしまうのかと思っていた悪魔は、暗示をかけられたことでその力を失ってしまったようで。いつものようにベッドで目覚めたミモザの膝の上には、仰向《あおむ》けに転がり呆然としている黒猫がいた。

悪魔とは実体のない魂だけの存在らしい。本来は触れることも、目視することもできない。しかし、ミモザの暗示のせいで、魂の姿が猫に固定されてしまい元に戻れないのだという。

「知ってることを全部話しなさい」

「嫌だね」

「またみぃみぃしか言えないようにしてあげようか？」

「うっ……」

「お義母様とアクルの部屋に置き去りにしてもいいのよ」

「やっ、やめてくれ！　もうあんなフリフリの服を着せられるのは嫌だっ!!」

「なら話してくれるわよね」

「う、うぅ……」

逃げ出そうにもその短い手足では「よちよち」と歩くのが精一杯で、すぐにミモザに捕まっては連れ戻されるのを繰り返し。そして脱走を何度も繰り返しているうちに義母やアクルの目にとまり、文字通り猫可愛がりされ、フリフリの洋服を着せられたり、キャットフードを食べることを強制されたり、頬ずりされてもみくちゃにされるなど、とにかくトラウマを植えつけられたようだ。

一週間ほど、そんな日々を繰り返して、悪魔はとうとう逃走しようとする気持ちが折れたらしい。ミモザの部屋にいるのが一番安全だとわかった今では、こうして大人しくしていることが多かった。

その間にミモザが悪魔から脅すようにして聞き取ったのは、これまで悪魔がしてきた行いと、人を惑わすその能力。そして彼らの背後にいる冥王の存在だった。

「冥王様、まだ復活していない、けどいずれ復活する」

だから自分はそのために種を撒《ま》いていたのだと悪魔は言った。

「私やアルコル様をそそのかしてクーデターを起こすことが、どうして冥王の復活に繋がるの？」

「冥王様、悪意を力にする。お前達はその苗床」

悪魔いわく、まだ完全に復活するには力の足りない冥王に、悪意を捧げるべく暗躍していたとのこと。そうして蓄えられた悪意によって、完全復活した冥王がクーデターで中抜きになったこの国を滅ぼし、世界にその手を広げていく、という筋書きだったたと。

「冥王が現れると、ヒロイ……伝承の天使も現れるんでしょう？　そんな簡単にいかないんじゃないかしら」

「だからこそ、お前、クーデター起こす。人間の手で、天使、消してもらう」

「…………」

なるほど、とミモザは思う。ゲームのミモザが執拗《しつよう》にヒロインを目の敵《かたき》にしていた本当の理由がわかった気がした。第二王子の婚約者であることが嫌だったとはいえ、婚約者のいる身で王太子と仲の良いヒロインを苛《いじ》め、平然と王太子の婚約者に収まろうと画策するのもおかしな話だと思っていた。全て、悪魔の言うとおりだとすると、ゲームの中のミモザの行動にも納得がいく。

最終的に処刑されるところまで、きっとこの悪魔の筋書きだったのだろう。

「これで全部……もう、話すこと、ない」

渋々と白状した悪魔は、しおしおと項垂《うなだ》れて丸まった。

「……どうしよう、おれ、人間に、捕まるなんて……」

テーブルに置かれたふかふかのクッション入りのバスケットの中で、手足の短い黒猫は頭を抱える。その短い前足では全然抱えられていないのが可愛い。全身真っ黒で、瞳は薄い黄色。手足は普通の猫よりも短くて狩りなどとうていできそうもない。

母が転生前にいた世界には手足の短い犬や猫がいるのだと聞いて、見てみたいと思っていたものがこんな形で叶《かな》うとは思わなかった。

「そんなに落ち込まないで、恐ろしい姿より可愛いほうがよっぽどいいじゃない」

「俺は悪魔なんだぞ、可愛いって言うな」

「お母さまが可愛いは尊いと同義語よと言っていたわ、可愛いってことはつまり貴方は尊いって言ってるのとおなじことよ」

「尊い……ほんとうか、だまされないぞ」

「本当よ、私も貴方のことを尊いと思っているわ」

ミモザがそう言うと、悪魔はふてくされたように見えて、心持ち機嫌よく「ふん」と鼻を鳴らした。

（悪魔なのに、こんなことで誤魔化《ごまか》されて大丈夫なのかしら……）

最初にミモザが子供っぽいと抱いた印象のとおり、やはりこの悪魔はまだ幼いらしい。

「貴方に仲間はいないの？　家族は？」

「……ひとり、いた……けど、この姿になってから、話、できない……」

「………」

仲間との交信などもできなくなっているようだ。悪魔たちの動きを警戒して聞いた質問だったが、予期せず目の前の悪魔が落ち込んでしまったことに、ミモザは少しだけ罪悪感を覚える。

けれど、その存在の危険性をわかっているからこそ、自由にしてやることはできない。

「……貴方には名前があるの？」

「名前なんか、ない」

たった一人の仲間と連絡が取れないというのもなんだか可哀想《かわいそう》に思えて、ミモザはバスケットの中にいた黒猫を持ち上げて自分の膝の上に載せた。

「貴方の力はとても危険だから、暗示を解いてあげることはできない」

「………」

「だから代わりに名前をあげるね」

「名前」

きょとりとした顔でミモザを見上げてくる子猫の頭を撫でて、黄色い目に笑いかける。

「まさかチョコとかマロンとか甘ったるい名前じゃないだろうな」

「イチゴとかモモでも可愛いわよね」

「嫌だー!!」

「悪魔としての威厳が!!」と再び頭を抱えて蹲《うずくま》る子猫にクスクス笑って、その小さな頭の上から話しかける。

「嘘《うそ》よ。レモン、貴方の名前はレモンよ。瞳がきれいなレモン色だから」

「レモン……あんまりイチゴとかモモとかと変わらない気が……」

「まだ甘ったるい?」

「うー……もっと悪魔っぽい名前にしろ暗黒の死猫とか」

「その姿の貴方が暗黒の死猫って……かえって格好悪いと思うわ」

「そういうの中二病っていうのよ」とミモザが諭すと、レモン、レモン、と何度か呟《つぶや》いた悪魔は疑わしそうに「本当に、瞳の色?」と確認してくるので、ミモザは頷《うなず》いた。

「うん、摘み取る前の、木に生《な》ったままの若いレモンの実の色に似ているわ」

「……ならそれで、妥協する」

しぶしぶと、しかしどこかそわそわとしながら悪魔は尻尾をミモザの膝に何度か打ち付けた。

「しばらくここで暮らしてもらうから、名前がないと不便だしね」

「おい、おれはここにいるとは……」

「行く当てもないんでしょう？」

「その格好だと、たとえこの邸《やしき》を抜け出したとしても、あっという間に第二第三のアクル達に捕まるわよ」と言えば、トラウマを思い出したのかぶわっと尻尾を太くして悪魔は首を振った。

「うぅ……」

「それに、ここにいる限りは貴方と私は家族よ、安全は保障するわ」

「……お前は、勘違いをしている、おれは人間と、馴《な》れ合いなどしない」

威嚇するレモンに「別に馴れ合わなくてもいいよ」と言う。ミモザが自分の安全のためにレモンから仲間を奪ってしまったのなら、その罪滅ぼしだと思ってくれて構わない。

「ばかめ、おれがなにもしなくても、仲間が、動く」

「そのしょっちゅう出るカタコトは癖なの？　少しずつ直しましょうね」

「おい、聞いてるのか」

「聞いてるわ、今の貴方には何もできないってことでしょう？」

「…………」

呆《あき》れたように前足を額に当てた悪魔は「もう勝手にしろ」と、のそのそと自らバスケットへ戻り寝てしまった。その丸い背中にそっと手を置いて、ゆっくり撫でながらミモザは考える。

この悪魔の言うとおり、たとえここでレモンを囲ったとしても、その仲間が暗躍している限りミモザに平穏は訪れないのかもしれない。それでもこうして彼らの存在を知ったことで、事前に対策を考えることができる。彼らの力は危険だ。実際にどれほどのことをレモンが行ったのかはわからないが、事実、父は母を裏切り、ミモザは孤立し、アルコルもメグレズもその悪意に晒《さら》されていた。

「…………」

父に裏切られ、母はどれだけ傷ついただろう。義母だってアクルだって、本来恨まなくてもいい相手を恨まされていた。アルコルは周囲の悪意に傷つけられ、悩んで心を壊してしまっていた。メグレズだって不安に苛《さいな》まれて追いつめられていた。もし全部が目の前の悪魔のせいならば、許してはいけないと思う。

人の不安や恐怖につけこんで、惑わせ、そそのかして。そこにあった想いをねじ曲げられ、ミモザを含め誰もがたくさん苦しんだ。そして、その力の危険性を考えれば、そばに置くのも良くないことだと思う。

けれど、どうしてもこの悪魔を見捨ててしまおうとも思えなかった。出会ってまだ一週間だというのに、仲間とはぐれた幼い悪魔に、同情して名前をつけてしまうくらいには情がわいていた。

「ねぇレモン……もう、悪いことはしちゃ駄目よ」

「…………」

返事はなく、耳をぴくりと動かしただけの相手に苦笑して、ミモザは手をそっと動かし続けた。

閑話 二人を見守り隊の隊長

「いち、に、さん……いち……」

王城の一室。決して大きくはないが、きらびやかなシャンデリアが輝く小さなホールに、二人分の小さな足音と教師の規則正しい手拍子と掛け声が響いていた。

「随分上達したんじゃない、アル」

「そうですか？」

「自分ではよくわからなくて」と、はにかんだように笑みを浮かべた弟に、タニアも笑顔を浮かべる。

「ええ、今日はまだ足を一度も踏まれていないわ」

「……練習しましたから」

タニアが茶化すと、苦笑しながらそう返された。昔のように足を踏まれることもなく、今ではこうしてタニアをリードするくらいに上手に踊れている。手を離して恭しく礼をした後、アルコルは教師からも褒められ嬉《うれ》しそうに笑った。

「姉上とこうして踊ったのは久しぶりですね」

「そうね」

今日は学園の休日で、珍しく何の公務もない。暇をもて余していたタニアは、庭の散歩でもしようと思って歩いていたところでアルコルに会った。そしてアルコルからミモザが城に来る日だと聞いたため、少しだけ顔を出そうと踊って待つことにしたのだった。

「これならミモザも踊りやすいと思うわ」

「本当ですか？」

ミモザの名前を出した途端ぱっと顔を輝かせたアルコルに、タニアも自然に微笑《ほほえ》む。

「えぇ」

一時期自暴自棄になっていたアルコルは、鍛錬だけでなくマナーやダンスのレッスンもやめてしまっていた時があり、嫌々レッスンを受けたとしても、足は踏むわステップは滅茶苦茶だわすぐに投げ出すわで、練習にもならなかった。そんなアルコルが「うまく踊れるようになりたい」と、再びレッスンを受けるようになったきっかけは、タニアもよく知る一人の少女であった。

あの頃、母を亡くし王宮内で孤立し、日に日に荒《すさ》んでいく姿を見ていられなくて、タニアは何度もアルコルに話しかけた。けれどその言葉が届くことはなく、アルコルを取り巻く状況はどんどん悪化していった。

しかしあの日、城で開かれた茶会でミモザと出会ったアルコルは、彼女の言葉で今までの行いを少しずつ省みるようになった。

何度タニアが話しかけてもその表情に諦めしか浮かべなかったアルコルが、彼女に嫌われたくない一心でやめてしまっていた訓練や勉強を始め、笑顔を浮かべるようになった。周囲の人間に対する態度も目に見えて変わり始め、憑《つ》き物《もの》が落ちたように元の自分を取り戻していった。

そんな時だった、アルコルから「ダンスの練習相手になってほしい」と頼まれたのは。もちろん断る理由はないため、タニアもそれに喜んで協力をした。そして何度も練習に付き合ううちに、アルコルが練習を頼みにきた理由を知った。

『足を踏んでしまって……』

誰の、とは言うまでもないだろう。アルコルいわく「僕の体重であんな小さな足を踏んでしまったらかなり痛いだろうから」とのこと。

ミモザは気づいていないが、少なくとも国王である父は彼女をアルコルの婚約者に迎えることを考えている。アルコルのことを理解する数少ない人間であるし、年齢も身分も申し分ない。何よりアルコルが彼女を好いている。こうしてミモザに真意を告げずに、王城へ呼んではアルコルと一緒に将来に備えて教育を受けさせているのは、国王としてではなく、父親としての親心なのかもしれなかった。

『なのにミモザはいつも大丈夫ですって言うんだ。僕はこんなだからお腹《なか》だってつっかえて、腕だってかなり伸ばさないと組めないのに段々に慣れていけばいいって、僕と踊るのは楽しいって言ってくれたんだ……』

太ってしまったアルコルに好んで近づく令嬢は誰もいなかった。誰もがその容姿に眉を顰《ひそ》め、敬遠し陰で悪しざまに言う。けれどミモザだけはそんなアルコルを嫌悪することなくそばにいた。

それからしばらくアルコルのダンスの相手は、城へミモザが来る以外の日はタニアが務めていた。一ヶ月、半年、一年と、月日が過ぎ、上達と比例するように段々とタニアと踊る回数は少なくなっていって、タニアが学園へ入学してからは滅多《めった》にアルコルと踊ることはなくなっていた。

成長が嬉しいと思う反面少しだけ寂しかったが、アルコルが本当に手を取りたかった相手と踊れているのならそれで良い。

「これだけ踊れれば大丈夫ね」とタニアはそっと入り口のほうを見た。ノックの音が響いたのはすぐ後だった。

「アル、ミモザ嬢をお連れしまし……」

「メグレズありがとう」

「っ……お、王女殿下っ……失礼しました！」

部屋の中にタニアがいるとは思わなかったのだろう。慌てて「殿下に無礼な口を」と頭を下げるメグレズに「かまわないわ」と手で制して動きを止めさせた。

「貴方《あなた》はアルのお友達なのでしょう？　前にも言ったけど公の場でない時は構わないわ」

「とっ……！」

アルコルの友達と呼ばれ絶句したメグレズに構うことなく、アルコルも「そうです姉上、メグレズは僕の親友なのです」と嬉しそうに言った。

「ふふ……メグレズ様、いつのまに親友に昇格なさったのですか？」

真っ赤になって固まるメグレズの後ろで、もう一つの声が聞こえた。先ほどまでタニアの思考を占めていた彼女は、今日もアルコルの練習パートナーとして城へ呼ばれたらしい。

「ミモザ！」

「アルコル様、ごきげんよう。タニア様もお久しぶりでございます」

「お会いできて嬉しいです」と微笑んだミモザに、タニアが返事をするより早くアルコルが駆けていく。そしてその手を取ろうとして、ようやくミモザの両手が塞がっていることに気づいた。

「……今日はレモンも一緒なんだね」

「はい、どうしても一緒に行くって聞かなくて……」

「新しい猫用ドレス持って待ち構えてる奴《やつ》がいる屋敷に置いていくとか、悪魔だろ!!」

ミモザの腕の中で黒い猫が抗議の声を上げる。初めて見た時には驚いたが、この猫はミモザの使い魔で何度も城へと連れてこられているので、タニアもよく知っていた。

「まぁ、貴方がドレスを着るの？」

「着ねぇよ!!」

タニアが上から覗《のぞ》き込んで聞くと、相手は怯《おび》えてミモザの服の胸元に爪をたててしがみついた。

「えぇ、結構似合ってて可愛《かわい》いんですよ」

そう言ってころころと笑うミモザもまた、同性である自分から見ても愛らしい成長を遂げていた。

確かにアルコルが無意識に独占欲を覚えるのもわかる。

「だから着ないって言ってるだろ……っとわぁ!?」

言葉の途中で、アルコルに持ち上げられた黒猫の言葉が不自然に途切れる。

「アルコル様」

「重いだろう？　私が抱くよ」

ミモザの腕から取り上げたアルコルは片腕でレモンを抱き、空いているほうの手でミモザの手を取って部屋に招き入れた。

「ぐえっ……おい、離せよ！」

「だ、大丈夫です、レモンくらいなら重くありません」

「私が貴女に頼られたいんだ……駄目？」

「う……だ、駄目では、ないですけど……」

「うぇ……」

げんなりとした声を出した猫に構わず、少しだけ眉を下げて見つめてくるアルコルに、ミモザは赤面して言葉を詰まらせる。

以前アルコルが「ミモザに好かれるにはどうしたらいいか」とメグレズに相談しているの聞いたことがある。現にメグレズの助言どおり、アルコルは普段は自分のことを「僕」と呼んでいたのにミモザの前では「私」と意図して呼び方を変えているようだ。タニアはその現場を目撃した時、アルコルに恋愛相談ができるほどの友人ができたのだと、自分のことのように嬉しく思ったのを覚えている。

「ミモザ」

「っ……」

やっていることは子供の嫉妬だというのに、様相だけは物語の王子様のようだ。固まっていたミモザの頭上で白旗が掲げられる幻覚が見えた。

「……お願いします」

「うん」

赤い顔で頷《うなず》いたミモザに、満足そうに笑ったアルコルが返事をすると「勝手にお願いするなっ！」と、その腕の中で黒猫は声をあげ毛を逆立てた。

「こら、レモン、暴れちゃ駄目よ」

「嫌だね、コイツの腕の中は居心地が悪いんだ」

「あら、じゃあ私が抱いていましょうか？」

そう申し出れば、レモンはすぐにアルコルの腕を蹴って、一目散にタニアの元まで駆けてきた。

「こっちのほうがいいや」

「レモン！」

「いいのよ、ミモザ。ねぇレモン、向こうで私とお茶にしましょう？」

「これからミモザとアルコルはダンスのレッスンがあるから」と、レモンを抱き上げたタニアは、その喉元を撫《な》で機嫌よく腕に収まる黒猫に微笑んだ。

「レモンのことは私に任せて」

「でもご迷惑では……」

「そんなことはないわ、今までアルコルと踊っていたから、丁度休憩しようと思っていたところよ」

「ではアルコルのことをお願いね」と言い置いて踵《きびす》を返す。元から挨拶だけしたら退室するつもりだった。自分がいればアルコルもミモザも気を遣うだろう。

「メグレズ、ミモザを迎えにいくのに少し時間がかかったようだったけど、何かあったのかしら？」

扉を開けてくれたメグレズに、二人には聞こえないよう声を潜めて尋ねると、眉間に皺《しわ》を寄せた青年は「はい。他のご令嬢と出くわさないよう遠回りしたので遅くなってしまいました」と申し訳なさそうに言った。

「貴方を責めたわけじゃないわ」

アルコルの容姿はこの数年でかなり様変わりしている。背が伸びたことと鍛錬や運動の成果が出て体重が減ったこと。均整のとれた身体《からだ》つきになり顔も精悍《せいかん》になった。

その結果、今まで見向きもしなかった令嬢達がアルコルに近づこうとしている姿をたびたび見かけるようになった。もちろん警備兵がいるから離宮内へは入ってこられないにしても「城で働く父親に書類を届けにきた」とか「王宮で侍女をしている親戚に会いにきた」とか、理由をつけてアルコルがいる離宮近くをうろついている令嬢の姿は少なくない。

メグレズが遠回りをした理由はそういった令嬢達との接触を避けるためだ。令嬢達がたとえ運よくアルコルと出会ったところで目に留まることなどないだろうが、筋違いな嫉妬をアルコルの想い人に向けられては困るのだ。

「その子達がいた場所に案内してくれる?」

弟の恋路を応援したいタニアにとっては、今更寄ってきた見た目しか興味のない令嬢達に二人の時間を邪魔されるのは面白くない。自分ができるのは目を逸《そ》らしてやることくらいだ。

(丁度、彼女達の気を惹きそうなものも、ここにいることだしね)

タニアが腕の中のレモンに目を落として笑いかけると、レモンは「なんだ……? 寒気がしたぞ」と小さな体をぶるりと震わせた。

「どうしたレモン、風邪か？」

「いや、何か嫌な予感が……」

案内をするメグレズにそう返して首を傾《かし》げるレモンに、タニアはくすりと笑った。レモンはとても賢く、勘も良いらしい。

来年の春には彼らも学園の生徒となることが決まっていた。幼い頃から見守ってきた彼らが、これからもずっと一緒にいられればいいとタニアは思った。

（そのためにはアルコルに頑張ってもらわないとね）

窓の外の枝木には蕾《つぼみ》がついて日に日に膨らんできている。春が来るのはもうすぐだった。

✦母の教え その五「学園生活と書いてアオハルと読む」

「今日この日が皆にとって、よき日になりますように」と、読み上げていた紙を閉じた老教師が人の好い笑顔で言う。入学前の注意事項ということで、学園の規則を淡々と抑揚のない調子で聞かされていた生徒達は、背伸びをする者や欠伸《あくび》を噛《か》み殺す者など様々だった。しかし誰の顔もこれから始まる学園生活への期待に輝いているように見える。

式が始まるまで時間もあったため、まだ立ち上がる気になれずミモザはその場に留まっていた。天気は快晴。窓際の席でぼんやりとしていたミモザは、窓に映った自分の姿を見てため息をついた。

「窓の外に何かあんのか？」

さっきまで膝の上でぴーすかと居眠りをしていた黒猫が、短い前足を持ち上げて机の上に載せろと催促してくる。手のひらで後ろ足を持ち上げて机に載るのを手伝ってやると、レモンは窓の外を見て首を傾《かし》げた。

「なんもないぞ」

「外を見ていたわけじゃないの……窓に映った自分の姿が、貴方《あなた》が昔私に見せた姿にそっくりだったから……」

「そりゃ本人なんだから似てるだろ」

近寄り難いきつめの顔立ちをした、女性と呼ぶにはまだ幼さが残る年頃の少女。オレンジがかった赤い髪は背の中ほどまでに伸び、緩やかに巻かれた毛先は開けられた窓から入る風で小さく揺れていた。若葉色の目に覇気はない。窓に映ったミモザの姿は少女の頃よりは背も伸び、学園の制服に包まれたその体は柔らかな線を描くほどには成長していた。

「不細工になったほうがよかったのか？」

「そういうことじゃないの！　もう……口が悪いんだから……」

この口の悪い悪魔との邂逅《かいこう》から、早くも五年ほどの月日が経《た》っていた。

『仲間が動くのも、冥王様が復活するのも……お前が学園に入学してからだろうな。それまでせいぜい味方を増やしておくんだな』

レモンがある日突然、気紛《きまぐ》れにそう言ったことがあった。すぐにそっぽを向いてしまったけれど、きっとあれはレモンなりにミモザに忠告をしてくれていたのだと思う。

あれから何度も母の遺《のこ》した記録を読み返して、考えたことがある。攻略対象達のルートでは、細かいところはそれぞれ違うが、大まかに「クーデターを阻止すること」か「第二王子とミモザを陰で操っていた存在を倒すこと」でエンディングを迎えていた。

〝復活した冥王〟という表現が出てきたのは、大団円ルートのみだ。もし冥王が人の悪意を糧に復活を遂げるなら、クーデターを阻止すればいい。

「ま、おれから見れば、だいぶ違うように見えるけどな」

欠伸をして机の上に香箱座りしたレモンが、ミモザに撫《な》でろと目で訴える。陽が当たってキラキラとしているレモンの鼻先を、指先でこしょこしょと掻《か》く。

「そうかしら……」

暗躍していたのはレモンだけではない。こちらにその気がないのに嫌疑をかけられてしまう可能性だってあった。油断はできない。

婚約はしないまま、アルコルとはずっと友人として過ごしてきた。アルコルとメグレズの関係もとても良好だし、メグレズにも一人の友人として接してもらっている。父や義母の態度は相変わらず硬かったが、何故《なぜ》かミモザに懐いてしまったアクルのおかげか、嫌味を言われたり嫌がらせをされたりすることは今ではほとんどなくなっていた。アクルなど学園へ行く時も「私もお姉さまと一緒に行きたかった」と、ずっと不満をこぼしていたくらいだ。

けれど成長と共に容姿が重なってくると、自分の知らないうちに強制的に悪役令嬢に仕立て上げられてしまうのではという不安が尽きず、ついこぼしてしまった。

「大丈夫だろ……おれにとっては不都合だけど」

顎の下をくすぐりながら、生意気を言うレモンの首輪についた黄色の星飾りを指で弾《はじ》く。ミモザの髪飾りと揃《そろ》いのそれは、レモンがミモザの使い魔であるという証《あか》しだった。

本来学園には動物は持ち込み禁止だが、唯一使い魔だけは可とされている。レモンのことも事前に学園へ申請し許可を得ている。喋《しゃべ》る以外はほぼ普通の猫だったので、申請が通るのかどうか不安だったが、無事に通ってほっとしたものだ。

「だって、いよいよなのよ」

〝星の天使と七人の騎士〟そのゲームの始まりはヒロインがルミナスへ入学するところから始まる。そして今日こそが、その入学式なのだ。

ヒロインが誰を選ぶのかあまり興味はないが、その過程で自分や友人達が巻き込まれなければいいと心配していた。メグレズなどは攻略対象そのものであるから無関係で済むとは思えなかったが、できれば危ない目にあってほしくない。

「……それに、今日の式の時にアルコル様がヒロインを見つけてしまうかもしれないわ」

「ヒロ……なんだそりゃ？」

レモンはミモザの言葉の意味がわからなかったらしく首をもたげて見上げてくる。

「アルコル様が、とある女性に今日一目惚れ《ひとめぼ》してしまうかもしれないのよ」

ミモザにとって気が重いのは、ゲームが始まるのが今日だからというだけではなかった。

『攻略に必要なアイテムを手に入れるためのミニゲームでね、薔薇《ばら》の迷路の中を第二王子が「入学式で君を見てからずっと気になっていたんだ」とか言っていたような気がするのよ。第二王子はミモザに惚れていたはずなのにね、入学の時点でヒロインに心変わりしてるんだもの、現金よね。ゲームのミモザがヒロインに目をつけ始めたのはその辺りも関係しているんじゃないかなって思うんだけど……』

ゲーム上では書かれていない細かなことは母にもわからないようだった。たとえ嫌っている第二王子でも平民のヒロインに奪われたのが面白くなかったのだろうか。本編とは関係ない些細《ささい》な一文であったと思うのだが、それが喉につかえたみたいに気になってしまっていた。

「あいつが？　冗談だろ」

「だってその人はとっても可愛《かわい》らしくて魅力的なのよ」

「ないない、あの王子が他の誰かに惚れるとかありえない。お前まさか気づいてないの……？」と信じられないようなものを見る顔になったレモンに「何が？」と返すと、心底呆《あき》れたようにため息をつかれた。

「ねぇ、何が気づいてないの？」

「……やだ、教えない」

「もう、なんなの気になるじゃない」

ぷいっとそっぽを向いたレモンをわしゃわしゃしてやろうとミモザが両手を構えた時、教室の後ろのほうから黄色い歓声があがった。

「きゃあっ、あそこにいるの王太子殿下よ！」

「メラク様とアルカイド様もご一緒だわ……！」

「素敵！」

立て続けにあげられた人物達の名前にミモザは肩を揺らす。学園に入学してしまった以上、ここには全ての攻略対象が揃っているのだから気を引きしめなければならない。

そろりと顔を窓の外へ向け確認すれば、中庭に設けられた噴水の近くで、王太子ミザール・アウストラリス殿下と、その側近である宰相子息のメラク・ベータ、そしてアルカイド・イーターの三人の姿が見えた。

アルコルとタニアの兄である王太子ミザールとは、以前アルコルの元を訪れた時に多少会話をしたことがあった。明るい金髪に碧眼《へきがん》の正統派王子様といった風の出で立ちで、文武両道で物腰も柔らかく、学園でも生徒会長を務めているらしい。誰もが彼の婚約者の座を狙っているというのは有名な話だ。ミモザにとっては関わりたくない人物であったので、挨拶だけして話を切り上げてアルコルの後ろに下がってしまったので詳しい人柄などは知らない。

次に宰相子息のメラク・ベータ。王太子と同学年、同じく生徒会に入っている。父親のベータ侯爵は政治の手腕に長《た》けており、外交をさせれば彼の右に並ぶ者はいないという話は聞くが、その息子であるメラクとは会ったこともないので、どんな人物かは母の情報しかない。腹の底が見えない人物だと書いてあったため、注意は必要だろう。

そして赤い癖のある髪を無造作に後ろで括《くく》っている長身の青年がアルカイドである。三人の中で彼だけは二年生だったはずだ。こうして学園へ入学するまで会うこともなかったので、あの後どうなったかは話でしか聞いていない。イーター伯爵によって領地へ連れ戻された後は、それは厳しく扱《しご》き直されたらしい。

アクルとの婚約の話も白紙へと戻されていた。父もアクルが納得していたのでそれ以上は何も言わなかったらしかった。今ああして王都に戻り、王太子の側近として勤められているのだから、内面もそれなりに成長したのだと思いたい。正直、あの時アクルを苛《いじ》めたことをミモザはまだ少し根に持っているし、向こうもまだミモザにコケにされたことを怒っているかもしれない。警戒すべき相手であることには変わりなかった。

（深呼吸……落ち着かなきゃ……）

きっとこれから毎日、こういうことに遭遇する率が高くなる。

胸に手を当てて自分を落ち着かせながら、ミモザが今一度窓の外へ目を向けると、そこに先ほどまではいなかったアルコルの姿を見つけた。講堂へ移動する最中だったのだろうか。兄である王太子を見つけて駆け寄っている。少し後ろにはメグレズの姿もあった。何やら口が動いているようだったので多分「走ってはいけません」と注意しているのだろう。二人の様子に自然に口元がほころんだ。

アルコルは今日の式で新入生代表として挨拶をすることになっていた。王族だから当たり前だと思うかもしれないが、この数年、アルコルは本当に努力をしたのだ。

意欲的に体を動かし、剣の訓練も毎日欠かさなかった。進んで知識を学び、時には根を詰めすぎて熱を出したこともあったくらいだ。最近では陛下や王太子殿下の公務の補佐なども行っている。そして中身ばかりではない。毎日の運動の成果と、身長が伸びたことで外見もぐっと青年らしくなった。もはやあのまん丸な白い子豚のイメージはどこにもない。白を基調とした学園の制服がとてもよく似合っている。見慣れているはずのミモザでさえ、その立ち姿に見惚《みと》れる時があるくらいだ。

「あれ見て！　第二王子殿下もいらっしゃるわ！」

「お二人が並ぶとほんとに麗しいですわね……」

「アルコル様とメグレズ様と同じ学年になれるなんて夢みたいですわ！」

立て続けに上がった歓声に、ミモザはほんの少し寂しさを覚える。陽の下にいるアルコルの髪は、実を金色に色づかせた小麦のようだと思う。豊穣な大地を表すような朗らかなその人柄に惹《ひ》かれる人間は多い。何年か前から、以前は見向きもしなかった令嬢達がこぞってアルコルに言い寄っているのもよく見かけるようになった。

（もう、私の役目は終わったのかもしれない……）

元々、アルコルが悪の道に染まらないよう手助けしたいと思って始まった関係だった。今のアルコルなら、クーデターなんて絶対に起こさない。メグレズをはじめ、信頼できる人たちがたくさんいる。それは間違いなくアルコルが努力してきた結果だった。アルコルが道を踏み外す原因になる悪魔も、言葉どおりミモザの手の中にいるので心配は少ないだろう。

（これで、入学式で、もしアルコル様がヒロインを見初めたならば……）

ヒロインでなくてもいい。もし他にアルコルに婚約者ができたなら。きっとそう遠くないうちにその日が来るだろう。ミモザはちくりと痛んだ胸を押さえる。婚約者ができたら、今までのようにアルコル達と過ごすことはできなくなる。

それが寂しいと感じるのは隣にいた時間が長かったからかもしれない。感傷に浸りながら王太子達と楽しそうに話しているアルコルのほうをじっと見ていたら、突然顔を上げたアルコルと目が合った。アルコルの口が「ミモザ」と動いたように見えたので、微笑《ほほえ》み返すと向こうも笑ってこちらに手を振った。

「きゃあ！　こっちに手を振ってくださったわ！」

「格好いい！」

手を振り返そうとしていたミモザは、その声にはっとして、あぁ自分に振ってくれていたわけではなかったのかもしれないと、恥ずかしくなって窓から視線を外して顔を俯けた。

（恥ずかしい……私、自意識過剰だわ……）

以前はあの笑顔の先にはミモザしかいなかった。けれども今は違う。わきまえなければと思う。

いくばくかして落ち着いてから窓の外へ視線を向けると、もうそこにアルコルの姿はなかった。それに少しがっかりして席を立つと、レモンを抱き上げて教室の入り口へ歩き出す。

「もうすぐ式が始まるけど……レモンはどうする？」

「……おれは行かない」

「そう……じゃあ部屋に戻ってる？」

「連れてってくれ」

「一人で戻れないの？」

「お前……一度ならず二度までも、ライオンの檻《おり》の中に子猫を放すとか悪魔の所業か」

「っ……ふふふっ……」

不機嫌に尻尾を左右に揺するレモンに笑い声が漏れる。学校に着いた初日、生徒をはじめ教員や寮の職員にまで「可愛い！」ともみくちゃにされているのを助けなかったのを、まだ根にもっているらしい。ミモザはレモンが学園についてきてくれて良かったと思った。少しだけ憂鬱さが薄らいだミモザは教室を出ようとしたところで、誰かにぶつかる。

「きゃ……」

「あ、す、すまない！」

ぱっと肩を支えられて顔を上げると、男子の制服の胸が見えた。顔を見るまでもなく声で相手が誰だかわかってしまったけれど、ミモザはどうしてか顔を上げられなかった。

「アルコル様……どうなさったのですか？」

「ぶつかってごめん。急いできたから焦ってしまって……」

「痛くなかった？」とわざわざ屈《かが》んでミモザと目を合わせ顔を覗《のぞ》き込んできたアルコルに、ミモザは自分の顔が赤くなるのがわかった。

「だ、大丈夫……です……」

「よかった」

にこにこと微笑むアルコルに、教室の中はざわざわと騒がしくなる。

「殿下と話しているのは誰？」

「あれはサザンクロス家のご令嬢よね……羨ましい……私も殿下にぶつかりたい……」

「アルコル殿下には婚約者はいなかったはずだよな……」

男女問わずそんな囁《ささや》き声が飛び交う。ミモザは居心地が悪くて「アルコル様はどうしてこちらに？」と、今度こそ顔を上げて聞いた。

「迎えにきたんだ」

「どなたの？」

「？　ミモザに決まってるだろう」

他に誰がいるんだとでも言いたげに首を傾げたアルコルが、ミモザの前に手を差し出す。

「えっと……」

「どうかした？」

アルコルがわざわざミモザを迎えにきて手を差し出したことから、ざわりと教室のどよめきが大きくなった。

「いえ……私は先ほどアルコル様が手を振ってらっしゃった方を迎えにこたのかと思って……」

「あぁ、貴女《あなた》に手を振ったんだけど気づかなかったみたいだったから、迎えにきたんだ」

アルコルはミモザの腕の中にいたレモンを素早く取り上げ片手に抱え、空いたミモザの手をレモンを抱いていないほうの手で握った。

「アルコル様っ、制服に毛がついてしまいます！」

「これが貴女の腕の中にいると思うと落ち着かないんだ」

「これって言うな、この焼き豚王子め」

「その姿を利用してミモザにべったりなお前には言われたくないな」

今まで何度も城にも連れていっているし、特に険悪になるような事件は何もなかったと思うのだが、二人の仲がこうも悪いのは何故なのか。しかし、レモンを見るたびミモザからこうして取り上げ自分で抱いているくらいなのだから、きっとアルコルは猫が好きなのだろうと思う。

制服の腕にぐりぐりと体をこすりつけたレモンは「お前の制服を毛だらけにしてやったぞ！」と、アルコルの腕を蹴って飛び降りた。

「ざまあみろ！」

「レモン！」

着地に失敗してよろけたレモンを叱ると、アルコルは「大丈夫だよ」とミモザに笑顔を向けた。

「でも……」

「私も一応王家の一員だから光魔法が使えるんだ、ほら……」

じゅっ、という音と共に、制服の胸と腕の内側についていた黒い毛が跡形もなく消し飛んだ。

「すごい……」

「うげぇ……」

「魔の者は大体が闇の属性だからね」

ぞっとしたような声を漏らしたレモンは、そそくさとアルコルから距離を取った。

「きょ、今日のところはこれで勘弁してやる！」

「そうか、今日に限らずミモザの腕の中は遠慮してくれると嬉《うれ》しいんだけど」

「……このむっつり王子め」

「何か言ったか？」

ミモザがなんのことかと首を傾げるその横で、アルコルに撫でられそうになったレモンは尻尾を膨らませて、急いで開いていた廊下の窓から外の木へ飛び移った。

「ちょっとレモン、一人で帰れるの？」

「そんな危険人物といられるかっ、ここにいるから後でちゃんと迎えにこいよ！」

負け惜しみのようにそう叫ぶと、レモンは幹に近い枝の上で丸くなり背を向けてしまった。

「もう……」

「ミモザ、そろそろ行こう」

「はい……ご挨拶なさるから、式の前は忙しかったのではありませんか？」

「準備はしているし、メグレズがうまくやってくれるから大丈夫だよ」

「メグレズ様に止められなかったのですか？」

相手を信頼しているからこそ言える言葉にミモザもくすりと笑う。

「どうしてもミモザを迎えにいきたいと言ったら、仕方ないですねって言ってくれたよ？」

「相変わらずアルコル様に甘いのですね、メグレズ様」

「そうかな……私からすれば、メグレズは貴女に対してのほうが甘いと思うよ」

「そうですか？」

「うん……この間だって……」

相槌《あいづち》を打ちながら歩くミモザに対して、ミモザのことを始終溶け切った笑顔で眺めて歩くアルコルの姿に、二人が去った後の教室ではざわざわとどよめきが起こっていた。

「第二王子ってあんなだったっけ……？」

「婚約者はいないって言ってたのに……！」

「羨ましい……」

「お似合いよね……婚約はまだされていないのかしら……」

「婚約していないなら、まだチャンスはあるわ！」

「でも……殿下はもうあの子しか見えてないのでは……？」

（……だから、ありえないって言ったろ）

教室の外まで聞こえるざわめきを聞きながら、レモンはくわっと欠伸をして目を閉じた。幼い頃からずっとミモザだけを想ってきた王子が、他の誰かに心を奪われるなどありえない。

相手がどんなに見目のいい優れた人間であろうが、あの王子はミモザでなければ駄目なのだから。

初めて会った時も、ミモザの腕に抱かれたレモンに嫉妬して睨《にら》みつけてきたくらいだ。猫相手に狭量な奴《やつ》だと思う。それともその血筋がレモンのことをただの使い魔ではないと見抜いたのだろうか。

「可愛かったよなぁ……さっさと声かけときゃよかった……」

ざわめきの中に時々混じるミモザへの好意に、レモンはそっと閉じていた目をあけた。ミモザは気づいていなかったが、あの教室でミモザのことを遠目から見ている人間は何人もいた。

「ふん……」

早くくっつけばいいのに、とは口に出さず、レモンは黙って鼻をならした。

「暖かな風に舞う花と共に、私達は今日このルミナス入学の日を迎えることができました」

アルコルの声が柔らかく講堂に響く。学園長、在学生代表の王太子と続いて、壇上に立ったアルコルは、現在新入生の代表としての挨拶の真っ最中であった。ステージの前に半円状に広がった座席がある演劇を観るホールのような造りで、天井はドーム型のガラスになっており、外からの陽《ひ》が講堂内を明るく照らしていた。壁には王国創成の物語を記した壁画が描かれ、柱や椅子の肘掛け一つに至るまで、木製のものには細かな彫刻が刻まれている。

「共に学ぶこの仲間達と共に、一歩一歩確実に努力をしていきたいと思います。……新入生代表アルコル・アウストラリス」

アルコルの挨拶が終わると、わっと講堂に歓声がわく。拍手の中、心持ち恥ずかしそうにステージを降りてきたアルコルは、新入生席に向かって微笑んでから元の座っていた座席へ戻った。誰か知り合いがいたのかと拍手をしながら後ろを少し振り向いたミモザは、すぐに次の式次第が読み上げられたことで慌てて前に向き直った。

壇上では教職員の紹介が行われている。それが終われば後はクラス分けだけだろう。ミモザが先ほどまでいた教室は本来の教室ではなく、参加自由のオリエンテーションが受けられる場所であった。昨日のうちに寮に着いて、片付けも済んでいたミモザは暇だったため参加したに過ぎない。

（誰と一緒になるかしら……）

シナリオどおりだと、ミモザと同じクラスになるのはヒロインと、もう一人はヒロインの幼馴染《おさななじ》みである攻略対象。アルコルやメグレズとは別だったはずだ。

入学できるのは魔力を持つ者だけなので、一学年の人数自体はそんなに多くない。学年によって違うが、大体が二クラスか三クラスだった。新入生の人数を見る限り、今年は二クラスになるのではないだろうかというのがミモザの予想だった。

（私だけ別というのもやっぱり寂しいわね……）

ミモザは母から教わった「好きな人と同じクラスになれるおまじない」を昨夜試してみた。

『おまじないなんて大抵効かないんだけどね、私は好きな人の隣の席になれますようにーってお願いしたら一番苦手な男子の隣になってしまって、この世に神などいないのだと思ったわ』

遠い目をして母はそう言っていたが、やるだけやってみようと思ったのは、やはりクラスに知り合いがいないというのは心細かったせいもある。おまじないの方法は簡単で、空を見上げて「お星様お願いします、〇〇君と同じクラスにしてください」とお祈りするだけだった。ミモザの場合は好きな人ではなく友人だったけれど「お星様、どうかアルコル様とメグレズ様と同じクラスにしてください」と心を込めて祈っておいた。もし二人と同じクラスになれれば、友人もいるし、ヒロインとの接触も避けられて好都合。

そんなことをミモザが考えていた時、一人の人物が講堂へと飛び込んできた。

「た、大変です……!!　学園長!!　花が、星の花がっ……!!」

飛び込んできたのは教師ではなく、学園全体の点検や修理、庭の手入れなども行っている校務員の制服を着た人物だった。後ろの入り口近くの生徒達が囁きはじめ、次第にざわめきは広まった。

「落ち着かれよ、どうしたのだ」

白いひげに三角の長い帽子を被《かぶ》った、いかにも魔法使いという格好の学園長は、立ち上がってひょいと飛んでその校務員の前へ移動した。

「星の花が……咲きました……!!」

その言葉に、講堂の中にいた全員が一斉に騒ぎ出す。

「星の花が咲いた⁉」

「だってあれが咲くのは冥王が復活する時だけだって……‼」

「そんなバカな……百年以上咲かなかったのに、何で今になって咲くんだよ！」

「いやあああっ、死にたくない‼」

突然もたらされた恐ろしい事実に、講堂中がパニックになった。

（本当に咲いたのね……）

ミモザはあらかじめ知っていたようなものだったから冷静でいられるが、急に冥王が復活したなどと聞かされれば、誰しも混乱するだろう。

「みな落ち着きなさい」

トン、と杖《つえ》を床に打ち鳴らした学園長に、ざわめいていた生徒達はしんと静まる。

「案ずるでない。本当に星の花が咲いたとて、今すぐ影響があるわけではないから安心なさい。カノープス先生とウェズン先生はワシと花の確認にいこう。他の先生方はそれぞれ生徒達を教室へ」

そう言って二人の教師と共に学園長が講堂から出ていくと、不安に黙り込む新入生達の前に二人の教師が歩いてきた。一人はがっしりとした体格のいい男性で、ローブよりも鎧《よろい》のほうが似合いそうな印象を受けた。そしてもう一人は男性にしては少し小柄で、こちらはローブは着ずに短い白衣のような上着とサスペンダーつきの服で、頭には奇怪な形のゴーグルをつけている。

母の記録で同じような記述を見つけていたミモザは、なんとなく己の運命を悟った。

「今から名前を呼ばれた者は私についてくるように」と大きな声をあげたのは、がっしりとした体格の教師だった。数人の名前が呼ばれるうちにアルコルが呼ばれ、メグレズが呼ばれ、そしてミモザの名前は最後まで呼ばれることはなかった。

(お母様……おまじない、やっぱり効きません……)

ミモザが過去の母と同じく遠い目をしていると、心配そうに講堂を出ていくアルコルと目が合った。大丈夫ですよと込めるように小さく微笑んでアルコルを見送っていると、残ったもう一人の教員が「じゃあ残った人は俺についてきてね」と言って手をあげた。

『七騎士の一人、フェクダ・ガンマール。彼はヒロインやミモザのクラスを担当することになる教師よ。魔法省にも勤務する研究員で、魔力の性質についての研究をしてる彼は、新入生に希少な光魔法の所持者と闇魔法の所持者がいたことで、その調査もかねて王国から教師として派遣されているの』

この世界の魔法には大きく七つの属性がある。火、水、木、土、風、光、闇と分けられていて、魔法を使える者は、そのうちの一つを授かることが多い。稀《まれ》に二つ属性を持つ者や、この七つ以外の属性を持つ者もあった。

ミモザの精神操作の魔法などは闇に振り分けられる。光魔法などは、かつての勇者の血を引く王家とそれに連なる人間しか持たないとされていたし、闇の魔法はそれより更に持つ者が少ないと言われていた。そのためこうして魔法省が研究のため動くのも当然のことだといえる。

アウストラリスでは十五歳を迎えると国民全員が魔力調査を受ける。魔力の有無を判断し、魔力のある者は全員身分を問わず、魔法について学ぶためこのルミナスへ入学することになる。

事前の調査の時に見るのは魔力の有無や量だけで、属性など詳しいことは見ないらしいのだが、調査の時点で魔力量が他より多い者に関してはその場で、本人にわからないように鑑定がなされるのだという噂《うわさ》があった。

　事実、魔法省は新入生に王族のアルコル以外の光魔法所持者であるヒロインがいることも、闇魔法を持つミモザの存在も把握して、こうしてフェクダという研究員を送り込んでいる。

『フェクダは根っからの研究者気質で、珍しい魔力を持つヒロインに興味深々なの。ミモザの闇魔法についても最初は食い気味で絡んでいたけど、その性格と、希少とはいえ少ない能力にがっかりして段々と距離を置くようになったわね。ゲームのミモザは魔法を磨くことを怠っていたから、大したことはできなかったのだと思うわ。それでも彼はミモザの能力の危険性は誰よりも知っていた。彼のルートや、他の攻略対象のルートでも、最終的に第二王子を操っていたのはミモザだと、魔法が使われた証拠を発見するのは彼なのよね』

　ミモザの能力は危険である。母からもずっとこの力は秘密にしなければいけないと教わってきたし、野放しにしていい力でないことはミモザも理解している。今の自分は、きっとゲームのミモザよりも魔力量もコントロールも上だろう。地道に母と特訓してきた成果だったが、それによって目をつけられるのは望むところではない。鑑定魔法とやらがどれだけ正確に個人の持つ魔法を知ることができるものなのかわからないけれど、今のミモザの魔法力をフェクダに知られることは避けたかった。

(闇属性だとばれてしまっても……使える魔法には個人差があるから、誤魔化《ごまか》せるかしら？)

　同じ属性を持っていたとしても、全員が全く同じ魔法しか使えないわけではない。木属性などは、植物を利用して戦闘をすることもできるし、人によっては食用の植物を育てることもできたりする。

錬度にもよるだろうが、使える魔法にも相性があるようだ。

（もし、闇属性でも大したことはできないんだって思わせられれば……。でも、最初から危険視されていたらどうしようもないわ……）

どうしたものかと、ぞろぞろとフェクダの後ろをついていく列の後ろのほうをキープしながらミモザはそろりと周囲を見渡した。

（私は確かヒロインとその幼馴染みの攻略対象が一緒のクラスよね……）

とりあえずフェクダへの対応については後でよく考えるとして、ミモザは同じクラスにいるであろう二人の姿を探す。ヒロインや攻略対象の顔を知っているわけではないが、母の記録にその特徴は書かれていた。

（えっと……ヒロインは桃色の髪で……幼馴染みのほうは黒髪だったはず……）

珍しい髪色だったのですぐに目的の人物は見つかった。列から少し離れたところを二人で並んで歩いている。恐らく彼女がヒロインで、その隣の黒髪の青年が幼馴染みであろう。ミモザよりも前にいるので、横顔しかわからないが隣の青年と楽しそうに話す姿は活発で可愛らしく、誰にでも好かれそうな女の子だなとミモザは思った。

（とうとう、始まるのね……）

本番はこれから。攻略対象やヒロイン達にかかわらず、目立たず騒がず、ひっそり過ごし、アルコルやメグレズが巻き込まれないように注意して、自分の死亡フラグを叩《たた》き折る。それに自分の命運もそうだが、冥王の復活も気になる。気が抜けそうもない。

(それでもやるしかないわ)

ゲームのシナリオ自体は一年目でエンディングを迎える。ミモザ達は一年生なので、実質その後も学園での生活は二年残っているが、シナリオさえ終えてしまえば、もう悪役令嬢の自分に怯《おび》えなくて済むだろう。勝負はこの一年にかかっていた。ヒロインの横顔から視線を外し、ミモザは決意を新たにして前を向いた。


昔、この大陸は闇を統べる冥王に支配されていた。それを危惧した創造神ポラリスは浄化の力を持った天使を一人の青年の元へ遣わせた。天使の加護を得た青年は勇者となり、仲間と共に苦辛の旅の末、冥王を打ち倒した。

冥王がいなくなったことで大陸には平和がもたらされたが、その代償は大きく、力を使い果たした天使は最後の地に眠ることとなった。天使を悼んだ勇者達は最後の地に天使を奉り、墓守りとなってその地に暮らした。やがて最後の地には人々が集まり一つの国ができた。それがアウストラリス王国のはじまりであったとされている。

しかし長い月日が流れる中で、冥王は何度も甦《よみがえ》った。再び世界が闇に飲まれそうになると、最後の地には白い花が咲き乱れるという。「星の花」と呼ばれるその花が咲くのは、冥王に対抗できる天使の魂を持つ者が現世に現れる兆しであるとされている。

「その星の花を保護、管理し、万が一花が開くことがあった時は天使の魂を持つ者を一刻も早く見出すために、学園ルミナスは最後の地の中心であるここに造られた」

オリエンテーションの時に、とつとつと規則を語っていたあの老教師が、読み上げていた本を閉じる。その一歩下がった両脇には、フェクダとアルコル達のクラス担任が控えている。

「これがわが国の建国の物語と言われるものだ」

星の花が咲いたことは、その日のうちに国中に伝わることとなった。王城にはそれぞれの領地を治める貴族達が集められ、今後どのように冥王に対抗していくか、領民を守るためにどうすべきかが話し合われたという。民にもその話は伝わっており、未《いま》だ現実感はないものの学園の生徒達同様、皆顔に不安の影を落としている。

『冥王様の気配が近くなった』

昨夜、寮の部屋で寝ていたレモンが突然そう言って身を起こした。驚いたミモザは「どこにいるの！」とついレモンを揺さぶってしまったが、レモンも「感覚的なものしかわからない」と言って、ミモザの荒業にむくれてしまった。

その後、何度も謝って聞き出したことは、冥王の気配はまだ微弱で、復活には至っていないのだろうということだった。

（それでも……きっと復活の日は遠くないのよね……）

本当に冥王が復活したらどうなってしまうのだろうと、憂いを吐き出すように一つ息をつけば、隣から「どうかした？」と小さな声がかけられた。

「あ……なんでもありません。少し緊張してしまって」

「それならいいけど……」

同じように小声で返したミモザは、微笑んだアルコルに顔が赤くなりかけ思わず顔を俯ける。クラスの違うアルコルが隣にいるのは、新入生全員が属性判定を受けるためだった。扇状で段のついた広い教室は席が自由だったこともあり、ミモザが教室へ足を踏み入れてすぐに先に来ていたアルコルに手を取られ、こうして隣まで誘《いざな》われてしまった。

アルコルの隣にはメグレズもおり、目立つことこの上ない。周囲の興味津々な視線に耐え切れず「同じクラスの方と一緒でなくてよいのですか?」と聞けば「ミモザの隣に座れるのはこういう時くらいしかないだろう」と、何でもないことのように返されてしまった。親しい友人もアルコルとメグレズしかいないので、確かに心強くて嬉しいのだが、最近のアルコルは格好良くて一緒にいると必要以上にドキドキして胸が苦しくなって困る。

(同じクラスじゃなくて、かえって良かったのかも……)

「目立たず騒がず慎《つつ》ましく」という母の教えが最初の段階で躓《つまず》いている気がして、じっと膝の上に置いた手を見つめながらミモザは早く顔の熱が引くよう祈った。

「属性判定はあの水晶に触るだけだから、大丈夫だよ」

「アルコル様はやったことがあるのですか?」

「うん、昔城でメグレズと一緒に受けた」

「そうなのですか?」

「はい。王族の方は幼いうちから魔法の特性を知る必要がありますし、俺もアルの従者になることが決まっていたから、訓練を受けなければいけなかったので」

メグレズに属性を尋ねたら「俺は木ですね」と答えてくれた。

「植物を操るのに長《た》けてらっしゃるのですね……すごいです」

ミモザが感心の言葉を告げると「私には聞いてくれないのか？」とアルコルが拗《す》ねるように言った。

「アルコル様は光でしょう？」

「私も褒められたい」

「もう、何を言ってらっしゃるの……ふふっ……」

ここそこそと小声で話しながら、子供みたいなことを言ったアルコルに思わず笑みが浮かぶ。声が漏れないように口元を両手で軽く押さえた。少しだけ気持ちに余裕ができたミモザが教室を見渡すと、ヒロインとその幼馴染みが教室の端の席に一緒に座っているのが見えた。遠目に観察しているとクラスでも二人は一緒にいることが多い。やはり幼馴染みというだけあって仲は良いのだろう。

「皆も知ってのとおり、先日星の花が咲いた。冥王に対抗するべく、学園の生徒である君達にも一日も早く戦力となることが求められている」

本来なら魔法の基礎を学んでから行われる属性判定ではあるが、星の花が咲いたことにより前倒しで実施されることになったらしい。

『属性を判定する授業で、ヒロインが水晶に触れた瞬間、強い光が溢れて弾けるの。それで彼女が王族以外の光魔法の保持者だとわかって、報告を受けた国王から天使の生まれ変わりであると認定されるの。そしてその時に霧散した光が体に吸い込まれた者が七人の騎士よ』

光の魔力を持つヒロインが星の天使の生まれ変わりであると、まさしく今日これから目の前で発覚する。そして同時に七人の騎士が選定される。メグレズはそのうちの一人だった。

光が体に入るという状況がよくわからないが、なんとかそれを阻止できないものかとミモザは一晩頭を悩ませ考えた。けれどまともな解決策を見出すことができず、結局、光が霧散した瞬間にメグレズの前に自分が飛び出してしまうのはどうだろうという結論に落ち着いた。要は選ぶものに間違いを起こさせればいいのだ。

メグレズが光に当たらなければ七騎士に選ばれず、危険に晒《さら》される確率は確実に減るはずだ。ただミモザの体に入った光が、その後どうなるのかはわからない。よく考えなくても穴だらけで浅はかな行動だと思う。

(けど他に考えつかなかったんだから、しょうがないわ……)

リスクの割に成功率が低い。けれど実行せずに目の前で起こることを黙って見ていられない。どちらにせよ後悔するのなら、やってみてから悔やもう、とそう思いつめながらミモザは静かにその時を待った。

「じゃあどうするか説明するよ。今から全員にこの選定の水晶に触れてもらうことになるけど、水晶の光る色によって属性がわかるようになっているんだ」

老教師から進行を任されたらしいフェクダが、説明しながら水晶に手を載せると、途端に水晶は水色がかった白い光を淡く放った。

「僕は風の属性を持っている。だから水色に光った。火は赤に、水は青に、木は緑に……という風にそれぞれ属性によって色が変わるよ。光るだけで何も起こったりしないから安心していい」

「じゃあ名前を呼ばれた人は前に来てね」と言ったフェクダは、順に生徒の名前を呼び上げていった。

最初に呼ばれた生徒が水晶にその手を触れさせると、それは黄色に光った。

「君は土属性のようだね」

フェクダが大きな羽のついたペンを動かし、名簿へと記入する。次の生徒が呼ばれて同じように水晶に触れた。次々と生徒達の名が呼ばれていく中、なかなか自分を含めたゲームの関係者達の名前が呼ばれないことにミモザがやきもきしていると、ようやくメグレズの番になった。

「君は事前に王家から報告をもらっているけど、一応学園でも受けてもらうからね」

「はい」

そしてメグレズの触れた水晶は緑色のやや強い光を放った。

「メグレズくんは報告どおりと、じゃあ次はアルコルくんだね」

フェクダの生徒になってからわかったことだが、彼は生徒のことを「くん」付けで呼ぶ。様々な身分の者が通う学校だからこそ、生徒によって敬称を使い分けるというのは良くないのだということはわかる。だから教師として平等にそう呼んでいるのかと感心していたが、この間アルコル達の担任の教師に「せめて殿下のことは敬称をつけて呼んでください」と注意されていたため、ただ単にこの人の性格なんだろうと知った。「アルコルくん」と呼んだフェクダに対して、アルコル達の担任は渋い顔をして胃の辺りを押さえていた。呼ばれた本人のアルコルは全く気にしていないようだったが、ミモザは心の中であの先生が胃を悪くしなければいいなと思った。

王族が水晶に触れる。誰もがアルコルの動向を固唾を飲んで見守っていた。全員に注視される中で、アルコルは特に気にした風もなく水晶に手を置いた。水晶からは金色の光が湧き出すように溢《あふ》れてアルコルの後ろに影を作った。

「すごい……きれい……金色なのね……」

アルコルの髪のような優しい金色の光に、思わずミモザは感嘆の声を漏らした。

「アルは一子相伝の魔法こそ使えませんが、魔力量も多くてコントロールもうまいんです」

横を見れば、いつの間にか戻ってきていたメグレズがそうミモザに教えてくれた。

「一子相伝の魔法？」

「王家にはかつて冥王を打ち倒したという勇者が使った光魔法が代々伝えられています。しかしそれを教わることができるのは第一王子だけという決まりです。アルが使えるのは一般的な光魔法だけですが、それでもあれだけの魔力を操ることができるのです」

自分のことのように誇らしげに言うメグレズに、ミモザは微笑んで同意を返した。

「ミモザ、見ていてくれた？」

判定を終えて戻ってきたアルコルは、どこかそわそわとした顔でミモザに聞いた。パタパタと振れる尻尾の幻影を打ち消して、ミモザはアルコルに微笑んだ。

「アルコル様の髪と同じ金色なんですね、優しい色でとても綺麗《きれい》でした」

「……アル、顔」

「っ……わかってる……」

手の甲を口元に押し当てたアルコルは「ありがとう」と小さく言ってミモザから顔を背けた。耳を赤くした相手の反応に、そんなに恥ずかしいことを言っただろうかと、ミモザもぎこちなく顔を前へ戻した。

「次は……ドゥーベくん」

そして呼ばれた名前と立ち上がった人物を見て、大きく跳ねた心臓を必死に落ち着かせた。

「はい」

返事をしたのは、ヒロインの横に座っていた黒髪の幼馴染みの青年だった。

『ヒロインの幼馴染み、ドゥーベ。彼とヒロインは小さな村出身の平民なので苗字はないわ。ヒロインとは家が隣同士で、幼い頃からずっとヒロインを妹のように守ってきたお兄ちゃん的な存在ね。ゲームの中でも平民だからという理由でミモザに苛められているのを何度も庇《かば》っていたわ』

ドゥーベという人物はきっと幼い頃からヒロインである彼女を大事にしてきたのだろう。

『彼のルートだと、騎士の一人に選ばれて、天使の生まれ変わりだと発覚したヒロインを守る力を得たことを最初はすごく喜んでいた。けれどヒロインが他の身分の高い攻略対象達と行動を共にするようになって、彼らといれば要らない苦労をしなくて済む、闇の魔法しか使えない自分ではヒロインを幸せにできないからと身を引こうとするの。最後はちゃんとヒロインは彼を選ぶんだけどね。他の攻略対象ルートでは兄として見守っていくって感じかしら』

母の言葉を思い出しながら、壇上に上がる彼を見る。黒い髪に紫の目、どことなく暗い印象を受けるが、ヒロインと話している時は笑顔を浮かべていたから実際はそんなこともないのだろう。母の言っていたとおりならば彼の魔法はミモザと同じ闇属性。水晶はドゥーベが手を触れた途端に黒く濁ったようにその色を変えた。

「……闇属性だね」

「闇……？」

「アルコル君の光魔法もそうだけど、希少属性なんだ。火、水、木、風、土の五属性は結構いるんだけどね、光魔法は天使の生まれ変わり以外は王家にしか発現しないし、闇属性はそれよりも発現数が少ないから、未だにどんな条件で闇の魔力を持つ者が生まれるのか解明されていないんだ。本当に、興味深いね。ぜひ僕の研究に協力してもらいたいものだよ」

「は、はぁ……」

身を乗り出す勢いで話しかけてきたフェクダに、ドゥーベは上半身を後ろへ仰《の》け反《ぞ》らせ壇上を降りた。ざわざわと騒ぐ生徒達の視線に、居心地悪そうにヒロインの隣へ戻っていくのが見えた。

その姿を目で追っていたミモザは「次、ミモザくん」とフェクダがこちらを向いて言ったので、慌てて返事をして立ち上がる。

今まで風景や壁の花になりきるように存在を消して過ごしてきたので、人前に出るのは慣れない。躓いて転んだりしないようにしなければと緊張しながら、ミモザは水晶の前に立った。

「手を置いてね」

「はい……」

おそらくさっきのドゥーベと同じく水晶は黒く染まるのだろう。恐るおそるミモザが手を載せると、一瞬で黒くなった水晶は、先ほどのようにすぐ光を濁らせることはなく靄《もや》のような黒い光を外にこぼれさせた。

「っ……」

(な……なんで、さっきと違う⁉)

焦ったミモザがぱっと手を離すと、ぽかんとした顔のフェクダが見えた。

「…………」

何も言わないフェクダに、動揺を押し殺したミモザは、曖昧に笑いかける。

「……いや…驚いたな、ミモザくんも闇属性だね」

「…………」

じっと探るように見つめてくるフェクダに、居心地悪く内心でだらだらと冷や汗を流す。貴重な属性が二人もいることに驚いたわけではないだろう。反応からして明らかにミモザの能力に対して何か思うところを持ったに違いない。

(うぅ……やっぱり危険視されてしまうのは避けられないの……?)

フェクダの視線を避けるように足早に席に戻ったミモザは、またしてもアルコルに「顔色が悪い」と心配されてしまった。

「大丈夫ですわ……」

あまりうまく取り繕えなかったかもしれないが、笑顔を作ってそう言うと、アルコルは寂しそうな顔をして「具合が悪くなったらすぐ言って」と机の下で手を握ってくれた。自分でも気づいていなかったが、少しだけ震えていたらしい。緊張して冷えていた手に、上から重ねられた骨張った手がじんわりと熱を移す。その手の温かさに、ミモザは少しだけ冷静さを取り戻した。

（大丈夫……まだ能力を知られたわけじゃないわ……それに、まだやらなくちゃいけないことがある）

最後の一人として名前を呼ばれたのは、やはりというかヒロインだった。

フェクダは、というか魔法省の意向があったのかもしれないが、事前の調査で王家とは全く関係のない彼女が光魔法を所持していたことを知っていたからこそ、その後の混乱を想定してこの順番だったのだ。天使の力が覚醒すれば、同時に七人の騎士が選ばれる。だからその前に全員の判定を終えておく必要があった。

「スピカくん、君で最後だ」

「はい」

スピカと呼ばれた少女が壇上へ上がる。肩ほどの桃色の髪に満月のような金色の大きな目。色白で顔立ちはどこか幼く、優しく素朴な印象を受けるも、頬や唇の赤みが彼女を溌剌《はつらつ》と見せていた。学園の制服に身を包んだ彼女はとても可愛らしく、小柄で華奢《きゃしゃ》な彼女の姿を見た周囲から感嘆と羨望のため息が漏れ聞こえた。

（彼女こそがこの物語のヒロイン、そして――）

スピカが水晶に手を載せる。その瞬間、目も開けていられないような閃光《せんこう》が教室内に走った。

「アル!!」

異変を察知してすぐにアルコルの前に立ちはだかったメグレズの背中が見えた。

「っ……」

ミモザも咄嗟《とっさ》に手を伸ばそうとしたが、強すぎる光の洪水に飲み込まれて何もできなかった。すぐに横にいたアルコルに上半身を抱き包まれる。光が弾けるどころではない。視界の全てを一瞬で白く染めるほどの光はどんどん輝きを増していく。

「っく……！」

ミモザはアルコルの腕の中でメグレズの身を案じたが、教室のあちこちから悲鳴や混乱の声が上がっていて、目も開けていられない状況ではどうすることもできなかった。

「いやっ……誰か、助けて!!」

白い光の中で少女の叫び声が響く。ミモザはそれがスピカの声であることに気づいた。

そして先ほど自分が手を離した時、水晶から漂う黒い光が消えたのを思い出して大きな声で叫んだ。

「水晶から手を離すのよ!!」

「……っ」

ミモザの声が届いたのか、再び急激に光は収まっていく。ようやく開けられた瞼《まぶた》で何度か瞬《まばた》きをして辺りを見渡すと、誰もが呆然《ぼうぜん》としたり隣の人間と手を取り合ったりしていた。

「ミモザ、平気……？」

「っ!?」

同じく呆然としていたミモザが、頭上からかけられた声に顔を上げると、すぐ近くにアルコルの顔があった。まだ収まらない光に周囲の風景はぼんやりとしているのに、相手の顔が鮮明に見えるのはそれだけ間近にあるからだということを理解した瞬間、頭が沸騰した。動揺して声を出せないミモザはこくこくと頷《うなず》いて、アルコルの胸を手で少し押して離してくれるよう頼んだ。

「……っ、ご、ごめん!! だ、抱きしめるつもりはなくて……!!」

「わ、わかっています……！ そ、の……庇ってくれて、ありがとうございます……」

一気に赤面したミモザに胸元を弱く押されて、ようやくアルコルも距離を自覚したらしく、同じように顔を赤くしてミモザから離れた。

「………」

「………」

気まずいというか恥ずかしい。アルコルはただの友人であるミモザを庇ってくれただけだというのに、何をこんなに意識してしまっているんだろうと思う。アルコルにも気にさせてしまうなんて友人失格だ。

「アル、無事ですか」

「っ……メグレズ様!!」

「ミモザ嬢も無――」

「メグレズ様、ご無事ですか!?」

前に出るどころか、ただその背に庇われてしまっていたミモザは我に返って声をかける。

「え、あ、あぁ、俺は大丈夫ですが……？」

ミモザの勢いに戸惑いながら返したメグレズは、アルコルにも「無茶はしないでくれ」と声をかけられている。

「私だって自分の身ぐらい自分で守れる」

「無茶ではなく、俺の使命です。アルだってミモザ嬢を庇っていたでしょう。二人一緒に大人しく守られてください」

「約束はできないな」

「アル……」

頭が痛いとでも言いたげに目を瞑《つぶ》って頭を振ったメグレズを見て、ミモザは肩を落とした。そもそも何かが起こった時に、アルコルを守る立場であるメグレズがミモザ達よりも前に出るのは考えればわかることだった。最初からうまくいきそうにない作戦ではあったが、実行にも移せなかったなどとは情けなさ過ぎる。

メグレズの体に光が入ったのかどうかも確認ができていない。今の様子を見ると、もしかして本人も騎士の一人に選ばれたことに気づいていないのかもしれない。

そして光が全て収まり静寂を取り戻した教室の壇上には、水晶の前に座り込むスピカの姿があった。

「あ……」

「大丈夫かい？　スピカくん」

「は、はい……」

差し伸べられたフェクダの手を取って、立ち上がったスピカは呆然と水晶を見つめた。

「私……」

「……君はとても強い光の力を持っているようだね」

「え……」

フェクダの言葉に、教室中が大きくざわめく。王家と全く関係のない平民である彼女がその魔力を持っているのは、異質なことだったからだ。

「ムルジム先生、俺は学園長に報告に行きますので、生徒達を見ていていただけますか？」

「わかった」

フェクダがアルコル達の担任へ呼びかける。ムルジムと呼ばれた教師は「そのまま待機するように」と言って、教卓の真ん中に立った。呆然としていたスピカを連れ、黙って出ていくフェクダの険しい横顔を見つめながら、ミモザはこれから起きることに思いを馳《は》せ不安を覚えた。

強力な光の魔力の保持者がいたことを聞いた学園長は、そのままフェクダを伴って王城へ行ったらしい。報告を受けた宰相は国王の命で、すぐに高度な鑑定魔法が使える人間を学園へと遣わした。

それから結構な時間をその場で待機した後、生徒達は解放されたが、やはり話題に上るのは、一人だけ別室へと連れていかれたスピカのことであった。純粋に「すごい魔力だったな」とか「可愛かった」とか容姿や実力を賞賛する声もあったが、一部の貴族達からは「あんな平民の子がどうして……」といった声も聞かれた。

様々な身分の者が通う学園とはいえ、貴族の中には身分の階級に拘《こだわ》る者も多い。あの時ミモザが抱いた不安はそれによるものが大きい。スピカが天使の生まれ変わりと判明することで、嫉妬や差別の矛先が向けられる可能性があった。

そして、その心配は数日もしないうちに現実のものとなった。

詳細な鑑定を受けたスピカは、彼女の持つ魔力に星の花が反応したことなどから、国から正式に星の天使の生まれ変わりであると認められた。そしてその発表と同時に同じように調査されていた七人の騎士達の名前も公表された。その中には、やはりメグレズの名前も含まれていた。

メグレズの他、七騎士に選ばれたのは王太子ミザールと、その側近のメラクとアルカイド。スピカの幼馴染みのドゥーベに、担任のフェクダ。そしてまだミモザは会ったことのないが、アリオトという二年生の男子生徒だった。

天使の再臨と七人の騎士が選ばれたことに、星の花の開花の報《しら》せに沈んでいた民は喜んだ。シナリオどおりのメンバーが揃ったことには驚きはなかったが、メグレズが選ばれていたことには少し落ち込んだ。ゲームだと、これからメグレズはヒロインと共に悪魔達に立ち向かわなければならないのだから、その身が危険に晒されることだってあるだろう。できるだけサポートできるように、ミモザは能力を使いながら人の話を集めることにした。

『あの子また王太子殿下達といたらしいわ』

『たまたま光の魔力を授かったからって、いい気になっているんじゃない？』

『平民だから、あんなに気安く殿下や側近の方々にべたべたと近づくことができるのね』

『商人の方や先生とも親しそうにされていたと聞いたわ』

『私にも光の魔力があれば……』

最初は喜びの声が多かったそれが、徐々に不穏なほうへ変遷していくのに時間はかからなかった。

七人の騎士に選ばれたのが、見目もよく優秀な人物達だったせいもある。天使の生まれ変わりとして彼らと行動を共にするスピカは、嫉妬の対象になり身分のことで蔑まれたり、つま弾きになることが多くなった。飛び火を恐れた同じ平民や商人出身の者達も次第に遠巻きにするようになる。

もちろんそのたびに王太子をはじめとする騎士達が庇っていたが、更なる嫉妬を買うだけだった。スピカへの風当たりはどんどん強くなり、最近ではドゥーベと話す以外、教室では誰とも口をきけない状態にまで追いつめられていた。

ミモザには、せいぜいその輪に交じり不自然にならない程度に別の話題へ思考を誘導することくらいしかできない。スピカを取り巻く環境がよくないことはわかっていた。けれど、ゲームのヒロインに下手に関われば巻き込まれる恐れがある。そう考えると、どうしても直接話しかける勇気は持てない。

相反する気持ちを抱えたまま日々は過ぎ、やきもきしながら遠目にスピカを観察していたミモザに声をかけてきたのはフェクダだった。

「君の能力でスピカくんを助けてあげてほしいんだ」

その言葉に、ミモザは心臓が止まるかと思った。授業が終わり呼ばれたフェクダの研究室で、何を言われるのかと警戒していた矢先にかけられたのが先ほどの発言だった。

能力について知っているとも取れる言葉に、ミモザは声を失くして部屋の入り口で固まる。今の自分の顔色は最悪だろう。頭の中では生涯幽閉、暗殺などの文字が過《よ》ぎる。不安の声を漏らさないよう、ミモザは唇を一度結んでから慎重に開いた。

「先生……どうして私にそんなことを言うんですか？」

「君はスピカくんのことを気にしているようだし……最初は他の子達と同じように気に食わないと思って見ているのかなって思ったんだけど、手を出すわけでも悪口に参加するわけでもなかったからね。もしかして逆に仲良くなりたいんじゃないかなって、思っただけなんだけど」

「…………」

それだけだったら「その能力で」なんて言い方はしないだろう。

「まぁ、立ち話もなんだから、中で一杯どう？」

「…………」

「……警戒されてるなぁ」

その場を動かないミモザに苦笑したフェクダは、手元の黒い液体の入った丸いガラスを傾け、一つしかないカップにそれを注いだ。そしてそのカップをミモザの手に無理矢理持たせると「ここにどうぞ」と、応接用のソファの上に積まれていた本を抱えて別の場所へ移す。緊張から手が震えていたミモザは、このままではカップを落としかねないと思い、何度目かの思考と躊躇《ちゅうちょ》の末に諦めて座ることにした。

「うん」

にっこりと笑ったフェクダは、自分の分のコーヒーを手近にあったビーカーに入れて、同じようにミモザの前に座った。たくさんの本や器具が積まれた部屋は、物が多くて乱雑に見えたが埃《ほこり》は見えない。きちんと掃除はしているのが窺《うかが》えた。

「ミルクも砂糖もないんだけど……飲める?」

「……大丈夫です」

味など楽しめる心理状態ではなかったが、とにかく落ち着きたくてミモザはそれを一口飲んでから深く息を吐いた。

「先生は、何をご存知なのですか……?」

「うーん……多分に想像の部分が多いから、何って言われても難しいな……強いて言えば、君の能力が精神に作用するものじゃないかって予想してるくらいかな」

ずず、と音を立てて半分ほどを一気に飲んだフェクダの顔をじっと見つめながら、ミモザは相手の本心がどこにあるのかを探る。

「そんなに警戒しなくても大丈夫」

「………」

「まずは話をさせてほしい。俺が信頼できるかどうか判断するのは、話が終わってからでも遅くないと思うよ」

フェクダはビーカーを机に置いた。

「最初から話そうか。魔法省の研究員である俺がどうしてここで教師をしているのか、とか。君の能力を推察するにあたった経緯とかは、想像でしかないから間違っていたらその都度訂正してくれると助かる」

「はい」

ミモザは両手で支えたカップを膝の上に置く。立ち上った湯気が室内の空気に溶けて消えた。

「俺が最初に、君達のことを知ったのは、学園の入学前だ。十五歳の時に受けた魔力調査があっただろう。その時に魔力の量が通常よりも多い場合や五属性以外の魔力反応があった者に関しては、再度調査をすることになっているんだ」

「公にはされていないけどね」とフェクダは言う。

「…………」

「そこで、今回の新入生に光の魔力の保持者と闇の魔力の保持者がいることがわかって、秘密裏に詳細な鑑定がなされたんだ。君の場合は事前に王家からの報告があったから、確認だけだったけどね。他の子達に至っては人物像から経歴まで詳細に調査が行われた」

「え」

「希少な二大属性を持つ者がその力を悪用するような人物だと困るからね、プロフィールは徹底的に調べられるよ」

「いえ、そうではなくて……王家から報告……？」

予想していなかった言葉にミモザは戸惑って聞き返す。

「あぁ、魔力量と属性だけね。君はアルコルくんの友人で婚約者候補だっただろう？　そういう身近な人間は王家で既に身元が調査されているよ」

「そう、なんですか……」

王家からの報告などと言うから、王家にまでミモザの能力が知られてしまっているのかと焦ったが、そういうわけではなかったらしい。確かにアルコルだけでなくタニアとも親しくしていたミモザが調査の対象となるのは仕方ないことかもしれなかった。

「王族以外に光の魔法の保持者がいたことは、国王陛下をはじめ国のお偉様方も衝撃を受けていたよ。何故ならその子は星の天使の生まれ変わりである確率が高く、なおかつ天使が生まれ変わるってことは冥王も復活するってことだから」

「はい……」

「前回冥王が復活したのは百年以上前。遺されている文献だけではその力を量ることは難しかった。だから魔法省は君達の詳しい能力を調べるために、俺を教師として学園へ派遣したんだ。俺はあの魔力判定の授業の時、既に君達の属性を知っていたし、すぐ側《そば》でその能力を鑑定することができた。スピカ君が後に受けた鑑定は裏付けだね」

「………」

やはりミモザが想像していたとおり、フェクダは知っていたのだ。

「鑑定結果は三人とも強い魔力を持っていることがわかった。スピカ君は浄化の力に、ドゥーベ君は攻撃能力に特化していること。そして君の能力だけがいまいち読み取れなかった」

「！」

「違うな、何て言うんだろ……読めたには読めたんだけど、なんか嘘《うそ》くさい感じがしたんだよね」

フェクダいわく、鑑定で読み取ったミモザの能力は曖昧で違和感を抱く結果だったのだそうだ。

「あれだけ魔力が多いのに使える能力が大したことないって、そんなことは滅多《めった》にないし……その時に、昔読んだ文献に精神操作の能力を持つ者は鑑定がうまく行われないって書いてあったのを思い出したんだ」

頭の中の知識を外に出して並べるように、斜め上に視線を向けてフェクダは続ける。

「その本は今までに顕現した転生者の能力について記されていた本だったから、最初は君が転生者なんじゃないかと思って身元調査をやり直したんだ。けれどそんな事実はなさそうだった。ただ、君がその能力を持っているのを完全に否定はできなかったから、俺は君をしばらく観察することにした」

「…………」

手のひらに、じわりと汗が滲《にじ》む。フェクダは予想以上に研究者として有能だったらしい。転生者である母の存在まで辿《たど》りつかれたわけではないが、ほぼ当たっている推察にミモザは冷や汗をかく。

「そうしたら君は教室で心配そうにスピカくんを見ていたかと思えば、噂をしている生徒達の輪に入って別の話題を振ったりしてエスカレートしないよう止めていただろう」

「ど……うしてそれを……」

再びミモザの心臓は嫌な音を立てた。そうする時は必ず気配を遮断し認識阻害を使っていたはずなのに、どうしてフェクダがそれを知っているのか。

「後から聞いたら彼らは誰一人として話題が操作されていたことも、そこに誰がいたのかも覚えていなかった。君が精神を操作する能力を持っているのだとしたらできる芸当だ」

「……もし」

「うん」

「もし、本当に私がその力を持っていたとしたら……どうするおつもりですか……？」

ここまで知られてしまっている以上、このままフェクダの存在を見過ごすのは危ういと思った。腕を組んで考え込んでいたフェクダは「そうだなぁ……」と口を開いた。

「本音を言ったらその能力を研究したい……なんて言ったら記憶を消されちゃうかな」

「……消しません」

ミモザもいっそのこと記憶を消せばいいのではと考えたが、自分の知識と観察で能力の推察に至ったのであれば、一度記憶を消したとしてもまた同じように辿りつかれてしまう気がした。

ミモザのそんな内心の葛藤を知ってか知らずか、フェクダはじっと見つめてくる。

「そっか……俺としては、最初に頼んだとおり君がその力を悪用しない以上は、今までのようにスピカくんを助けてあげてほしい。騎士に選ばれた俺達が庇うほど状況は悪化していくだけだ。だから今日君を呼んだんだ。一度話がしたかった」

一息ついた後、フェクダは笑って「ついでに俺の研究にも少しだけ協力してくれると嬉しいなっていう下心もあるけど」とつけ足した。

「もちろん、監視はつくけどね。基本的には君の自由は保障されている。その能力を知っているのもごく一部だけだ」

「っ……どうして……」

「研究所に収容する」とか「幽閉しなきゃならない」とか、ミモザはそういった類いの言葉を覚悟していたが、フェクダの口から出てきたのは心配とは真逆の言葉だった。

「確かに君の力は危険だよ、君だって自覚はあるんだろう。だから隠している」

「…………」

「俺も最初は君の能力を警戒していたし、大事《おおごと》になる前に魔法省で保護してしまえばいいんじゃないかと思ってた。けれど君は、俺が見ていた中では一度だって私利私欲のためにその力を使ったことはなかったし、まぁ……君達を見ていて俺達大人は少し反省したんだ」

フェクダは姿勢を正して座りなおしてから眉を下げて少しだけ微笑んだ。

「スピカくんをドゥーベくんが庇って、ドゥーベくんが危うくなればスピカくんが庇う。そして彼らと何の関係もないはずの君は二人を心配してひっそり彼らの立場が悪くならないように動いている。子供達がお互いを守りあっているっていうのに、外野にいる大人が庇いもせずその手段を否定して、自由を奪うのは違うと思ったんだ。君はこれからも悪用はしないんだろう？」

その言葉に込められた少しの信用に気づいて、膝の上で握りしめていたカップを机へ置いた。血が通いはじめる感覚に少し指先が痺《しび》れていた。ミモザは顔をあげまっすぐにフェクダを見返す。

「はい、絶対にこの力を悪用したりしません。お母様と約束したんです」

「……だよね。そうじゃなきゃ、貴族のお嬢様が一庶民のことを心配したりするはずないし」

「…………」

「あー俺の教え子がいい子で良かった」と、嬉しそうに笑ったフェクダに、なんだか思いどおりに喋らされてしまったように思えたミモザは、安心したのも相まって「先生が気づいていないだけで記憶を操作したのかもしれませんよ」と負け惜しみのように言った。しかしフェクダから返ってきたのは予想外の言葉だった。

「あぁ、あのね、俺のゴーグル特別製なの。精神操作とか暗示とか、混乱魔法とかを無効にする優れもので、ついでに魔力に反応して魔法が使われた形跡とか辿れるようになってるんだけど……なんと、この部屋に入ってから一度も反応してないんだよ」

「っ……」

「もう一つ、光属性をもつスピカくんには君の精神操作の魔法は効かない。だから別に〝私がスピカを操るかもしれませんよ〟なんて、わざと悪ぶらなくても大丈夫だよ」

「………………」

殊更にっこりと笑って言ったフェクダに、ミモザは憮然《ぶぜん》と言葉を詰まらせた。

「まだ信じられない？」

「正直、どうしたらいいのかわからないです……そんな風に言われると思わなかったから……」

「問答無用で幽閉されるのかと思っていました」と正直に言えば、フェクダも苦笑してゴーグルから手を離した。

「確かに君の能力を知ればそういうことを言う人もいるだろうね。けれど君はアルコルくんやタニア王女とも仲が良いだろう？　そんな君を問答無用で幽閉なんかしたら魔法省は王家から睨まれてしまうよ。だったら話し合って自発的に協力してもらったほうがいいだろうし……君が望むのなら能力を隠したまま、卒業後に魔法省で俺の助手として働いてほしいとも思ってる」

「私が？」

「うん、それくらい闇の属性は貴重なんだよ。怯えて身を隠されるより手元において観察したい。もちろん君の立場もあるだろうから、君が別の道を選ぶというのならその意思を尊重したいと思う。ただ、俺としてはできれば今後も研究には協力してもらいたいって心積もりがあるってことを頭の片隅にでも置いておいてくれ」

「…………」

フェクダの話を聞いて、ミモザはなんとなく今日の話の全貌が理解できた気がした。

「わかりました……けれど、先生は私の能力を過信しています。たとえ私が今までのようにスピカ様をちょっと庇ったところで事態は改善しないのではないですか？」

「そこなんだけど……君はスピカくんに声をかけようとは思わないのかい？」

「…………」

ヒロインは死亡フラグだから近づきたくないと言えればどんなに簡単か。そんなことを言うわけにもいかず、ミモザが黙っていると「無理強いはしないけど」と、フェクダは苦笑する。

「能力にかかわらず、侯爵令嬢である君がスピカくんと友人関係になれば、少なくとも他の貴族達は黙るんじゃないかなって思っただけだよ。君もスピカくんを気にしていたみたいだったし、丁度いいかなって……事情があるなら気にしなくていい」

「俺も一応教師としてここにいるわけだから、このままにしておくわけにはいかないし」と言うフェクダに、ミモザは黙って頷くことしかできなかった。新入生には公爵家以上の人間はいない。だからフェクダがそう言ったのも理解できる。理解できる、が——。

「ごめんなさい……」

どうしても自らスピカに関わっていく勇気は出なかった。

「君が謝ることじゃないだろう。元々友達なんて強制されてなるもんじゃないし……あ、俺今ものすごく先生っぽいこと言ったよね？　新しいの淹《い》れてあげるからもう一杯飲んでいきなよ。お菓子もあったはずだな、どこ置いたっけ？」

落ち込んでしまったミモザを元気づけようとしたのか「先生だって騎士の一人なんだから任せなさい」と、慌ただしく書類をひっくり返して菓子を探しているフェクダの背を見ながら、ミモザは少しだけ笑った。

「先生」

「うん？　ほらこれ美味《おい》しいよ、食べな」

手のひらに乗せられた透明なパッケージの中にはアーモンドのフロランタンが二つ入っていた。上にかけられたキャラメルがキラキラしていて、クッキー部分が厚い。大きさの割にずしりと重さのあるそれは一つでもお腹が一杯になりそうだ。

「ありがとうございます」

「……どういたしまして」

お礼を言うと、照れくさそうに頬をかいたフェクダはそう返事をした。

✦母の教え その六

「いわゆる印籠が必要な時もある」

　昔、まだ母が生きていた頃、母と一緒に街へ出かけたことがあった。

　サザンクロス領は、西側には広い農地を持っているが、それ以外は栄えた街並みが広がっている。王都へ続く大きな街道が通っているため、農作物の輸送にも適していたし、人の出入りがあるせいか商業も発展していた。馬車の窓から見た街には活気があり、人々の顔も皆生き生きとしていた。

『貴女《あなた》が将来、守り慈しんでいくかもしれない人達が、どんな生活をしているのか、自分の目で見ることは大事よね』

　馬車の窓から離れないミモザの横顔に、母は微笑《ほほえ》みながらそう言った。

　今まで買い物といえば家に商家の人がやってきて、どれがいいかを選ぶだけだった。だから、こうして街へ出て買い物をするなんて初めてで、母とアリアと一緒に馬車に揺られながらミモザはとても楽しみで、嬉《うれ》しかったのを覚えている。

『お母様、あれはなに？』

『お嬢様、今日はお忍びなのですから、あまり離れないでください』

　道に張り出した出店に目を奪われていたミモザは、アリアに窘《たしな》められて二人のそばへ戻った。

『アリア、私は大丈夫だから少しミモザについていてあげて頂戴』

幼かったミモザはお忍びというのがどんなことなのか、よくわかっていなかった。いつものようなドレスではなく、飾り気の少ないワンピースを着させられ、母達もいつも家に来る商家の婦人のような服を着ていた。

『ですが……』

『この街は治安がいいし、私は慣れているから一人でも大丈夫。心配だったら、あそこの噴水に腰掛けて待っているわ』

母が指差したほうには、街の中央を示す大きな噴水があった。ミモザは二人の話が終わるのを待ちきれず一人で駆け出した。先ほどから視線に入る色とりどりの風船が気になって間近で見たくて仕方なかった。しかし、駆け出した先で突然怒号が響いたことでミモザは驚いて足を止める。

『お前の子供が跳ねたせいで泥水で服が汚れてしまっただろう！』

『も、申し訳ありません！』

『平民風情がどうやって償うというんだ！』

「お前の命よりも高いものだ」と、子を背に庇《かば》いながら頭を下げる父親を睨《にら》みつけているのは、豪奢《ごうしゃ》な服を纏《まと》った貴族と思われる男性だった。その顔がとても怖くて、ミモザはその場で立ち竦《すく》む。

『何年かかっても弁償させていただきます！　だからどうかお許しください！』

『ならん、もうこの服は着られないのだからな。貴族に対しての無礼な振る舞いを許すことはできぬ』

男の足元を見れば、ほんの少し泥が跳ねた跡がついているだけだった。あれしきの泥、少し拭けば元通り着られるようになるだろう。

『元はと言えばアイツの乗ってきた馬が嘶《いな》いて、それに驚いたあの子が避けた拍子についちまっただけだろう』

『あんなの洗えばすぐに落ちるわ』

『貴族様ってのはどうしてああすぐに平民を見下したがるのかねぇ……』

何事かと集まった人々も一様にミモザと同じ反応だった。怒鳴りつけられる父親の後ろで、子供は助けを求めて泣きながら周囲に視線を彷徨《さまよ》わせていた。

『相手が貴族じゃなきゃ助けてやれるんだが……』

『っ……』

ミモザの隣にいた誰かがそう言った。その言葉に見て見ぬ振りはいけないことよ、という母の言葉が頭を過《よ》ぎる。確かに身分を持たない彼らは貴族に表立って楯突くことはできない。けれどミモザなら。この領を預かる侯爵家の娘である自分なら、彼らを助けられるのではないか。

しかし、そう思う心とは裏腹に、恐怖でミモザの体は石にでもなったかのように動かない。

『その子供をこちらへ出せ』

『子供だけはどうか……!!』

『うるさい！』

子供を庇った父親に貴族の男が持っていた杖《つえ》を振りかぶる。

『っ』

その光景に、怖いと思っていたことさえ忘れ、ミモザは思わず飛び出そうとした。

『お待ちなさい』

その瞬間、後ろから腕を引かれミモザは動きを止め振り返る。

『お母様っ……』

『ああいう輩《やから》は話が通じないの。子供の貴女がいくら正論で諭したところで、逆上するのがオチよ』

『でも……！　あの人達が――』

『大丈夫』

すぐに小さな悲鳴が後方からあがったのが聞こえて、ミモザは顔を青褪《あおざ》めさせ勢いよく振り向く。

地面に倒れている父親の姿を想像していたミモザは、振り返った先に予想しなかった光景があったことに驚いて目を瞠《みは》った。

『あ、りあ……？』

振り下ろされた貴族の杖を両手に持った棒状の武器で受け止めていたのは、ミモザや母と一緒に来ていたアリアだった。

『つ、な、何だおま……ぐぁっ!?』

そのまま武器ごと男を横に受け流したアリアは、よろけた貴族の足元へ爪先を出した。案の定その足に躓《つまず》いた男は、地面に思い切り顔面を強打することになった。

『どうしてアリアが……え……つ、つよい……』

『アリアは戦闘メイドだから』

『せんと……？』

『えーと……護衛もできる侍女ってことよ』

ミモザが呆然《ぼうぜん》としている間に、打った顔面を押さえながら起き上がった貴族が「ふざけるなっ!!」とアリアに杖を突きつけた。

『こんなことをして無事で済むと思うなよ!!　おいっ護衛!!　この女を斬れ!!』

その言葉に貴族のそばにいた護衛らしき人物が剣を抜く。

『お母様っ、アリアが!!』

『大丈夫だと思うけど……そろそろ私の出番かしら』

「よっこいしょ」と貴族の夫人らしからぬ掛け声を出し、ミモザの頭を撫《な》でた母は「貴女はここにいてね」と言い残して騒ぎの輪の中心へ歩き出した。

『お待ちください』

アリアや親子の前に割って入るように立った母は、凛《りん》とした声で呼びかける。このままでは母も危ないのではないかと思ったミモザは、同じように飛び出そうとするけれど、母の一歩後ろにいるアリアが「いけません」と言うように首を振ったのに気づいて、その場で踏みとどまる。それでも心配なのは変わりなく、一人ワンピースの裾をぎゅうと握って母達の様子を見つめた。

『カミール子爵様とお見受けします』

『次から次へと……！　誰だお前は!!』

『静まりなさい!!』

母に向けて怒鳴った男と、ざわつく周囲に向けてアリアが叫ぶ。

母は楽しそうに「まぁ私のことをお忘れですか？」と笑顔で、自分の首に巻いていたスカーフを外す。そして次の瞬間「この紋所が目に入らぬかー!!」と突然妙な口調で叫び、その勢いでサザンクロス家の紋章の入ったスカーフを目の前にかざした。

突然の母の奇行に、ミモザは口をぽかんと開けてじっと母を見入る。それはミモザだけでなく周囲にいた領民達も、果ては相手の貴族の男ですら、同じように無言で母を見ていた。皆が度肝を抜かれる中、唯一母のそばにいたアリアだけが、ひどく残念なものを見るような目で母を見ていた。

しんと静まり返った中でごほんと咳払《せきばら》いした母は、そそくさとスカーフを戻してまっすぐ貴族の男を見据える。

『申し遅れました。私はサザンクロス侯爵家のリディア・サザンクロスと申します』

先ほどの妙な口調が幻聴だったのかと思えるほど、凛とした声で母は自分の名前を名乗った。背筋をまっすぐ伸ばし、胸を張り、美しい姿で。決して大きくもない声だったのにそれは観衆に響き渡った。着ている物は商人の妻といった出で立ちなのに、その姿は気高く貴婦人のようだ。誰もがそれに見入る中、母の名前を聞いた相手の貴族だけは顔を急速に青褪めさせた。

『このような格好で申し訳ありません。本日はお忍びで参りましたの。しかし何やら騒ぎが起こっている様子でしたので、こうして恥を忍んで名乗り出た次第でございます。見たところ私の大事な領民と大事な侍女が貴方様に何かしてしまった様子……領主夫人として、また主《あるじ》としてその者らに代わり貴方様にお詫《わ》び申し上げますわ』

『あっ……いや、侯爵の奥方様に謝っていただくわけには……!!』

『いいえ、こういうことはしっかりとしなければ。主人が勤めより帰って参りましたら、カミール子爵のことをよぉく申し伝えますので。主人と相談して後日きちんとご領地へ謝罪に伺います。どうぞ奥様にもそうお伝えください』

『それはっ……』

ミモザはこの時、母の言葉を額面どおりに受け取っていたが、後から考えれば「侯爵家の大事な領民に手を出してただで済むと思わないで。夫に言いつけるわよ」という意味だったのだろうなと思った。結局、相手の貴族は自らが笠に着た身分に負けて、母に「私も悪かったのですからもう結構です!! 忘れてください、今回はなかったことにしましょう!!」と捲《まく》し立てて、青い顔のまま足早に去っていった。残された観衆は口々に母を讃える言葉を口にし、助けた親子からは泣きながら感謝された。

『もうこれではお忍びはできないわね……』

あっという間に収束したこととか、あんなわけのわからないことを口走っていた母がいつの間にか人心を掌握してしまったこととか、アリアが恐ろしく強かったこととか、色々なことが起こりすぎて呆然とするミモザに、母は「楽しみにしてたのに、ごめんね」と謝った。ミモザはただ首を横に振ることしかできなかった。

先ほどの出来事をぼんやり思い出しながら、ミモザは帰りの馬車で気になっていたことを母に聞いた。

『お母様はあの人に何かしたのですか？』

ミモザは母が自身の能力を使って貴族の男に暗示でもかけたのかと思った。

『いいえ、人前で力を使うのは危険すぎるもの。それに相手が子爵家だったから、身分を明かせば引いてくれると思ったからよ』

『身分……』

ミモザは前に〝悪役令嬢が身分や権力を使って嫌がらせをするのは悪いこと〟だというような内容を母から言われたのを覚えていた。しかし先ほど母が言ったのはそれとは逆だと思って頭を捻《ひね》った。よく覚えていないがそのことを聞いたのだと思う。

『確かに権力や身分を使って相手の嫌がることをするのはいけないことよ。でもその権力を使わなければいけない時も同じくらいあるの。人が集えば街は栄えるけれど、その分さっきみたいな摩擦も増える。同じ場所に生活する以上、それぞれのルールが必要とされるわ。それを遵守させるのにも権力が必要だと私は思う。そして私はこの街でその権力を与えられているサザンクロス侯爵家の人間なのだから、あの場でそれを振るう必要があった』

『振るうのですか？』

『権力は振るってこそ。手段として役に立たせるだけでなく、こちらのほうが格が上なのだと相手に思わせることで、無駄《むだ》に争うこともなく引いてくれる場合もあるわ』

『お母様はあの人の名前を知っていたのですか？』

『夜会で一度ご挨拶したから。忘れていなくて良かったわ。奥様とはたまに他家のお茶会でお会いするしね』

『だから奥様によろしくって……』

『えぇ。カミール子爵は恐妻家で有名なの。それに奥様はとても聡明で有能な方だと聞くわ。今回あの方が侯爵領で騒ぎを起こしたことを知れば、どちらが悪かったか公正な判断をして対応してくれるはずよ』

「よく見ていたわね」と、そう言って頭を撫でられ、ミモザは誇らしい気持ちになった。

『だからといって、私より前に出られては困ります』

渋い顔で窘めるアリアに、母は反省していないように笑った。

『そういえば……あのモンドコロとかいう妙な呪文はなんだったのですか？』

『ああいう時はああ言わなきゃいけない決まりなのよ』

自信満々な母を見ながら黙って首を振るアリアに、あぁこれは一般常識ではなく時々出る母の残念な一面なのだなと、ミモザは馬車の揺れを感じながらそう思ったのを今でも覚えている。


今、あの時と同じような状況がミモザの前で繰り広げられていた。

「平民ごときが殿下のまわりをうろつかないでくださる？」

「私はただ浄化の役目を……」

「殿下やメラク様がお優しいのにつけこんで、色目を使っているのではなくて」

「誤解です！　私はそんなことしてません！」

「まぁそんなに大きな声を出して、なんてはしたないんでしょう」

「っ……！」

女子生徒達から逃れようと身を隠してしまったレモンを探して、中庭を歩いていたミモザの耳に入ってきたのはそんなやりとりだった。その内容に嫌な予感を覚え、声のするほうへ歩みを進める。

校舎の陰に隠れながら声の聞こえた裏庭を窺《うかが》うと、三人の少女達がスピカを取り囲んでいた。

「………」

心臓が嫌な音を立てて軋《きし》むのがわかった。顔ぶれで、それが以前からスピカに暴言を吐いていた令嬢達だということも。けれど今まではこんな風に数人で取り囲むようなことはなかったはずだ。

いくら関わりたくないといっても、今にも危害を加えられそうな状況を見ない振りをして立ち去ることはできなかった。

「礼儀がなっていないのは平民だから仕方ありませんわ」

「ふふっ、そうですわね」

校舎の壁を背に立つスピカを取り囲むように、少女達は口々に罵る。

「っ……」

口を開けば馬鹿《ばか》にされ、逃げることもできずに。スピカは口を結んでただじっと耐えていた。なんとかしなければと思うも、逃げ出したいと思う自分もいて、どうしても一歩が踏み出せない。彼女達の記憶を操作してしまえばとも考えたが、ミモザの魔法はスピカには効かないとフェクダから聞かされたばかりだった。

（せめて誰か……呼んでこなきゃ……）

その時、ミモザの頭にはフェクダやメグレズの顔が浮かんだ。

（でも騎士の二人では逆効果に……）

今までそうして彼らが庇っていたからこそ、こんな状況になるまで悪化したのだ。けれど何かあってからでは遅い。

「きゃっ……！」

とにかく近くに誰かいないかミモザが探しにいこうと踵《きびす》を返した時、スピカの小さな悲鳴が聞こえた。息を止めてばっと返り見ると、そこには地面に倒れこんだスピカと、突き飛ばしたのか手を伸ばしたままの令嬢の姿があった。

「ほんと、平民って生意気なのね」

倒れこんだスピカのスカートを靴で踏みつけながら、他の二人を引き連れるように先頭にいた令嬢が縦に巻いた赤茶の髪を肩にかけ嘲笑《あざわら》う。高価そうな髪飾りが音を立てて揺れた。

「やめて！」

「やめてください、でしょう？」

「あはは」と高く笑った声に怒りが込み上げてすぐに飛び出しそうになったが、ぐっとその場で踏みとどまった。

（落ち着いて……ここは学園なのだから、感情的になってはいけないわ……）

大きく深呼吸をして、ミモザは背筋を伸ばした。

「お待ちください」

胸を張って、視線はまっすぐに。震えないように声は腹の底から。あの時の母の姿を思い出しながら、ミモザは「何をなさっているのですか」と、非難をこめて令嬢達を見据えた。

「さ、サザンクロス様……」

「これは……！」

「何をなさっているのですかと聞いたのです、ベリンダ様」

令嬢達がミモザを覚えていたことに内心安堵《あんど》しつつ、毅然《きぜん》と言うと名指しされた令嬢は慌てて「この者に立場をわきまえるよう教えていたのですわ」と言った。

「カルヴィン様、立場というのはどういう意味でしょうか」

ミモザはベリンダの一歩後ろにいた青髪を一つに結い上げた背の高い令嬢と、対照的に背が低く、ややぽっちゃりしている黄髪の令嬢に尋ねる。

「わ、私達は……平民でありながら殿下に擦り寄る彼女を諫《いさ》めていただけですわ！」

「擦り寄るなどと……スピカ様は救世の天使の生まれ変わりとして騎士である殿下達とお仕事をされているのですよ。それが彼女の今の立場でしょう、デラクール様？　何がおかしいのです？　先生方もそうおっしゃっていたと思いますが……」

「っ……しかし……」

分が悪いことに気づいて、さっと顔を青くした令嬢達が一歩下がる。下がった分空いたスペースへミモザは入り込むと、スピカを背にして全員の顔を見渡す。

ベリンダ家とカルヴィン家は伯爵家、デラクール家は男爵家だ。身分だけを見ればこの場で一番高いのはミモザとなる。加えてアルコルやメグレズと一緒にいることで目立ってしまっていたため、そういった事情が余計に令嬢達の焦りに拍車をかけているらしい。ミモザがスピカを庇ったことで、ようやく令嬢達は不味いと悟ったようだった。

「彼女は国王陛下より授かった務めを果たしているだけですわ」

「っ……」

「陛下の認めた、天使の生まれ変わりである彼女にこのような仕打ちをしたと公になれば、大変な問題になると思いますが……」

「ひっ……」

ミモザの言葉に頬を引き攣《つ》らせた令嬢達は「ど、どうやら勘違いだったようですね」とか「間違えましたわ！」とか言いながら逃げるようにその場を去った。

「…………」

令嬢達の姿が見えなくなってから、安堵の息をついたミモザは、肩に入っていた力を抜いた。

(引き下がってくれてよかった……)

国王陛下の名前まで出してしまって脅しすぎただろうか。それで相手が大人しく引いたのであればよかったと思うけれど、少し強引だったかと反省した。気づけば体の横で握っていた手は少し震えている。その手を胸の前で握り合わせて、大きく呼吸をして少しずつ手の震えを止めた。

「貴女は……」

「っ」

後ろから聞こえた声にミモザが我に返ると、呆然とこちらを見上げる金色の瞳と目があった。

「っ、怪我《けが》はなかった？」

「は、はい！」

ようやくスピカの存在を思い出したミモザは、少し屈《かが》んで座り込むスピカへ手を差し出した。

「手を……」

「そこで何をしている!!」

しかしそれは次の瞬間、発された怒声に掻《か》き消された。ミモザとスピカが同時に声のしたほうを向くと、そこには王太子ミザールと側近であるメラクとアルカイド、そしてドゥーベがいた。

「っ……」

突然の攻略対象達の登場に、思わずミモザは息を飲む。近づいてくる彼らの目にははっきりとした敵意が宿っており、それが自分に向けられたものだと理解した瞬間、シナリオでミモザが辿《たど》った末路が頭に浮かび、顔から血の気が引いていくのがわかった。

「あ……」

「……顔色が悪いようだな」

「自分のしたことの愚かさを理解したんじゃないのか？」

そう言いながら、ミモザからスピカを隠すように間に割って入ったのはミザールとメラクだった。

アルカイドもまた何か言うのではないかと身構えていたが、彼だけはどうしてか渋い顔をしてミモザを見ているだけだった。

「で、殿下……ドウ……みんなどうしてここへ？」

「さっき別の生徒から君が令嬢に裏庭へ連れていかれたと聞いたんだ」

「怪我はなかったか、スピカ？」

「うん……平気よ」

そしてスピカの手を引いて立たせたドゥーベは、その制服に靴の跡がついていることに気づいてミモザを睨みつける。

「あんたがやったのか!!」

「っ」

いきなり怒鳴られて、ミモザはびくりと肩を竦める。

「平民だからって馬鹿にして……!!」

「ドウ!! 何言ってるの、違うよ、この人は――!!」

「君を貶《おとし》めた人間を庇わなくていいんだ」

「待ってください殿下!! 本当に違うんです!!」

ミモザが疑われていることを知ったスピカは必死にドゥーベの腕に縋《すが》り、動きを抑えながらミザール達に「違います」と言い募る。けれど二人はスピカを傷つけられたことで頭に血が上っているようで、彼女の話を聞こうともしなかった。

「言い訳くらいできないのか」

「私は……私は、そんなことをしていません」

「信じられると思うのか？　君はアルコルの友人だったと記憶しているが……こんなことをする人間だとは思わなかったな」

「私はっ……アルコル様に顔向けできなくなるようなことはしていません！」

腕を組み蔑むような視線を向けたミザールに、アルコルの友人であることすら否定された気がしてミモザは声を振り絞って反論する。

「殿下っ、やめてください!!　その方は私を助けてくださったんです!!」

「スピカ、どうしてこんな奴《やつ》を庇うんだ！」

「だから違うって言ってるでしょう!!」

前に出ようとするドゥーべに、引き剝がされまいと腕にしがみつくスピカはその胸を押して叫ぶ。

「アルカイド、スピカを連れて戻っていろ。彼女は優しすぎ……アルカイド？」

ミザールが指示を出すも、いつの間にかそこにアルカイドの姿はなくなっていた。

「こんな時にどこへ行ったんだ……？」

しかし、ミモザにはそんなことを気にしている余裕はなかった。敵意と嫌悪の込められた視線。ぶつけられる鋭い言葉。始めから頭ごなしにミモザの言葉など聞く必要もないと言わんばかりの態度。きっとゲームのミモザはこうして彼らによって断罪されたのだ。

（違う……私はやっていない……っ）

「っ……は…………っ…」

息が苦しい。体が震えて足に力が入らない。どんどん短く早くなっていく自分の呼吸の音だけが頭の中に響く。やっていないのだと、誤解だと言わなければならないのに力が入らない。このままでは本当に悪役令嬢にされてしまう。そう思ったらぐらりと足元が揺れた気がした。

「違……わた、し……」

怖くて、震えが止まらない。苦しくて立っていられなくなって蹲《うずくま》りかけた時、ミモザはその声を聞いた。

「ミモザっ!!」

「っ」

ふっと、膝から力の抜けたミモザの体を支えて抱きかかえたのは、ここにはいないはずのアルコルだった。どうして、とか、来てくれた、とか聞きたいことがたくさんあるのに、身体《からだ》を支えてくれる腕にどうしようもないほどの安堵を覚えて、ミモザは涙を溢《あふ》れさせた。

「ふっ……ぅ……っ」

「ミモザ、大丈夫、少し息を止めて……なるべく長く息を吐くようにしてみて……」

「っ……アル……さ……っ……」

「無理に話さなくていい……もう、大丈夫だから……」

過呼吸を起こしかけていたミモザを抱きしめ、アルコルはそっと背中を撫でる。

「アル……どうしてここに……」

「……兄上、どうして彼女は泣いているのですか？　数人がかりで責められ、こんなに追い詰められるほどの何を彼女がしたと言うのですか」

ミモザを支える腕はそのままに、アルコルは強い口調で兄であるミザールに問うた。

「彼女は、天使の生まれ変わりであるスピカに暴行を加えたんだ」

「誰かその現場を見ていた者はいるのですか？」

「……突き飛ばされた現場は見ていないが……我々が彼女を見つけた時、彼女は地面に座りこんでいたし、彼女の制服には踏みつけられた足跡が残っている」

ミザールの横から進み出たメラクを「違います！」と叫んだスピカが遮った。

「これは別の方にやられたんです！　この方はその方達から私を助けてくれたんです!!」

「……被害者である彼女がそう言っているが？」

「スピカは優しいから……今までも加害者を庇っていた」

肩を押しスピカを後ろへ下らせようとしたドゥーベが、メラクに加勢するように言った。ミモザどころか当事者であるスピカの話も聞こうとしない相手に、アルコルは静かに怒りを湛《たた》えさせた。

「ミモザはそんなことしない」

きっぱりと全員に聞こえるよう声を張って言ったアルコルに、ミモザは目を瞠《みは》ってアルコルを見上げる。自分のことを無条件に信じてくれる言葉に、収まってきた涙がまたこぼれてきたのがわかった。

「ミモザは優しい女性です。誰が相手でも真摯に向き合って、自分ではない誰かのために怒れる人だ。彼女がそんなことをするなど絶対にない。ましてや話も聞かずに一方的に責めるなど……根拠もなく彼女を貶めるのはやめてください」

「根拠もなくとは……口が過ぎるぞ、アル」

「事実でしょう、誰も彼女が突き飛ばされたところを見ていない。しかも当人である彼女が違うと言っている。なのに何故《なぜ》ちゃんと話を聞こうとしないのですか」

「……サザンクロス嬢がやっていないという証拠もない」

「それなら尚更、彼女達の言葉を聞くべきだ。これではただの言いがかりです」

(わかってくれた……)

その場を見ていたわけではないアルコルが、自分を信じてくれたこと。自分のことをそんな風に思っていてくれたことが、どうしようもなく嬉しい。

その横顔をじっと見ていると、少しずつ息が楽になっていった。呼吸が落ち着いてくると、次第に頭も回り始める。未《いま》だミザール達の顔を見るのは怖いけれど、アルコルの腕の中はそんな不安を少しずつ消してくれた。

ようやく顔を上げることができたミモザは、一歩も引かずにミモザを擁護するアルコルに、彼らが苛立《いらだ》ってきているのに気づいた。

「っ……」

(いけない……このままじゃ……)

このままミモザのせいでアルコルとミザールの間に確執ができてしまえば、それがクーデターという最悪の未来を呼び起こすきっかけになってしまうかもしれない。

（止めなきゃ……っ……どうしたら……私のせいでアルコル様がっ……）

「待ってくれ！」

ミモザがパニックに陥りかけた時、中庭のほうから声がかけられた。驚いて顔を向ければ、遠くからアルカイドとフェクダ、他にあと一人見知らぬ生徒が走ってくるのが見えた。

「アルカイド、お前今までどこへ……」

「証人を探してきた」

「え……」

大して息を切らせることなく王太子の元へ一番に辿りついたアルカイドは、後から遅れてやってきた一人の生徒の肩を押して前に出す。いきなり王太子の前に突き出された青年は慌てたように礼をして、それからミモザのほうを見た。

「……確かに俺はスピカ嬢が裏庭に連れていかれるところを見ましたが、連れていったのは彼女ではありません、別のご令嬢でした」

「な……」

青年はそう言うと王太子達の視線に耐え切れず、居心地悪そうにすぐに礼をしてその場を去っていった。

「だが、」

「メラク様、もうやめて!!　ドウも、殿下もっ……どうして私の話を信じてくれないの!!」

ミモザとアルコルの前に両手を広げて立ち、スピカはそう叫ぶと、とうとう涙をこぼした。

「す、スピカ……私達は……君のために……」

「どこが私のためなんですか！　この方は他の生徒に囲まれていた私を助けてくれたんだって何度も言ってるじゃないですか!!　そんな優しい方に、みんなひどい言葉を……!!」

「スピカ……」

「ドウだって聞いてたでしょ！　判定の授業の時に水晶から手を離してって言ってくれたのだってこの方なのよ!!」

「え……」

スピカの叫んだ言葉に、はっとしたようにドゥーベが動きを止め、ミザールやメラクもまた驚いたようにミモザを見た。ミモザもまた、声の主が自分であったことにスピカが気づいていたことに驚いていた。

「学園には防犯用の監視水晶がついている。確認すればミモザくんがやっていないことは確かめられるだろう。誰かにやらせたかもという疑いに関しては、さっきアルカイドくんから聞いて、今アリオトくんとメグレズくんが調べてくれているよ。ただ、今のスピカくんの様子を見れば、わざわざ探すまでもなく彼女の潔白を示しているように見えるけどね」

肩を震わせて溢れた涙を拭っているスピカの俯く頭を見ながらフェクダが言う。

「それに、ミモザくんはずっと前からスピカくんの置かれている状況が悪いことを気にかけていたんだよ」

「そんな……」

「ドゥーベくん、君もだよ」

「え……」

「ミモザくんはスピカくんだけでなく君のことも悪い噂《うわさ》が広がらないように、嫉妬する令嬢達の話を逸《そ》らしたりして陰でうまく立ち回ってくれていたんだ。知らなかっただろう？」

「な……」

「スピカくんを心配するあまり、周りが見えていなかったんじゃないか？」

「っ……」

今までミモザを責めていた三人が揃《そろ》って沈黙すると、ミモザに向き直ったスピカは「ごめんなさい」と深く頭を下げた。

「ごめんなさいっ……私なんかを助けたせいで、こんな目にあわせて……ごめんなさい……!!」

目に涙を湛えて頭を下げ続けるスピカに、固まっていたミザール達もはっとしてそれに倣った。

「疑って、すまなかった……」

そう言って頭を下げた彼らにミモザは小さく肩を震わせる。ミモザの怯《おび》えた様子に表情を険しくしたアルコルはミモザを離して背に庇い「謝って済むことではないでしょう」と、その視線から隠した。

「人目がないといってもここは多数の貴族も通う学園です。誤解だったとはいえそのような言いがかりが万が一誰かの耳に入れば、彼女の名に傷がつくでしょう。それに身分に関係なく、女性が自分よりも体の大きく力の強い男性に囲まれ、頭ごなしに怒鳴りつけられれば恐怖を覚えるのは当たり前です。貴方《あなた》がたはそれを本当にわかっているのですか？」

「っ……」

「アルコル様……」

ミモザよりも怒っているらしいアルコルに、戸惑いつつ意を決してその袖を引いて止める。

「ミモザ……」

「もう、大丈夫です」

「しかし……」

「私のために、怒ってくださってありがとうございます……けれど、貴方が慕っている王太子殿下と、私のせいで仲違《なかたが》いをしてほしくないんです。お願いします……」

「………」

ミモザがたどたどしく紡ぐ言葉に、アルコルは反論しかけて、出かかった言葉を飲み込んだ。自分のことのように辛《つら》そうな顔をして眉を下げたアルコルに、少しだけ勇気をもらったような気がしたミモザは「もう少しだけ、頼ってもいいですか?」とアルコルの指先を少しだけ握った。

「その……もう少しだけ、こうしていてくださいますか……?」

「っ……あぁ」

すぐに強く握り直された手のひらと、先ほどよりも明るくなった顔に少しだけ微笑むことができたミモザはスピカ達に向き直る。

「誤解だとわかっていただけたのなら、もういいです」

「しかし我々は……貴女にひどい誤解を……」

「スピカ様、本当に怪我はしていないのですね？」

「はい、私は貴女様が庇ってくれましたから……」

「でしたら、殿下。私はことが大きくなるのを望みません……今日のことは忘れます」

「しかし……」

「もしも悪いと思ってくださるのなら、今後このようなことのないように、スピカ様の身辺の警護を充分になさってくださいませ。それと……どうか皆様、彼女の話に耳を傾ける柔軟さや余裕をお持ちくださるようお願いいたします」

「……わかった」

頭を下げたミモザに重々しく頷《うなず》いたミザール達は、僅かにほっとしたような表情になった。

「……サザンクロス嬢、こんなことを言うのは烏滸《おこ》がましいかもしれないが……君がずっとスピカを気にかけてくれていたというなら、もちろん我々もこのようなことが起こらないよう注意はするが、君もこれからスピカの友人として支えてやってくれないだろうか」

「それは……」

「侯爵家の令嬢である君がスピカの友人として行動を共にすれば、貴族達への抑止力になるはずだ」

「……確かに男の我々では限界もある」

「ミザール、メラクも……いくらなんでも言い過ぎだ。こんなことになって、サザンクロス嬢が頷けるわけがないだろう」

ミザール達の勝手な言い分に、それまで黙っていたアルカイドが二人を諫める。しかし二人が反論するよりも早く、アルコルが「貴方がたは何を言っているのですか」と怒りを露《あら》わにした。

「貴方がたはこんなことをしておいて尚、ミモザに彼女の盾となれと言うのですか？」

「それは……身勝手だとわかっている……だが、スピカには我々以外の協力者も必要だ」

「だからといってそれをこの状況で口に出すなど……王太子である貴方が口にしたことを断れる貴族がいると思うのですか？　スピカ嬢を庇うことでミモザにも危害が及ぶかもしれないのですよ!?」

「っ……アルコル様……」

大きな声を出したアルコルの繋《つな》いだ手を引き、反対の手でその袖を握りながらミモザは首を振る。

「アルコル様……いけません、これ以上は貴方様のお立場が悪くなってしまいます」

「しかし……！」

「お願いします……」

「っ……」

今の自分は悲壮な顔をしているだろう。けれどそれ以上に、アルコルを死亡フラグから遠ざけたい気持ちのほうが強かった。

「それが殿下の御心であれば、承りました。……スピカ様」

「っ……はい……」

怖くて少しだけ声が震える。自らスピカに関わりにいくなど、まるで死地に向かうような気持ちだった。腹が立たないわけではない。それでも、これ以上アルコルとミザールの間に溝を作るのは避けなければならなかった。未だ嗚咽《おえつ》しているスピカに、ミモザはできるだけ穏やかに話しかける。

「先ほど王太子殿下がおっしゃったように、私がそばにいれば他の令嬢達は貴女に手が出せなくなると思うの……だからせめて教室では一緒に――」

「っ、そんなことできません！」

「！」

否定の言葉を叫んだスピカに身を竦ませたミモザを守るように、握られた手のひらに力が入る。

「あ、ち、違うんです……一緒にいるのが嫌なわけじゃなくて、貴女を利用するみたいなことが嫌だっていう意味で……!! 助けてもらってこんなことになってしまって……私にはそんなことを言ってもらえる資格はないから……」

「……それなら、少しずつお話ししませんか？」

罪悪感からなかなか頷こうとしないスピカに、ミモザはゆっくり話しかけた。

「私達は同じクラスだけど、話したこともなかったでしょう？ 友達になれるかどうかはともかく、そのほうがお互いにいいんじゃないかと思ったの。もちろん貴女が嫌じゃなければだけど……」

「嫌じゃありません……でも、私は貴女にひどいことをしたのに、そんな風に私ばっかりが嬉しいのは駄目だと思うから……」

「嬉しい？」

「はい」

「私、ずっと貴女と話したかったんです」と、まっすぐミモザを見てスピカは言った。今まで話したこともないスピカに、そんな風に思われていたとは知らず。衝撃で一瞬言葉を失うも、早くことを収めてしまいたい一心で、それを利用することに決めた。

「私も……先生が言ったように貴女とお話ししてみたいと思っていたの」

「え……」

「それでも貴女が自分を許せないのなら、謝るのではなく、少しずつ歩み寄ってくれたら嬉しいわ」

「本当に……？　平民の私が嫌ではないのですか……？」

不安に揺れる金色の目がじっとミモザを見つめてくる。不審がっているというよりは、縋るような、拒絶や否定をされることを恐れているような視線だった。ミモザは「平民だからという理由では嫌いにはならないわ」と言い、スピカを見返した。

「…………」

「私達、今は動揺しているでしょうし……今日はもうお終《しま》いにして、お互いによく考えませんか？」

「考える……」

スピカが俯いて考え込んだタイミングで、アルコルが「もう今日は彼女を休ませたいので失礼します」と、ミモザの手を引いてその場から連れ出してくれた。最後に礼をとり、踵を返す直前にアルカイドと目が合った。アルカイドは、ばつが悪そうにミモザに向けて頭だけを下げた。

（そういえば……アルカイド様は、助けてくださったのね……）

あの王城での一件から今まで会うことはなかったが、ああしてミモザを助けてくれたのは、彼なりに成長し、自らの過ちを償おうとしてくれたのかもしれない。

（あぁ……なんだか頭がぐちゃぐちゃだわ……）

「送ろう」と言ったきり無言で手を引くアルコルの背中を見ながら、ミモザは明日からの我が身を思って、強い疲労を感じていた。

「お前馬鹿なの？」
「……そうね」
「あんなに必死に避けてたくせに、自分から天使の生まれ変わりの女に近づくとか……愚かにもほどがある」
「……本当ね」

あの後、アルコルに送ってもらい何とか辿りついた自室で。混乱し通しだった頭は考えることを放棄したらしい。ドアを閉めた途端どっと襲いかかってきた疲れに、ミモザはベッドに倒れこんで朝まで昏々《こんこん》と眠り続けた。目を覚ました時にはもう明け方近く、二度寝をしたら今度こそ魘《うな》されそうだと思ったので、そのまま起きて身支度を整えた。

レモンは着替えもせずベッドで眠っていたミモザを半目で見て、欠伸《あくび》をして伸びをしながら寝そべっていた籠から這《は》い出てきた。説明しろ、とでも言いたげな胡乱《うろん》な眼差《まなざ》しに早々に堪《た》えられなくなったミモザは、教室への道すがら昨日の顛末《てんまつ》をレモンに語り、その結果叱られているのだった。

机に突っ伏して項垂《うなだ》れると、頭上から大きなため息が降ってきて、机に座っていたレモンの前足が頭の天辺《てっぺん》に載せられる感覚がした。

まだ朝早い教室には人がいない。二階にある教室の席は基本的に自由なため、ミモザはいつも早めに来て一番後ろの窓際の席を取ることにしていた。窓から入る暖かく湿った風に、伏せたままだった顔をあげ外に向ければ、低く飛んでいる鳥の背が見えた。もうすぐ雨が降るのかもしれない。

「だって、放っておけなかったし……王太子様から言われたら断れないじゃない」

昨日アルコルが言っていたように、王太子の願いを断ることができるのはそれこそ王家の人間くらいだ。人を疑ってあれだけ強く非難しておいて、よくも言えたものだとミモザも思う。恐怖もあったし、腹も立った。今だってあの冷たい目や怒鳴られたことを思い出せば体が震えるというのに。

それでも、あのままスピカを放っておくのは後味が悪いというのも事実。誰に言われるまでもなく、ミモザが持つ身分があればスピカにとって大きな雨除《あめよ》けになることがわかっているのだから余計にだ。

昨日の令嬢達のように、他の生徒から受ける苛めは明らかに増長している。ああして目の前でそれが行われているのを見てしまったら、黙って傍観できるほど冷徹にもなりきれなかった。

「だから絆《ほだ》されたと？　しかも了承したそばからこうして後悔して悩んで……最初から嫌だって言えばよかったじゃねーか……はぁあ……人間ってわかんねぇ……それともお前が特別変なの？」

「今回にいたっては、返す言葉がないわ……」

レモンの言うとおりだ。これでは折るどころか自ら死亡フラグを立てているようなものではないかと、ミモザは項垂れた。言い返す気力もなく顔を上げ素直に「ごめんね」とレモンに謝る。

「べ、べつに謝らなくても、いいけどよ……」

「だって折角《せっかく》レモンも助けてくれたのに……」

ミモザが王太子達に糾弾されていた時、アルコルにそのことを教えてくれたのはレモンだと、別れ際にアルコルから聞いた。

「本当にありがとう、レモン」

「あーわかった、わかったから！　もうやめろ！　何回も言うなって言っただろ！　ただの気まぐれだ!!　修羅場になったら面白いなと思っただけだ!!　とにかくやめろ、体が痒《かゆ》くなる!!」

「ふふっ、そんなに悪ぶらなくてもいいのに……」

ミモザが礼を言うたびに、レモンはこうして短い後ろ足を必死に伸ばして首元をわしわしと掻いたり、手足をじたばたさせて背中を机に擦《こす》りつけたりする。それがおかしくて、ついミモザも何度も言ってしまうのだけれども。

「でも、レモンには今の状況のほうが都合がいいんじゃないの？」

「お前がいなくなったら俺の安全は誰が保障するんだ。奴らはふりふりのドレスだけでなく帽子や靴下まで履かせてきやがるんだぞ。思い出すだけでも恐ろしい……」

「ふふ……くっ……」

「笑うなっ！　いいか、とにかくお前はあの女にあんまり関わら――」

「おはようございます、サザンクロス様！」

レモンを遮る大きな声で挨拶したのは、今まで二人が話題としていたスピカだった。

「お、おはようございます、スピカ様……」

話に夢中になっていて気づいていなかったミモザは、肩を跳ねさせながらなんとか挨拶を返す。

「あのっ……っお話を、させてくださいますか?」と、思いつめたような顔をして言うスピカに、レモンは嫌そうな顔をしてさっとミモザの肩に飛び載り、顔が見えないようにその髪の中に鼻先を埋《うず》めてしまった。

「は、はい……ど……どうぞ……?」

ミモザが早鐘を打つ心臓を宥《なだ》めながら頷くと、「ありがとうございます」と、スピカは硬い表情で言った。どことなく顔色も悪いように見える。

(昨日の今日だし……仕方ないか……)

昨日のことを気にしているのだろう。唇を引き結び、胸の前で握られた手は小さく震えている。あっさり忘れられても困るが、こうして顔色が失せてしまうほど気にされてしまうのはミモザにとっても本意ではない。知り合ってしまった以上、スピカとの間にわだかまりを作りたくはなかった。

「ここに座らない?」

隣の席をぽんぽんと叩《たた》いて微笑みながらスピカをじっと覗《のぞ》き込むと、ミモザの表情に少しだけうろたえた後「わ……わかりました」と頭を下げぎこちなく隣へ腰かけた。膝の上で両手を握ったスピカは神妙に俯いていた顔を上げ、意を決したように「私、ずっとサザンクロス様とお話がしたかったんです」と言った。

「私と? 昨日も言っていたけど……どうして?」

「あの授業の時……最初は何が起こったのかわからなくて、怖くてパニックになってた時に女の人の声が聞こえて……それでその後、それが誰の声だったのか探すようになったんです。そして先日、サザンクロス様が第二王子殿下と廊下で話している声を聞いて、あの時私を助けてくれた声の主が貴女だと気づいたんです」

それを聞いて、かなり以前からスピカがミモザを認識していたことを知った。

「ずっと、お礼が言いたかったんです。でも皆さんがおっしゃるように、ただの平民が侯爵様のご息女であるサザンクロス様に話しかけてもいいのかわからなくて……それに今度は貴女からも嫌悪の眼差しを向けられたりしたらどうしようって、考えてたら言えませんでした。昨日だって貴女はそんな私に手を差し伸べてくださったのに……本当に意気地なしでごめんなさい……」

「スピカ様……」

「どうか私のことはスピカとお呼びください」

「…………」

「昨日、貴女に言われて一晩考えました。けれどやっぱり……私には貴女にそんな風に言ってもらえる資格はないと思いました。私は自分が許せない。ドウも、殿下も、メラク様も、みんなを止められなかったっ……私が話を聞いてもらえるほど彼らの信用を得ていれば、あんなことにはならなかったのに……。だから、私はこのままのうのうとそばに置いていただくわけにはいきません」

(意外と、頑固なのね……)

黙って話を聞いていたミモザは、頑《かたく》なに自分を許そうとしないスピカに、思っていたのと違う印象を受けた。

乙女ゲームのヒロインというからには、守られて傅《かしず》かれるのを当たり前に享受するような人物なのかと思っていたが、こうして話してみると、真面目で、純粋で、思ったよりも意思が強い。ヒロインだからと、それだけの理由で敬遠していたミモザは、話を聞いて他の貴族達同様自分も彼女の本質を見ていなかったのだと反省した。

ミモザが恐れていたのはスピカの人柄や考え方だった。もし彼女があの場でミザール達に守られるまま彼らの行動を止めなかったなら、ミモザだっていくら王太子の命令だったとしても絶対に頷いたりはしなかっただろう。先ほどだって簡単に昨日の出来事を流されて「お友達になりましょう」とか言われたなら、上辺だけの友人として相対するつもりだった。

実際学園を卒業してしまえば彼女が王太子や高位貴族と結ばれない限り、ミモザとの接点はなくなると言っていい。あくまで学園内だからこそ成り立つ関係なのだと、期間が限られていると打算もあったからこそ、あの場では王太子の命を受けるという選択をした部分もあった。

そして悪意はないが、無自覚にその正義を振りかざすような人間でも困る。昨日のことだって、いくら彼女が止めたところでそれを聞かなかったのは彼らだ。それが全て自分の責任だと言ってしまうのは、なんだか世間知らずな子供の綺麗事《きれいごと》のように思える。そんな彼女の無垢《むく》さが周囲に暴挙を起こさせる原因になったのも確か。

その純粋さは世界を救う天使たりうるために必要なものかもしれないが、被害にあったミモザにしてみれば、どちらが正しいのか判断することはできない。

話を聞いていたミモザがふと視線を感じて見渡すと、教室の前の入り口付近にドゥーベの姿があった。ミモザと目が合ったドゥーベはその場で頭を下げる。ミモザの肩が揺れたのに気づいたスピカもそちらを見た。

「っ……」

「！」

すぐにスピカが顔を背けると、わかりやすくショックを受けたようにドゥーベは項垂れた。

「しばらく口をきかないって言ったんです」

「え……彼にしてみれば大事な貴女を傷つけられたと思っての行動だったのでしょうから……貴女がそこまでしなくても……」

「どうしてそんなに優しいんですか。サザンクロス様は昨日のことをもっと怒っていいと思います！」

「優しいわけじゃないわ……あの場で私が怒ってもアルコル様のお立場が悪くなるだけですもの」

「それでも、ドウはサザンクロス様にひどいことをしたんです！　私の話だってちっとも聞いてくれなかった！　……小さい頃からずっとそばにいて、殿下達よりも、ずっと一緒にいたのに……信じてくれなかった……」

寂しそうに俯いてしまったスピカにミモザは苦笑する。許せないと言いながらもそうして肩を落としているのだから、スピカもまたドゥーベと仲違いしたことを気にしてしまっているのだろう。

「今の姿を見れば、昨日の貴女の言葉はちゃんと届いたんじゃないかしら？」

「……それでもやっていいことと悪いことがあります。貴女を怒鳴りつけ、第二王子殿下の言うようにそのお心を傷つけた。だからその原因である私が、ドウを簡単に許しちゃいけないんです」

「………」

「これ以上、貴女に迷惑をかけるわけにはいきません」

彼女はゲームでミモザを破滅に追い込むヒロイン。深く関わらないのが一番いいのはわかっている。

昨日起こってしまったことを考えれば、今後スピカはたとえ自分が傷つけられることがあっても、そのことをもう誰にも告げないだろう。言えば王太子達が暴走するのをあして目にしてしまったら、彼女の性格を鑑みれば一人で黙って耐えるという選択をするのが目に見えている。

(女は度胸だって、お母様が言っていたわね……)

昔母が教えてくれた言葉を思い出しながら、ふぅ、と一つ息をつく。ミモザが漏らしたため息にスピカの肩がびくりと揺れる。話を聞いていればスピカが悪い子ではないのはわかった。自分の与える影響を自覚しているのであれば、きちんと向き合って話す余地があるのではないかとも。

まずは話してみよう。駄目だったらその時にまた考えようとミモザは腹を決めた。どのみちここでスピカを突き放そうとも、庇護しようとも、どちらにしても立場が悪くなるのであれば後悔のないほうを選びたい。ミモザの耳元に顔を寄せていたレモンが、まるでミモザの頭の中を読んだかのように、呆《あき》れた声で「甘すぎる……」と漏らした。

また後で叱られてしまうかしらと思いながら、ミモザは苦笑して口を開いた。

「……スピカ、お腹空《なかす》いてない?」

「!」

ミモザに名前を呼ばれたことと、言われた言葉の意味がわからなかったのとで、勢いよく顔を上げたスピカがおかしくて少しだけ笑う。

「お腹……？」

「昔、母が言っていたのだけれど、怒るのってとってもエネルギーがいるのですって」

『カッとなった瞬間は絶対許さないって思うんだけど、怒り続けるのって意外と大変なのよ。私もあの人が高いヒールを履くなとかあまりにうるさいから、何度闇討ちしてやろうと思ったか……けど、ずっとは怒っていられないのよ。疲れちゃうし、お腹が空くと余計に苛々するしね。だから怒った時は許せるかどうかは保留にして、とりあえずご飯よ！　おいしいものは心を救う！』

ミモザは母のなんだか物騒な言葉に気を取られて、曖昧な返事しかできなかったことを思い出した。

「昨日の夕飯は食べた？」

「……いいえ」

「朝食は？」

「……食べていません」

「実は私も、色々考えてしまって……食べないで出てきてしまったの」

部屋を出る前、昨夜から何も口にしていないことに気づいたミモザは、家から届いた荷物の中に入っていたクッキーを鞄《かばん》に入れて持ってきていた。それを取り出し、丁度二人の真ん中に差し出す。

「妹がね、日持ちのするお菓子を焼いて送ってくれたから、授業の前に食べようと思って、持ってきていたんだけど……一緒に食べない？」

「そんな、私なんかが……っ」

「私と食べるのが嫌ならいいの……」

「い、嫌じゃありません！」

わざとしゅんとして悲しげに目を伏せれば、スピカはすぐに身を乗り出して首を振って否定する。

「そう、なら食べましょ？」

「っ……」

ケロリと笑顔になったミモザに、かあっと頬を赤くしたスピカは口をへの字に曲げる。

「嫌じゃないですけど、っ……私はさっきも言ったように、貴女の隣にいるには相応《ふさわ》し——んむっ!?」

またしても落ち込みそうな言葉を吐こうとしたスピカの口に、ミモザは無理やり大きめの市松模様のクッキーを突っ込んだ。

「んんっ……むぐ……」

「どう？　おいしい？」

「っ……は、い……じゃなくてっ……だからっむぐ！」

「まだお腹が空いてるみたいね、もっと食べる？　姉としての贔屓目《ひいきめ》を抜いてもとてもよく焼けていると思うの」

手で口を押さえてぶんぶんと首を振るスピカに、ミモザはつい声を漏らして笑う。

「……ひどいです」

「ふふっ……ごめんなさい……貴女があまりにも頑なだからつい……」

「笑ってしまってごめんなさい」と頭を下げると、スピカは赤い顔で「ほ、本気で怒ってませんから頭を上げてください！」と慌てて言った。

「本気で怒ってもらったほうが良かったのだけれど……そうしたらこれでおあいこにできるもの」

「……本気でおっしゃってるんですか？」

「えぇ、そうすれば一緒にお菓子を食べたりこうしておしゃべりする友達が一人できるじゃない」

「な……」

ミモザの言い放った言葉に、呆気《あっけ》に取られたようにスピカが口を開ける。

「正直に言うとね、王太子殿下にはああ言ったけれど……私も貴女と向き合う自信がなかったの」

「…………」

「諍《いさか》いや揉《も》め事《ごと》に巻き込まれるのが嫌で、貴女を庇いもせず、我が身可愛《かわい》さに遠巻きに見ていることしかできなかった。昨日のことだって、腹も立ったし、あの場を早く収めて立ち去りたい一心で王太子様の命を受けたのであって、そこまで貴女のためを思ってした行動じゃない……だから私は貴女にそこまでの罪悪感を感じてもらえるほど立派な人間ではないの……ごめんなさい」

「頭を上げてくださいっ……貴女はちゃんと私を助けてくれました！」

「それなら、ごめんなさいじゃなくて、ありがとうが聞きたいわ」

「っ……」

ミモザはできるだけ素直に自分の気持ちを伝えた。

「貴女はきっと真面目だから、私が言ったことをたくさん考えてくれたのね……でも、そうやって思いつめるほど悩ませたかったわけではないの。だから、ちゃんと考えてくれたのなら今はそれでいいわ」

「そんな……私」

「まぁ、まだお腹が空いているようね？」

「！」

ばっと両手で口元を押さえたスピカにミモザは笑う。ミモザが笑ったことで、からかわれたと知ったスピカは脱力して赤くなった顔を両手で隠した。

「少しは元気が出た？」

「……はい」

「お腹がふくれたら、少しは心に余裕ができると思うわ」

「余裕……」

「そう。今私とこうして話しているように、幼馴染《おさなじ》みの彼ともちゃんと話し合ったほうがいいと思うの」

「…………」

スピカは眉を下げ考え込んだ後、小さく頷く。その様子を見ていたミモザはほっと安堵して息をついた。今になってやっと感じた空腹に、ミモザも小さな星形のクッキーを口に頬張った。バターの香りが口いっぱいに広がってほろほろと砕けていく。寮へ帰ったら領地にいるアクルに今回も美味《おい》しかったと手紙を書こう。雨の匂いがして窓の外へ視線を動かせば、小雨がさらさらと降りはじめていた。

「あの…………ありがとうございます」

「どういたしまして」

赤い顔で隣でそう言ったスピカを見ながら、ミモザは心の中で澱《おり》になっていた不安が晴れていくのを感じていた。

✦母の教え その七
「諦めたら試合終了」

あれから、スピカは毎朝ミモザと同じくらいの時間に教室に現れるようになった。

そして「おはようございます」と挨拶をして、先生が来るまで他愛《たわい》もない話をする。最初は少し緊張していたミモザも、今では自分から普通に話しかけることができるほどには慣れてきていた。

一時だけでもミモザと過ごすようになり、スピカへの嫌がらせは大きく数を減らした。はじめは身分の違う二人が一緒にいることにざわついていた生徒達も、今では落ち着きを取り戻している。

貴族達はミモザを憚《はばか》ってスピカに絡もうとする人間はほとんどいなくなったし、商人や平民の生徒達もやはり今まで表立って言えなかっただけで、スピカを取り巻く状況をよく思っていなかった者達も結構いたようだ。ミモザと一緒にいる時のスピカは周囲からよく微笑《ほほえ》ましい視線を向けられていた。

そういった変化が、スピカにとってミモザが安寧をもたらしてくれた存在に思えたのかもしれない。

遠慮をするのは相変わらずだが、前よりはミモザに対して壁がなくなっていると思う。自分がしたことが本当に正しいことなのかはわからないが、一時期ずっと暗い顔で俯いていたスピカが少しでも笑えるようになったのだから、自分の行動も間違いばかりではなかったのだろうと思いたい。

「今日は夏季演習について説明するね」

雨の多い季節が過ぎ日差しが強くなりだした頃、教室へ入ってきたフェクダはそう言って資料を配りはじめた。手元に回ってきた資料に「夏季演習要綱」という文字が記されていたのを見て、ミモザはそれがゲームのイベントの一つであることに気づく。

『ゲームの中での大きなイベントの一つ、夏季演習。学園の裏手に広がる森で魔法や戦闘の実習を行う訓練のことよ。生徒全員参加で、班ごとに分かれて魔物を討伐したり、食料を調達したりして、一日をその森で過ごすの』

貴族も多いこの学園でそれは大丈夫なのかとも思うが、そこは学園の創設理念からみれば外れているわけではないから大丈夫、ということらしい。

『班分けも先生達が属性や修練度のバランスを見て決めたってことになってたけど、生徒達に身分の差がある以上、そこに忖度《そんたく》も多分に含まれているだろうしね。とにかくヒロイン達は魔物の現れる北の森へ演習へ行くことになるの』

要綱を捲《めく》れば、演習の場所はやはり「北の森」となっていた。真新しい紙の匂いのするそれに目を通しながら、スピカと同じ班になるのは誰だろうと考えを馳《は》せた。

『その時の好感度が高い攻略対象が二人、同じ班になるのよね。誰が一緒になったとしても大体の流れは一緒よ。王太子と同じ班になれなかったミモザは腹を立て、それがヒロインのせいだと逆恨みをして、その力で魔物を操りヒロインにけしかけるの。そして凶暴化した魔物に襲われてピンチになったヒロインを、同じ班になったその時一番好感度の高い攻略対象が助ける……っていうストーリーよ。そしてヒロインを排除することができなかったミモザは更に憎しみを募らせるっていう感じね』

（本当にどうしようもなく悪役なのね……）

ゲームのミモザのことを思い出すと本当に嫌になる。ミモザがこそりとため息をついていると、フェクダは既に注意事項の説明に移っていた。

「当日、班に一つずつ連絡用の水晶を配るよ。北の森には低ランクの魔物が生息している。君達の魔法でも対処できると思うけれど油断はしないでほしい。俺達教師も森の中を見回っているから、対処できないと思ったらすぐに撤退すること。あとは連絡用の水晶ですぐに先生に知らせるように」

低ランクの魔物でもミモザが操ったことで凶暴化したのだから、フェクダの言うように油断はできない。もちろんミモザはそんなことしないが、万が一にでもスピカが襲われたら大変なことになる。

「班はいつ決めるんですか」と一人の生徒から質問があがる。

「班は前日に発表するよ。前もって知らせちゃうと色々言ってくる人がいるからねぇ……」

げんなりと頭を掻《か》いたフェクダを見ながら、他の生徒達同様、ミモザもまた誰と一緒の班になるだろうと、期待に胸を躍らせる。死亡フラグやシナリオに怯《おび》えないわけではなかったが、魔法の実習をしたり、自分達で食料を調達して一晩過ごすなど、初めての体験であったから少しだけ楽しみだった。

そして、班分け以外にも気になっていたことがあった。あの場ではミモザも混乱していたから気づかなかったが、いくらスピカを害されたかもしれないといって、証拠もなく相手を糾弾するなど、ミザール達の行動が行き過ぎであったように思えて仕方ない。数日経《た》って落ち着いて思い出すと、あの日の彼らの言動はやはり違和感があった。

立場のある人間が怒りに任せてあのような暴挙に出るとは考えにくい。アルコルやタニアからも、ミザールは聡明で公正な判断ができる人物だと聞いていたのに、あの時のミザールはスピカどころか弟であるアルコルの話さえ聞こうとしなかった。ドゥーベに関しても、スピカに対して心配や過保護というには行き過ぎている気さえしてくる。

（それがもし……冥王の復活を願う悪魔の仕業だとしたら……）

膝の上で、惰眠を貪るレモンを片手でそっと撫《な》でる。かつてレモンが父達にやったように、ミザール達も姿の見えない誰かに悪意を吹き込まれているのだとしたら。今度の演習でも何か起こる可能性が高い。

スピカと騎士達の信頼関係が崩れていれば、いざ対峙《たいじ》した時、その状況はあちらに有利に働くだろう。あの後スピカはドゥーベと話し合い、ミザール達ともきちんと和解をしたそうだ。それについては良かったと思うものの危惧は尽きない。

冥王や悪魔といった姿の見えない相手にどう対処したらよいのか。今ミモザができるのは周囲と円満に過ごし、大切な人達がその悪意に巻き込まれることがないように注意することだけなのかもしれない。不安と期待を抱えて、ミモザは演習までの数日を過ごした。

そして迎えた演習当日。

「「…………」」

一体誰と同じ班になるのかしらと、少しだけ浮かれていたミモザの気分は、昨日班が発表されたことで一気に平静に戻ることになった。その理由の一つは目の前にいる青年。赤い髪に恵まれた体躯。

服こそ違うが腰には幅広の長剣を差している、まるで騎士のような出で立ちの。

「アルカイド様……」

そう、何故《なぜ》か同じ班にアルカイドがいたからである。

「……そんなに警戒するな」

ムッとするわけでもなく、歩み寄ろうとする気が感じられるわけでもなく、ただ平坦な声でアルカイドはそう言った。

「別に、警戒はしておりませんわ……ただ、どのように接していいかわからないだけです……それは貴方《あなた》様も一緒ではありませんの？」

「……そう、だな……」

「………………」

子供の頃の一件からずっと会うこともなく、見かけることはあっても会話をするような仲でもなく。同じ場に立ったのはミモザが彼らに糾弾されていた時だったから、あの時だって一言も会話することはなかった。

前にも言ったが、ミモザはアクルのことを泣かせたアルカイドのことをあまりよく思っていない。この間アルカイドの迅速な行動に助けられたことを思えば、彼だって成長したのだろうが、それだけで見直すほど、ミモザは今のアルカイドのことを何も知らなかった。気まずい沈黙が落ちる中、ミモザの後ろから明るい声が響いた。

「サザンクロス様っ……！」

ぱたぱたと桃色の髪を跳ねさせてミモザの前まで来たスピカは、そわそわと嬉《うれ》しそうに頬を染め「同じ班ですね！　よろしくお願いします！」と頭を下げた。

（まさか……同じ班になるとは……）

クラス分けもシナリオどおりだったから、今回の班分けもそうなんだろうと勝手に思い込んでいた。ゲームの中ではミモザがスピカと同じ班になることはなかったらしいから、スピカや騎士達を少し離れた場所から客観的に見られるだろうと考えていたミモザは、班員の名前を見て文字どおり絶句した。

「どうかされましたか？　も、もしかして私とじゃ……」

「ち、違うわ！　ちょっと緊張してしまって……こちらこそお願いします、スピカ」

「はいっ！　私、お役に立てるよう頑張ります！」

ミモザが微笑むと、ぱっと顔を輝かせたスピカは力強く頷《うなず》いた。桃色と白の被《かぶ》りの大きめな上着とキュロットがとてもよく似合っていた。

「……おい、いつの間にこんな懐かれてんだ」

「…………」

スピカの注意がアルカイドに移ってから、腕の中のレモンが不機嫌そうに聞いてきたが、ミモザは答えるべき言葉を持っていない。はぁ、と呆《あき》れたような特大のため息をついてレモンは再びミモザの腕に顎を載せて目を瞑《つぶ》ってしまった。今日のレモンはいつもよりも機嫌が悪い。

普段よりも多くの人間に接するからだろうか。けれど部屋で待っているかと聞いたら「ついていく」と即答し迷う素振りもなかった。具合でも悪いのかとミモザが口を開きかけた時、「そういえばアルカイド様とサザンクロス様は以前からのお知り合いだったのですか？」と遠慮がちにスピカから尋ねられた。

「え？」

「さっきお話をされていたので……」

「それは……」

「やぁ、皆早かったんだねぇ、遅れてごめん」

ミモザとアルカイド、両者が答えに窮したタイミングで三人に陽気な声がかけられた。

「っ」

「あ、アリオトさん、おはようございます」

「珍しいなお前が遅れるなんて……」

「いやぁ出がけに商会のほうから緊急の手紙が届いてさ……連絡とかしてたら遅くなっちゃったんだぁ……悪かったね」

息を飲んだミモザに気づかず、三人は話を始める。

（出たわね…最後の攻略対象……！）

『七人の騎士の一人、アリオト。イプシロン商会の会頭の息子で、幼い頃から父親についてあちこちの商店や顧客の家をまわっていたせいか、人を見る目と情報収集能力に長《た》けているわ。ゲーム内ではよく攻略対象達の好物とか、よく行く場所とか教えてくれたわね。普段はのほほんとしておっとりした喋《しゃべ》り方をしているけれど、商談の時は別人みたいになるの。いわゆる営業スマイル系男子ね』

営業スマイルの意味がわからなかったけれど、社交的な人物なのだろうと思った覚えがある。

『家業を継ぐのは外面《そとづら》だけの自分ではなく真面目な兄のほうが相応《ふさわ》しいと思っていて、自分はその下で働きたいと思っているのに、商才がありすぎて彼を次期会頭に推す声が多いの。そのせいで慕っていた兄との仲が険悪になってしまったことを気に病んでいたわ。朗らかで誠実なヒロインに普段の自分を認められて、彼女に惹《ひ》かれていくの』

(そうよね……スピカに何かあったら大変だもの……当然同じ班に騎士が配属されるわよね……)

でもだからって私をこの班に入れなくても良かったじゃないと、ミモザは一人遠い目をする。母から聞いた情報を思い出しながら、昨日から何度目かになる我が身の不運を嘆いていると、ふいに話を止めたアリオトと目が合った。

「ああ、ごめんなさい、自己紹介していませんでしたね。サザンクロス侯爵様のご息女、ミモザ様とお見受けします。私めはイプシロン商会で会頭補佐を務めております、アリオトと申します。以後お見知りおきを」

「はじめまして、ミモザ・サザンクロスと申します。こちらこそよろしくお願いいたします」

先ほどまでの間延びした喋り方とは打って変わって、はきはきスラスラと出てくる言葉は正に商人のそれであった。栗色の髪に人懐こそうな笑顔を浮かべ、口上を述べる姿はさぞや顧客の女性達の目を奪うことだろう。シンプルなシャツにズボンという出で立ちなのに様になっている。

「おうわさどおり麗しい方だ……どうぞご贔屓《ひいき》に、と言いたいところですが、貴女の前では我が商会の商品もくすんでしまいそうですね」

「……お褒めいただき恐縮ですわ。きっと貴方様の歌うような美しいお声に酔われて商会を利用される方も多いのでしょうね……ですがここは学園なのですから、どうぞ普通に話してくださいませ」

「おや、手厳しいな……」

くつくつと笑い声を立てるアリオトと、貴族の令嬢らしく社交辞令の笑みで淡々と返したミモザに、アルカイドとスピカは揃《そろ》って呆然《ぼうぜん》としていた。

「まぁ、仕事用の口調は疲れるから……そう言ってもらえると助かるなぁ」

「お前……いつもはあんな喋り方なのか……」

「そうだよー。普段行動を共にすることが多い人には普通に話すことにしてるんだ、疲れるから」

普段一緒に行動している彼らでさえ、アリオトの商人としての一面を知らなかったらしい。ミモザが対応できるのはひとえに淑女教育の賜物《たまもの》である。

「じゃあ、遠慮なく普通に話させてもらうけど……怒らないでね？」

「はい」

「こんなノロマな喋り方で嫌にならない？」

「うすら寒いお世辞を言われるよりいいと思います」

「そんなに寒かったかなぁ……」

頭を掻きながらアリオトは、じいっとミモザを見る。

「冗談はこれまでとして、商会のほうは本当に侯爵家の皆様にも満足していただける商品が揃っておりますので、どうぞご贔屓に」

「はい」

「……それと、麗しいって言ったのはお世辞じゃないよ」

「は」

背を屈《かが》めてじっと顔を見つめられてミモザはたじろぐ。

「噂よりも美人だし……頭の回転も早そうだし……好ましいと思う」

「おい、アリオト……やめておけ」

「うーん……貴女《あなた》が第二王子殿下の意中の姫君でなければなぁ……」

「………」

(この人ってこういう人なのかしら……?)

仕事の時は愛想よく誰とでも付き合えるが、普段はそこまで積極的に他人に興味を持ったりしないのかと思っていた。生い立ちからしても優秀さ故に苦悩を抱えた青年というような人物を想像していたミモザは、黙ってその話を聞きながらと母の情報から得た人物像とは少し違う印象に内心で首を傾《かし》げていた。

「私がどうかした?」

アルカイドの制止も聞こえていないのかアリオトが重ねて口を開こうとした時、その場に現れたのはアルコルだった。

「アルコル様」

「ミモザ、おはよう」

「おはようございます」

ミモザはスカートを摘《つま》もうとして、今日は制服ではないことに気づいた。動けるように灰色の乗馬服のズボンを穿《は》いて、その上に紺色のブレザーを羽織っていた。髪の毛もきちんと後ろで纏《まと》めていたし、足元はヒールのないブーツだ。荷物は肩から斜めに下げた鞄《かばん》に入れてある。

「動きやすそうな服だね、格好良くて似合ってる」

「ありがとうございます……」

演習とはいうけれど、やはり貴族の子女達は丈の長いスカートを穿いてくる人間が多い中で、先ほどのちょっとした仕草で今日のミモザの格好の意図にちゃんと気づいて褒めてくれたことが嬉しくて、ミモザはアルコルに表情を明るくして微笑んだ。

「私も貴女と同じ班が良かったな」

そう言うアルコルも今日は簡素なシャツの上にベストを羽織り、ズボンの裾を膝下までのブーツに入れているという動きやすそうな服装だった。腕まくりしたシャツから見えた腕が見慣れなくて、ミモザは誤魔化《ごまか》すように「アルコル様はどなたと一緒なんですか？」と聞き返した。

「メグレズと、あとは上級生だったよ」

「お互い頑張りましょうね」

「ミモザがいたらもっと張り切ったのに」と拗《す》ねるアルコルにミモザは苦笑する。

「そんなことを言ったら、メグレズ様が嘆きますよ」

「確かに、これ以上わがまま言ったらメグレズに怒られるな」

クスクスと笑ったアルコルはそっとミモザのほうへ手を伸ばして、耳の後ろ上の辺りに何かを挿した。

「ど、どうしましたの……？」

「お守り」

「お守り？」

「うん、星の花を模した髪飾りなんだ」

視線を斜めに傾けたことで、耳の後ろでしゃらりと流れ星のような音が鳴った。「簡単な守護の効果がついているよ」と言うアルコルに、ミモザは眉根を寄せる。

「それなら私よりもアルコル様がお持ちになったほうが……」

「髪飾りだから私はつけられないし、一緒にいられない代わりに私だと思ってつけていてほしい」

「っ……しかし……」

戸惑いながら、それでも頷けずにいると、苦笑したアルコルは膝をついてミモザの手を取る。

「アルコル様⁉」

「どうしても気になるというなら、後でいいから私のハンカチに刺繍《ししゅう》してくれないか？　前にアクル嬢にあげたと言っていただろう、私も欲しい」

「わ、わかりました‼　わかりましたから跪《ひざまず》くのをやめてくださいっ‼」

動揺したミモザが「王子ともあろうお方がすぐに膝を折ってはなりません！」と混乱した頭で言えば「貴女の前でしかやらないよ」と言われ、更に頭が沸騰する。

「………」

「……だから、やめておけと言っただろう」

呆然と二人の会話を見ていたアリオトの肩を、アルカイドが同情したように叩《たた》く。あの城での一件の時にも、去り際にアルカイドに「今後二度と彼女に手を出すな」と、恐ろしく低い声で忠告してきた人間が、目の前で言い寄る男を黙って見ているわけがないのを知っていたからだ。

「やぁー……まだ婚約してないし……少しは入る余地があるかなぁって予想してたんだけど……噂以上に仲良しなんだねぇ……」

「………」

傷ついているのかそれとも本気ではなかったのか、表情の読めない相手にアルカイドは返す言葉が見つからない。反対側には「素敵……本物の王子様とお姫様だわ……」と、頬を染めキラキラとした目で王子達を見つめているスピカがいる。そんな二人に挟まれながら少し遠い目をしたアルカイドは、一刻も早くメグレズが王子を連れ戻しにくることを願った。

結局、メグレズがアルコルを連れ戻しにくるよりも早く生徒達に集合が告げられたので、アルコルは自分の班へ戻っていった。

森の入り口までは全員で移動だが、そこから先は班ごとに別行動となる。ミモザ達の班には水属性を持つ者がいないため、飲み水を確保するためにも森の東側の湖を目指そうということになった。

「そういえば、ミモザさんの魔法は何？」

「私は闇の属性を持っているのですが、低レベルの攻撃魔法と、気休め程度の混乱魔法くらいしか……大したことはできないんです。戦闘ではあまりお役に立てないと思います」

「そうかぁ……珍しい属性とはいっても使える能力が多いわけじゃないんだねぇ」

森を探索しながらミモザは表面上は申し訳なさそうに笑い、自分の能力をそう説明した。

「魔物なら僕とアルカイドでなんとかなると思うから、スピカさんと一緒に後方で支援をお願い」

「アリオト様は何の属性なのですか？」

「様じゃなくてさん付けで呼んでほしいなぁ……俺は土属性だよ。土で壁作って防御したり、人形にして荷物運んでもらったりとか……まぁ応用すれば便利な能力だよ」

「そうなんですか……アルカイド様は？」

「俺は火だ」

アルカイドは王太子の側近としても戦闘訓練などを受けているはずだから、万が一魔物に遭遇した時は彼らの言うように任せたほうがいいのだろう。それにここにはスピカもいる。フェクダによればスピカの光魔法はかなりの高位レベルなのだというから、戦闘に関しては心配は少ないのかもしれない。

「では火を熾《おこ》すことには困りませんね」

リュックの紐《ひも》を握りながら歩いていたスピカが言う。

「そうね……あとはお水と食べ物が見つかればいいんだけど……」

メグレズのように木属性を持っていれば実の生る木を魔法で生み出すことができるし、水属性を持つ者は飲料水を初めから確保できているのだから、それだけでも有利である。そう考えると属性の違いによって結構な格差があるのだなとミモザは思った。

「食べ物は……何も用意していないのか？」

「簡易的な携帯食なら持ってきました」

「いや、そうでなく……」

どこか驚いたように聞いてくるアルカイドに首を傾げると、何かを察したようにアリオトが言葉を続けた。

「あぁ……えっと、ご令嬢の大多数は、お付きの人を連れてきたり、食事もその人達が用意してることが多いから……アルカイドもそう思ってたんじゃないかなぁ」

「え……そうなのですか？」

「まぁ……高位貴族だと、そうだな……」

言いにくそうに目を逸《そ》らし前に向き直ったアルカイドの背を呆然と見ながら、ミモザは頭を抱えた。

昔母が「夏だからキャンプしましょう！」と、一晩過ごせるだけの装備を持ってミモザを連れ外へ行こうとしたことがあった。当然アリアに止められ、結局部屋の中にテントを張って、そこで作ってもらったサンドイッチを食べて気分だけを味わうことになったわけだが、その時に母は「本当のキャンプは食料を自分達で用意してその場で調理するのよ」と言っていた。

だからそういうものだと今まで思って生きてきたが、どうやら貴族の常識では違うらしい。

「えっと……私、てっきり食料は自分達で調達するものだと思っていまして……」

「俺達はそうするつもりだったが……あんたはそれでいいのか？　見つからない場合は携帯食だけになるぞ」

「はい、それは仕方ありませんわ」

「まぁ……その格好を見た時からなんとなくわかってはいたけど……やる気満々だったんだね、ミモザさん」

「そうだな、何日も前から鞄に荷物詰めて浮かれてたもんな」

「レモンっ！」

ぽてぽてとミモザの足元を歩くレモンに、浮かれぶりをばらされてミモザは叫ぶ。恥ずかしい。

「うぅ……」

「だ、大丈夫ですよサザンクロス様！　今の時期の森にはおいしい山菜やきのこだって、きっとたくさん生えてます」

「私にも見つけられるかしら……」

「大丈夫です。私、村ではよく野草とかを摘みにいっていたので、見分けるのは得意です」

恥ずかしさで少し不安になったミモザはスピカの声に励まされ、沈みかけた気を持ち直す。

「スピカは学園に入る前は何をしていたの？」

「ほとんど毎日羊の世話とか、畑仕事とか……さっき言ったみたいに森へ野草を採りにいったりとかですね。日のあるうちは外で働いて、夜になったら家の中で糸を紡いだり加工して工芸品を作ったりしていました。……小さな村だったので、遊ぶことといえばドウと草原を駆け回ったりとか、お喋りをするくらいしかなかったんですけど」

「そうなの……」

「サザンクロス様は……あ……こんなことを聞いたら失礼ですね……」

「そんなことはないわ。でも私の毎日なんて貴女に比べたら味気ないと思う。毎日お勉強があったし、好きに外出なんてできないもの……あぁでもね、妹と過ごす時間だけはとても楽しいの。すごく可愛《かわい》い子なのよ」

「前にクッキーを焼いてくれた妹さんですね」

ミモザがアクルのことを口に出した瞬間、肩を揺らしたアルカイドが振り返る。

「？　……どうかなさいました？」

「いや……」

「なんでもない」と再び前を向いてしまったアルカイドに首を傾げつつ、ミモザは隣を歩くスピカを見る。最初は遠慮して少し後ろを離れて歩いていたスピカだが、ミモザと話しているうちに隣に並んでいたことに気づいて、はっとしてまた一歩下がる。

（やっぱり……気にするわよね……）

それを残念に思いつつ、ミモザは人と仲良くなることの難しさを痛感していた。スピカは平民で、ミモザは貴族。身分の差が存在する以上、わきまえなければいけないところはわきまえなければならないが、スピカは一人の人間として尊敬できる相手だと思ったし、今ではもっと仲良くなりたいと思っている。

（えっと……誰かと仲良くなるためには……）

『友達を作るのに決まった方法なんてないわ。遊んでいるうちに、気づいた時にはもうできてたりするものだしね。けど大人になると、そうはいかないことのほうが多いわ。自分の言ったことで相手がどう思うか、いやな気持ちになったりしないか、そう考えてるうちに言葉が出てこなくなって、足踏みしている間にどんどん難しくなってしまうのよね。それでも、そうやって相手のことを考えて悩むのは無駄《むだ》じゃないと思うの。だって考えたら考えた分、その子ともっと仲良くなりたいって思うじゃない？　大事なのは思いやりを忘れないでいること』

その話の流れで、ミモザはふと「恋バナすると盛り上がるのよね」と少女のように頬を染めて言っていた母の姿を思い出す。

（恋の話といっても……スピカは、今誰か好きな人はいるのかしら？）

スピカが誰を選ぶかによって、これから先の未来は変わってくる。一番仲が良いのはドゥーべだと思っていたが、この班分けを見ると違うのかもしれない。恋らしい恋もしたことがないミモザが相談にのれるかは不明だが、考えたらちょっとだけ楽しそうな気がした。

それからしばらくそうして歩き、太陽が丁度空の真上辺りまで昇った頃に湖の畔《ほとり》へ辿《たど》り着いた。

「ここらへんに拠点を作ろうか」

平坦な場所を見つけたミモザ達は、そこへ腰を落ち着けることにした。湖の近くまで行き周囲を見渡すと、近くに同じように拠点を作り始めている他の班の姿が木々の間から見えた。

「そうだな……ここなら水場も近いし、比較的他の班も近くにいるようだし……魔物が襲ってきた時に協力して対処しやすい」

「はいっ」

「俺は周囲を探索してくる。獲物がいれば狩ってこよう」

「じゃあ、俺は魔法で竈《かまど》を作ったり、魔物避《よ》けのための壁を周囲に作ったりするから、二人は近くで食べられそうな野草の採取と、下ごしらえとかお願いできるかなぁ？」

「わかりましたわ」

早速想像していたとおりの演習行動に、ミモザは張り切って拳を握る。

「草採るだけだろ」

「だってこんなこと、家ではさせてもらえないもの」

「阿呆《あほ》らし」

ミモザの足元でレモンは伸びをして欠伸《あくび》をすると、すぐに木立の中へ歩いていく。

「どこか行くの？」

「お人よしには付き合いきれないんでね」

ぷいとそっぽを向いて、すぐに茂みの中へ見えなくなってしまった黒い後ろ姿に、ミモザは嘆息して肩を揺らした。ミモザがスピカと仲良くしようとしているせいか、ずっと機嫌の悪いレモンを見送ってから、ミモザは気持ちを切り替え深呼吸する。

（折角《せっかく》の演習なんだもの……与えられた役割は全うしないと！）

しかし、その決意は開始後ものの数分で崩れることになるのを、この時ミモザはまだ知らなかった。

「見て、食べられそうなキノコを見つけたわ！」

「サザンクロス様、それは食べちゃ駄目なやつです！」

「これはヨモギね」

「それはキクですね」

「……これはニラかしら」

「多分スイセンだと思います」

ミモザの見つけたものは、ことごとく毒のあるキノコや、食べられない野草ばかり。更に。

「えい」

「っ……あ、あのっ……包丁を使う時の左手は猫のほうがいいと思います！」

「そうなのね……でもやっぱり刃物を使うのは怖いわね……」

「……っ……！」

子供の頃からサザンクロス邸で気配を遮断して厨房《ちゅうぼう》でその様を見ていたとはいえ、実際見るのとやるのでは大違いであった。貴族の子女は調理などできなくても困らないかもしれないが、いつか家を出なければいけないかもしれないミモザにとっては重要なことだった。家でも深夜にこっそり練習をしたことがあったが、そんなミモザの思いとは裏腹に、調理だけはいくら練習してもうまくなる気配がなく今日まできてしまった。

ミモザの手元を見ながらスピカは顔を青くして手を胸の前で彷徨《さまよ》わせている。

「できた……けど……」

なんとかキノコや葉を刻み終えたミモザだったが、それは大きさが疎《まば》らな物体があちこちに飛び散っているだけの惨状に見えた。

「…………」

(我ながらひどいわ……)

板の上の有り様にミモザは不甲斐《ふがい》なさで一杯になる。これでも手を切らなかっただけ上出来と言えただろう。きっとスピカはずっと横ではらはらしながら見ていたに違いない。申し訳なさを感じながら、ミモザは「これではもったいないお化けが出てしまうわ」と呟《つぶや》いた。

「もったいないお化け?」

「えぇ……昔母が言っていたの。食べ物を粗末にすると、もったいないお化けが出るって」

好き嫌いをしてはいけないという意味で言ったのかもしれないが、食べ物を粗末にしているという意味では、現状もそれに当て嵌《は》まっている気がした。

「どうしよう……折角集めたのに……」

「っ……大丈夫です!　まだなんとかなります!」

落ち込んでしまったミモザを励ますように、スピカは散らばった食材を集めて、手際よく大きさが揃うように細かく刻んだ。

「すごい……上手ね、スピカ!」

「家でもやってましたから!　具だくさんのスープにしましょう。そうしたらお腹《なか》も満たされるし、夜は冷えますから体も温まって一石二鳥です！」

「ごめんなさい、私のせいで手間をかけさせて……」

「……違いますよ、サザンクロス様。そういう時はありがとうです」

「！」

スピカの言葉にミモザは目を瞠《みは》る。照れたように頬を染め、無心で食材を刻むスピカの横顔を見ながらミモザは笑った。

「ありがとう」

「はいっ」

同じように微笑んだスピカが切った具材を鍋に入れながら「サザンクロス様にも苦手なことがあるんですね」と言った。

「なんだか親近感がわきました」

「ふふ、それなら苦手だった甲斐があったかもしれないわ」

スピカに笑ったミモザは「お菓子作りも難しいわよね」と言った。

「そうですね。お菓子って分量をきちんと量らないと失敗しやすいですよね」

「私の場合きちんと量っても駄目なの。昔、私の作ったチョコを食べた王城の毒見役の人の歯が欠けてしまって、アルコル様の前で大泣きしたことがあって……」

「えっ」

今思い出しても恥ずかしくて情けなくなる。ミモザの黒歴史を聞いて驚いたスピカに「スピカは私のことをすごいって褒めてくれるけど」と前置きして続ける。

「失敗も、できないこともたくさんあるし、こんな私が本当に貴女の友達でいいのかと思う時もあるの」

「そんなことありません！　それは私のほうこそです！」

胸の前で手を組んだスピカが「私が今どれだけ救われているか……」と真剣に言う。その表情に嘘《うそ》はないように思えてミモザも安堵《あんど》する。

「私ね、今はスピカと友達になれて良かったと思ってる……だから、私のことも名前で呼んでほしいの」

ミモザが意を決して言うと、スピカは驚いた表情で「私なんかが……本当に呼んでもよろしいのでしょうか？」と迷うように言った。

「もちろん」

「……ミモザ様」

緊張した面持ちのスピカに返事をすると、スピカも嬉しそうに笑った。呼び捨てでよいというのはスピカの精神衛生上よろしくないだろうから様付けで妥協するが、友人を作るという目標が叶《かな》ってミモザはふわふわした気持ちで目の前のスピカに微笑み返した。

しばらく話していると、くつくつとスープを入れた鍋が煮立つ音が会話に混じるようになった。

「私、今のうちに洗い物してきますね」

「私も行くわ」

「少ししかないので一人で大丈夫です！」

「ミモザ様は鍋の番をお願いします」と言い残して、走っていくスピカに「遠くへは行かないでねー」と間延びしながら声をかけたのは、先ほどまで少し離れた場所で竈を組み上げていたアリオトだった。

「楽しそうだったね」

「聞こえていましたか？　演習中に不謹慎でした。ごめんなさい」

「怒ってないよ。最初少しぎこちなかったから、仲良くなれたのならそれでいい」

ミモザの隣に腰を落ちつけながら「はい」と差し出されたのは絆創膏《ばんそうこう》だった。

「手は切っていませんよ？」

「足、靴擦れしてない？　歩き方が変だよ」

「…………」

「貼ったほうがいいと思う」

大して親しくもないミモザの小さな不調にも気づくとは、流石《さすが》に観察眼に長けているだけある。これしきの移動で靴擦れを起こしたなどと呆れられたくなくて黙っていたが、これ以上隠すのも無駄だと思ったミモザは礼を言って差し出された絆創膏を受け取った。

「貼ってあげようか？」

「結構です」

「つれない、残念」

ちっとも残念そうではない声でアリオトは笑ったが、ミモザが靴を脱いで絆創膏を貼る間はちゃんと横を向いていてくれた。

「……この絆創膏はイプシロン商会のものだったのですか？」

「そうだよ。宝石やドレスの服飾部門に比べれば取り扱いは微々たるものだけどね」

「このテープとガーゼが一緒になっている絆創膏とても使いやすくて、私気に入ってるんです」

「家でも使っています」とミモザが言うと、アリオトは驚いた顔をした。

「あ、あぁ……これは前に冒険者の人から教えてもらったんだ。その人は転生者で、色々画期的な商品の話を聞かせてもらったから、商品化したんだ」

「そうなのですね。ただ貴族向けなのか少し価格が高めですよね。こういった画期的な医療品こそもっと領民達の手に行き渡ればいいのに」

「……貴族向けとは別に、材料を変えて安価で提供できる商品は現在開発中だよ」

「そうなのですね！　もし手軽に手に入るようになれば、些細《ささい》な傷口から感染を起こすようなことを少なくできるでしょうね」

「…………」

治癒魔法は存在していても、その魔法が使える者も、受けられる者も一部に限られる。日常の些細な怪我《けが》や病気は、医者にかかって投薬や安静にして治す他ないというのがこの国の現状だ。中途半端に治癒魔法などがあるためか、こうした薬の開発や医療品の普及が思うように進んでいないという問題もあった。

だからたとえ絆創膏一つでも、領民達に行き渡れば彼らが健康に生活する一助となるだろう。そう思ってミモザは口にしたのだが、いつまでもアリオトから反応が返ってこないため、おかしなことを言っただろうかと、首を傾げて相手を見た。

「絆創膏に食いつくって……」

呆然とミモザを見ていたアリオトは、ぶはっと噴き出すと両手で腹を抱えて笑った。

「やばいなぁ……本当におしいな……でも第二王子と敵対するのはちょっと……うん……」

「え？　アリオトさん？」

「何か私変なことを言いましたか？」と慌てるミモザを尻目に、笑い声を収めた相手はかしこまって片手を胸に当てて頭を下げた。

「いやぁ、第二王子殿下があれだけ牽制《けんせい》する理由がわかった気がする」

「はぁ……？」

よくわからず首を傾げると、表情を正したアリオトが再び口を開く。

「……貴女はこの間スピカさんを助けてくださったそうですね。ありがとうございました」

「たまたま居合わせただけです。アリオトさんにお礼を言われることではありません」

「数日の間、彼らの様子がおかしかったからアルカイドに聞いたんだ。貴女が身をもってあの場を収めてくれたから、スピカさんは今こうして平穏に過ごせているんだと思う」

「……それもなりゆきです、買い被り過ぎですわ」

「俺はその場にいたわけじゃないけど、貴女が頷いていなかったらきっと王太子派と第二王子派の対立にまで発展する可能性があったと思うよ。水面下で動いてる世継ぎの問題は当事者がいなくても勝手に大きくなる」

冥王が復活してもおかしくないこの時世に、それは国を揺るがす大きな事象だとアリオトは言う。

「それに国がごたつけば人も物も流れが止まってしまうし、下手をしたら内乱のどさくさに紛れてどこかの国が攻め込んでくるかもしれない。そうなったら商売なんてしてる場合じゃなくなるしね。だから買い被りでなく、ありがとうでいいんだよ」

「………」

相手の口から出てきた意外な言葉にミモザが目を丸くする。

「案外、真面目に色々お考えになっているのですね」

「不真面目に見えた？」

「はい」

「即答かぁ……」

「何かへこむなぁ」と呟くアリオトに、ミモザは笑いながら「ありがとうございます」と言った。

「ん？」

「……私、あの日の行動を少しだけ後悔していました。でも今そう言ってもらえて、全部が無駄じゃなかったんだなと思ったら少し肩の荷が下りました。だから私もありがとうでいいんです」

「そっか」

へら、と笑ったアリオトは、照れを誤魔化すように頭を掻きながら後ろ側を見た。

「もっと話していたいけど……あんまり貴女を独り占めしてると怒られるかな」

「え？」

「あいつも、何か貴女に言いたいことがあるみたいだよ」

立ち上がったアリオトが歩いていった木の陰から出てきたのは、肩に酒樽《さかだる》くらいの大きさの猪《いのしし》らしきものを担いだアルカイドだった。

「アルカイド様……お戻りになっていたのであれば声をかけてくだされればよかったのに……」

「悪い……決して立ち聞きしていたわけでは……」

「別に聞かれて困ることじゃないから構わないよー。でも言いたいことがあるならそんな遠くから見てないでちゃんと言ったほうがいいと思うな」

「っ」

「じゃあ俺はスピカさんの様子を見てくるね」

片手をひらひらと振ったアリオトは森の中へ消えていく。残されたミモザとアルカイドは、再び落ちた沈黙にお互い気まずさを覚える。

「……とりあえず、それを下ろしてはいかがでしょう？」

「そうだな……」

ぎこちなく頷いたアルカイドは、獲物をどすんと地面に下ろし肩の埃《ほこり》を手で払った。

「すごいですね。どうやって獲《と》ったんですか」

「仕掛けた罠《わな》に追い込んだだけだ。別に難しいことじゃない」

「…………」

アリオトの話だとアルカイドは何かミモザに話があるらしい。何を言われるのかと待っていたが、何も言い出ださない相手に困惑しながらミモザは口を開く。

「そういえば……この間のお礼をまだ言っていませんでしたね……ありがとうございました」

「！」

ミモザが素直に頭を下げて言うと、アルカイドは驚いた顔をしてから顔を背けて「礼を言われることじゃない」と少しだけ悔しそうに言った。

「むしろ謝るべきは俺のほうだ」

「貴方が迅速に動いてくださったおかげで、私の疑いは晴れましたから」

「それだけじゃない。あんたがあのことを内々に収めてくれたから大事にはならなかったが……本来なら許されることじゃない。言い訳になってしまうが……あいつらは普段あんなこと言う奴《やつ》らじゃないんだ。なのにあの時は……スピカを守りたい一心で周りが見えなくなっていたんだと思う……そして止め切れなかった俺にも責任はある」

「すまなかった」と頭を下げたアルカイドに、スピカの面影が重なった。

「……皆さん、責任感が強すぎますわ」

「……？」

スピカといい、アリオトといい、揃いも揃ってどうして自分のしたことでないことを悔やんで悩んで謝罪や礼をするのか。アルカイドにしてもそうである。

ミモザだって謝罪ばかりされていると、周囲にまだ怒っているのだと誤解されているのではと気が滅入《めい》るし、かといってさっきのように礼を言われても、そこまで考えて取った行動ではないし過大評価だと恥ずかしくもなる。

「…………」

目の前で不思議そうな顔をするアルカイドの姿をじっと見る。

(随分変わられたのね……)

あの頃より体は一回りも二回りでも足りないくらいがっしりとして、袖口から見える腕には傷も多い。何より顔つきが違う。以前のような驕《おご》ったところは見えず、相手のことを真摯に考え、立場と職務を全うする姿に、この数年心身共に研鑽《けんさん》を積んだのだろうと察せられた。

「言いたいことというのはそのことでしたの？　でしたらもういいです。今のところ不都合は起きていません」

「いや……言いたいことはまだ他にあって……」

「まずはこの間のことを謝罪をすることが筋だと思っていたから」と慌てたように言うアルカイドにミモザは首を傾げる。

「っ……サザンクロス嬢、その……アクル嬢……いや、妹御に謝罪をする機会を与えてもらえないだろうか」

「アクルにですか？」

大きな体を丸め、ミモザの反応を恐れるかのようにアルカイドは神妙に頷く。

「ずっとあの時のことを謝罪したいと思っていた」

「あの時、アクルはきちんと貴方の謝罪を受け入れたはずです」

「それでも、あの時の俺は焦りと保身で上辺だけの謝罪をしたのかもしれないと……そう考えたらやはりもう一度ちゃんと謝るべきだと思ったんだ」

あれからアクルがアルカイドのことを話題にすることはなかった。無理をしているわけではなく、本当にもう済んだことだからと割り切っている感じだったので、あえてミモザも話題にはしなかった。

「アクルはもう気にしておりませんよ？　むしろ貴方が目の前に現れることで昔のことを思い出して落ち込むかもしれませんわ」

「やはりそう思うか……」

更に落ち込んだアルカイドは、叱られた犬のように小さくなった。

「そうだな……相手が必要としていない謝罪をしたいというのは、俺の一方的な自己満足だ……やはり烏滸《おこ》がましかったな……」

「…………」

繰り返し言おう。ミモザはこのしゅんとした雰囲気にとても弱いのだと。

「……わかりましたわ」

「っ！」

「ただ、いきなり会うのではなく手紙を書いていただけませんか？」

「手紙を……？」

「アクルにはアルカイド様から手紙を預かったと話をします。それであの子が読みたくないと言ったら、そのまま持ち帰ってきます。その時は諦めてください」

ミモザとて譲歩できないことだってある。いくらアルカイドが変わったとはいえ、アクルが彼を拒否したなら望まれても会わせるつもりはない。

「……わかった」

神妙に頷いたアルカイドは「学園に戻ったら書く」と言って、下に置いた獲物を引き摺《ず》って捌《さば》くために茂みの奥へ去っていった。その背を見送りながらミモザはほっと息をついた。

アルカイドの言いたかったことが、まさかアクルに謝りたいということだったなんて。意外だと思ったが、それでもあの事件のあと、アルカイドがそこまで変わってくれたことがなんだか頼もしかった。

アルコルもメグレズも、アクルもアルカイドも。色々あったけれど、今こうして穏やかな関係を築けていることにミモザは安堵する。コトコトとスープの煮立つ音を聞きながら、このまま味方が増えていけば最悪の未来を回避することも難しくないのではないかと思う。この時のミモザは胸に湧いた小さな希望に確かに浮わついていた。

しかしその小さな希望は、森の奥から聞こえたスピカの悲鳴と、不安を掻き立てられるような低い鳥の鳴き声によって掻き消された。

「っ!?」

「行くぞ!!」

「はい!!」

危機感の募る声にアルカイドは素早くスピカ達のいるほうへ走りだした。その後ろをミモザも必死についていく。

(どうして……やっぱりスピカが襲われるシナリオは変えられないの……!?)

さっきまで隣で笑っていたスピカの姿が頭に浮かぶ。

どうか、どうか無事でいて。懸命に足を動かして、ミモザは必死にアルカイドの背を見失わないように走る。

「っ……スピカ!!　アリオト!!」

アルカイドが二人を見つけて叫ぶ声が聞こえる、そのすぐ後に剣戟《けんげき》の音がした。

『グァアアォア!!』

同時に森の中に木々を震わせるような禍々《まがまが》しい声が響いた。

「ぐっ!?」

「アルカイド様っ!!」

魔物の起こした衝撃波によって数メートル弾《はじ》き飛ばされたアルカイドの体を受け止めて、ミモザはそのまま後ろへ尻餅をつく。衝撃に閉じていた目を開けると、森の少し開けた場所にいるそれの姿を捉えた。

「悪いっ……」

「いいえ、あれはっ……!?」

「ガーゴイルだ……こんな魔物がどうしてここに……!!」

この森には生息しないはずの魔物の出現に、アルカイドの声に焦燥が混じる。ミモザも初めて見た魔物に、恐怖からか身体《からだ》が震え、呼吸と一緒に悲鳴を飲み込んだ。

魔物は大きな毛むくじゃらのコウモリのような見た目をしており、血のように赤い目は視線を一点に定め、地面近くをその鋭い爪で抉《えぐ》っていった。視線の先を辿れば、そこには後ろに座り込むスピカを庇《かば》うようにアリオトが膝をついて、土壁でその攻撃を防いでいた。

「アリオト!!」

すぐに起き上がり再び剣を構えたアルカイドは、ミモザに「俺がひきつけている間にスピカ達を頼む!!」と言い残して、魔物へと向かっていった。

「っ……」

躊躇《ちゅうちょ》している暇はない。ミモザは魔物に斬りかかるアルカイドから目を離して、スピカ達の元へ走った。

「スピカ!!」

「ミモザ様っ……!!」

「怪我はっ!?」

「私は大丈夫です!!　けど、アリオトさんが……!!」

「っ」

地面に片膝をついて左の手で反対の肩を押さえながら伸ばした手で、目の前に大きな土の壁を築いていくアリオトの姿にミモザは息を飲む。その肩から背中にかけてぐっしょり赤い色で染まっていたからだ。

「怪我をっ……」

「あー……ミモザさん、ちょっと咄嗟《とっさ》だったからうまく避けられなくて、格好悪いところを見られちゃったなぁ」

「わ、私を庇って、アリオトさんは私を庇って怪我をしたんです……!!」

血の気の失せた顔で気丈に振る舞うアリオトに、スピカは自分のせいでアリオトが重傷を負ったことに涙を浮かべパニックになっていた。

「どうしよう……!! 私っ……私のせいで……!!」

「落ち着いてスピカ!」

「だって、こんなひどい怪我っ……」

「しっかりしなさい!」

バチン、とスピカの頬を両手で叩いて、そのまま挟み込んで顔を合わせる。

「貴女は回復魔法が使えるはずでしょう!」

「さっきからやってるけど、発動できないんですっ……!!」

「どうして?」

「わからないっ……このままじゃ、アリオトさんが死んじゃうっ……! どうしよう……!!」

「大丈夫よ、もう一度……!」

「っ」

「もう大丈夫だから、怖かったわね……ここにいるわ、絶対、絶対大丈夫だから……」

目の前で自分を庇った人間が重傷を負ったのだ。取り乱したスピカの気持ちもわかる。目の前には見たこともないような凶暴な魔物、じわじわと自分を庇う背中を赤く染めていく色に恐慌状態に陥ったスピカはうまく魔法が発動できていない状態にあるのかもしれない。そう思ったミモザは、スピカに安心させるように言い聞かせた。

スピカに暗示は効かない。絶対なんて言葉はないということもわかっている。けれどアリオトを救うには今はそう言うしかなかった。

「ミモザ様……」

「大丈夫、ちゃんと息を吸って……もう一度やってみましょう？」

「っ……」

ようやく目の焦点が合ったスピカが、両手を組んで回復魔法を発動させる。光の粒子がスピカを中心に渦まいて、練り上げられた金色の光がアリオトの上で大きく弾けた。降り注ぐ金色の粒子にアリオトが「ふぅ」と息をついて、後ろに尻餅をついた。

「アリオトさんっ」

「あぁ大丈夫、ちょっと気が抜けちゃっただけ……回復はちゃんと効いたよ」

「ホラ」と右肩をぐるぐると動かすアリオトに、スピカはぽろぽろと涙をこぼして「良かった」と嗚《お》咽《えつ》を漏らした。

「ミモザさん、俺はアルカイドの加勢に行くから今のうちにスピカさんを連れて避難して」

怪我は治っても消費した魔力や流れた血がすぐに戻るわけではない。アリオトが作ったこの壁もそんなに長くはもたないらしい。

「あれと遭遇してすぐに連絡はしたけれど、他の場所でも同じような魔物が出たらしくて、しばらく加勢は見込めないんだ。だから、もし他の戦えそうな生徒が近くにいたら応援を頼んでくれるかな」

「そんなっ……！」

他の場所でも同じような魔物が出ているなんて、思ったよりも悪い状況にミモザは青褪《あおざ》める。

「二人のことを守り切るだけの余裕がないんだ。だから早く……っ!?」

「きゃあぁっ!?」

大きな破壊音がして、ミモザ達を守っていた壁が土煙と共に崩れる。崩れた瓦礫《がれき》の上には、そこに叩きつけられたらしいアルカイドが倒れていた。

「アルカイド!!」

「ぐ……っぅ……くそ……!!」

げぼっと口の中の血を吐き出したアルカイドが、剣を支えにして身を起こす。

「ミモザさん、アルカイドを後ろに!!　スピカさんっ回復を!!」

「は、はいっ!!　っ、きゃあぁ!?」

「スピカさんっ!!」

アルカイドの前に立ちはだかったアリオトには目もくれずに、魔物は一足飛びにスピカの身体をそ

の足で地面に押しつけるように縫いとめた。

「かはっ……!?」

「スピカっ!?」

地面に叩きつけられた衝撃から苦悶《くもん》の声を漏らしたスピカに、気がつけばミモザは魔物の前に飛び出していた。スピカや攻略対象達の前で能力を使わないほうがいいなんて考えは、頭の中からは一切抜け落ちていた。今ここで躊躇したならばミモザはきっと一生後悔する。

「やめなさい!!」

きっ、と目に魔力をこめて魔物の目を見返す。赤いのに黒くて何かドロドロしたものがその奥に渦巻いているようだ。けれども目を離すことはしない。相手の思考に制限をかけ意識の主導権を奪うように魔法をかける。

高ランクの魔物らしく簡単には精神干渉を受け付けてはくれない。抵抗するように魔物は首を振って逃れようとするが、絶対許さないとミモザは幾重にも暗示をかけ続けた。

「っ……その子を、離しなさい……」

『グルァア……!!』

「離すのよ!!」

何度目かの思考制限の末、魔物はゆっくりとスピカの体の上からその足を上げた。

「スピカ、今のうちに離れて……アルカイド様達のほうへ……!!」

「ミモザ様……っ」

「早く、もうもたないかもしれない……っ！」

精神支配に抵抗しようとする魔物と、その思考を制限しているミモザの精神状態は拮抗《きっこう》している状態にあった。けれど先ほどから幾重にも魔法をかけ続けているせいでミモザの魔力は尽きかけてきている。そうしてやっとスピカがアリオトとアルカイドの元へ辿りついた時、ミモザの気が一瞬弛《ゆる》んだのを感じた魔物は、それまで受けていた支配を完全に跳ねつけて一際大きく嘶《いなな》いた。

『グァ……グルアッァアアァ!!』

「や……!!」

抑えつけられていた怒りの矛先をミモザに変えた魔物は、その鋭い爪のついた足を振り下ろした。

咄嗟に横へ飛んだミモザは、すぐに起き上がって森の中へ駆け出す。

「っ駄目だ!!」

「ミモザ様っ!!」

後ろからミモザの名前を呼ぶ声が聞こえたが、後ろへ戻れば彼らが巻き込まれるのがわかっていたから立ち止まるわけにはいかなかった。ミモザは枝や木に阻まれた道なき道を選んでひたすら走った。あちこちぶつけたり、葉に掠《かす》った頬が痛かったりしたが形振《なりふ》り構っていられない。

『アアアォオア!!』

低く、憎しみを滾《たぎ》らせたような声と森をなぎ倒す音が後ろから追いかけてくる。もっと早く走らなければと思うのに、思うように足が動かない。恐ろしくて鳴りそうになる歯を食いしばって足を動かすことだけを考える。向こう見ずに逃げているわけじゃない。少しでも時間を稼げれば、回復したアルカイド達の増援が望めるはず。近くには他の班の生徒達もいたはずだ、そこまで辿り着ければ。運がよければ騎士の誰かにも会えるかもしれない。諦めない、諦めたらそこで終わりだってお母様も言っていた。

「っ……はっ……ぁ……っ死んでたまるものですか……!!」

ミモザはそう信じて懸命に足を動かした。

「っ!!」

走っていたミモザの前が急に開けて、暗い森から出た眩《まぶ》しさに慌てて立ち止まると、目の前にはほど高い崖があり、その下にまた広がる森が見えた。

「っ……そんな……」

そこまで高くはないが、飛び降りられる高さではない。横を見ても、同じような断崖が続いているのが見えるだけだった。

『アァァア……!!』

引き返さなくてはとミモザが後ろを向けば、すぐそこまで魔物が迫っているのが見えた。逃げ道もなく、数メートル上から爪を振りかざし飛び掛かってくる魔物の姿にミモザは咄嗟に後ろへ下がってしまった。

「っ……きゃぁぁっ……!!」

がくんと自分の体が宙に浮く感覚がしてミモザが声をあげ身を硬くした瞬間、耳のすぐ近くで何かが砕ける音がした。

『グァ、アァァァァァ!!』

カッと突然辺り一面を包んだ白い光に断末魔をあげ身を捩《よじ》る魔物の姿が掻き消されていく。その姿が光の中に消えたのを最後にミモザの意識は遠のいた。


光が収まり静けさを取り戻した森の中で、魔物の消えた跡を一羽の小鳥がじっと見ていた。その無機質な緑色の目で、魔物の先にいた少女の姿が崖の下へ消えたことを確かめた小鳥は、止まっていた木の枝から羽ばたこうと羽を広げた。

しかし次の瞬間、突如飛び掛ってきた黒い塊によって小鳥は地面へ叩きつけられることになった。キィ、と高い声で嘶いた小鳥を、黒い塊はもがく体を力任せにそのまま前足で地面へ押しつけた。

「お前っ……!!」

「……久しぶりなのに、随分な挨拶だね、同胞」

「やっぱりお前がやったのか!!」

「そうだよ。あの女が邪魔しなければもう少しで天使を始末できたのに。くだらない正義感で首を突っ込んだのが悪いんだ。見た？　あの怯えた顔、最高に面白かったね」

「きゃはは」と声を上げて笑った小鳥は、地面に縫いとめられていることをものともせずに、自分を押さえつけている黒猫を勝ち気に見上げる。

「どうして人間なんかの心配をしてるのさ、それにその姿……まさか、人間に飼われてるわけじゃないよね？　レモンなんて名前まで貰《もら》ってさ」

「っ……」

「僕を見てたのはお前だけじゃないよ。お前の腑抜《ふぬ》けた姿を僕だってずっと見てたさ、裏切り者」

「うるさいっ!!　お前だってラムエルって呼ばれて人間のそばにいただろ!!　どういうことだ!!」

「僕は冥王様のためにちゃんと働いてる。役目を放棄したお前に責められなきゃならないことなんか一つもないよ」

反論できない黒猫の手から少しだけ力が抜けた隙をついて、小鳥は空へ舞い上がった。

「本当に僕たちを裏切ったの？」

「…………」

「王子の評判を落とし、孤立させ、あの女の憎しみを焚《た》きつけてクーデターを起こさせるのがお前の仕事だろ？　それなのに悪意の種を撒《ま》くどころか、その人間に飼われて呑気《のんき》に暮らしているなんて」

心底軽蔑したように小鳥は言った。

「僕はお前がそうやってサボってた間もちゃぁんと働いてたってのに。おかしいよね、みんな気づかないで自分の意思だと思って行動してるんだから。しかも僕のこと味方だって信じてるんだ。ほんと馬鹿《ばか》みたい。ねぇ何でお前は何もしなかったの？」

「……お前には、一生わかんないかもなっ!!」

「っと！　危ないなぁ」

再び飛び掛ってきた黒猫の爪を躱《かわ》して、小鳥は手の届かない高い枝へと飛び移った。

「ねぇ、どうして僕にそんなことするの？　たった一人の兄弟じゃないか」

「……それもお前にはわかんねぇよ」

「今ならまだ間に合うよ。ねぇ僕と一緒に行こう、王子の周りに悪意をばら撒けばまだ間に合う。クーデターを起こせるよ」

囁《ささや》く小鳥に「行かない」と答えた黒猫は頭上にいる相手をねめ上げながら姿勢を低くした。

「っ……!!」

「どうしてさ、お前だってさっき僕がしたことを止めもしないで見てたじゃないか」

「まぁ止めたくてもできないよね、そんな存在意義に反することしたら消えちゃうかもしれないもんね。人間を庇うくせに、仲間を裏切ることもできない、中途半端で哀れな奴」

黙りこくった相手に「どうしても僕と来ないつもり？」と小鳥は言う。

「……いかない」

「僕よりもあの人間のほうが大事なの？」

「…………」

「……答えられないんだ」

諦めたように小鳥は嘆息する。

「っ……ラムエル……！」

「……言い訳なんか聞きたくないね。いいよ、お前がそのつもりなら、僕はお前の大事にしてるものを全部めちゃくちゃに壊して、冥王様に捧げてやる……後悔したって遅いんだからな！」

「ラムエル！」

ばさりと羽を広げて飛び上がった小鳥は、その緑の目に憎悪を滾らせながら黒猫の黄色い目を見返した。

「僕に構ってる暇なんてないんじゃないの？　もうすぐ日が暮れるよ？」

「っ……」

「大事なお姫様は今頃崖の下でどんなことになっているだろうねぇ」

「きゃははは」と高い笑い声だけを残して、小鳥は朱に染まり始めた空へ羽ばたいて消えた。レモンのすぐ側には押さえつけた時に散った白い羽が数枚残っていた。憎憎しげにそれを睨《にら》みつけ、踵《きびす》を返して森の中を走り出す。

空の端はもう暗くなり始めている。崖の下にいるであろうミモザのことを想いながらレモンは森の中をひたすら走った。

閑話　どんな理由があったとしても

ミモザはいつだって、無自覚に僕のことを救ってくれた。

『僕が嫌にならないのか』

ミモザが城に来てくれるようになって数ヶ月、止めていた勉強を再開したはいいが、なかなか成果がでないことに苛立《いらだ》って、情けなくてそんなことを言ってしまったのだと思う。己が口にした言葉だというのに失望を覚えた。

卑屈な自分を見られたくなかったはずなのに、思いどおりにならない現状に焦ってそんなことを言ってしまうなんて。けれど歯噛《はが》みした自分に、ミモザは首を傾《かし》げて「嫌になんてなりませんよ」と、当たり前のように言った。

『私が失敗をしたら、アルコル様は私のことが嫌になりますか？』

『そんなわけないだろう!!』

ミモザから嫌われてしまうことはあっても、嫌いになることなんてありえない。思わず肩を掴《つか》んで叫んでしまったが、ミモザはそんな僕を見ておかしそうに「私も同じです」と微笑《ほほえ》んだ。

兄にミモザを紹介した時もそうだった。並ぶ二人の姿がとても様になっていて、兄のことが羨ましくて。もしかしたらミモザも他の令嬢達のように兄のことが好きになってしまうかもしれないと、二人の様子を見ながら恐怖していたというのに、ミモザは挨拶と最低限の会話をしただけで、兄には目もくれずさっと僕の後ろに隠れてしまった。

その仕草が可愛《かわい》くて一瞬恐怖していたことを忘れたが、ミモザらしくない姿に一体どうしたのかと兄が去った後に問うたら「特に話すこともありませんし」という答えが返ってきた。

『でも兄上はダンスも上手だよ？　僕よりも兄上のほうが勉強もできるし、剣も上手だし』

『それは年齢差があるので、ある程度は仕方ないことだと思います』

『それに格好良いよ』

『格好良いかどうか判断できるほど私は王太子様のことをよく知りませんもの』

ミモザの言葉が信じられなくて、頭の中は疑問符で一杯になった。同じように怪訝《けげん》な顔をしたミモザは何故《なぜ》僕がそんなことを言ったのか本気でわからないようだった。

まさかの反応に虚を突かれたが、自分はその言葉にひどく安堵《あんど》したのを覚えている。

ミモザを困らせないだけの知識が欲しかった。守れるだけの力が欲しかった。その隣に立つのに相応《ふさわ》しい人間になりたかった。だからずっとそばにいてもらうために努力した。

そうして一年、二年と過ごすうちにもミモザはどんどん綺麗《きれい》になっていった。出会った頃からずっと綺麗だと思っていたが、成長と共に少女らしい快活さは落ち着いて、しとやかな女性らしくなっていく姿にどうしようもなく目が奪われた。その内面を知っているからこそ可愛くてたまらなかった。

そして、そんなミモザに惹《ひ》かれるのは自分だけではないということも嫌と言うほどわかっていた。僕が隣にいるにもかかわらずミモザに目を奪われている人間は多いし、サザンクロス家には未《いま》だに婚約の申し込みがあるのだと聞けば焦りしか生まれない。

数年かけてようやく体重と身長がつり合うようになり、信頼してもらえるよう誠実に接するよう心掛けた。話し方も変え、態度にだって表した。けれどそれはことごとく通じていなくて、ミモザが気づいてくれたのは学園への入学が間近に迫った頃だった。しかも、自棄《やけ》になって「格好良くなった?」と聞いたら「格好悪かったのは最初の時だけです」と事もなげに返された時の衝撃と言ったらない。

自分にとって消したかったはずの忌々《いまいま》しい過去が、そんなたったの一言で許せる日がくるなんて、思いもしなかった。

事件が起こったのはそんな矢先だった。入学式を終え、星の花が咲いたことで国中に落ちていた暗い影が天使の再臨により活気を取り戻し始めていた頃。

『一番後ろの校舎の裏庭だ。早くしろ。天使の女に暴力振るったっていう濡《ぬ》れ衣《ぎぬ》で、お前の兄貴達に責められてる』

メグレズと庭を歩いている時に、レモンからもたらされたその言葉に頭が真っ白になるのがわかった。引き止めるメグレズに目撃者を探すよう言い残し、気がついた時には走り出していた。

近づくにつれ、兄や騎士に選ばれた黒髪の青年が詰《なじ》る声が聞こえた。地を蹴る足に力を込め勢いよくその場に飛び込めば、肩を震わせて今にも倒れそうに顔を青褪《あおざ》めさせたミモザが見えた。そして、僕の姿を認めた途端その瞳から涙を溢《あふ》れさせたのに、一瞬我を忘れそうになった。

憤りを必死に抑え、兄達の話を聞いたがミモザが一方的に責められる謂《いわ》れはなくて。当人であるスピカの言葉さえ聞き入れない兄達の理不尽な言動に違和感を抱いたものの、ミモザを守りたいという思いが段々と口調をきつくさせた。けれどそれを止めたのも他でもない彼女だった。

『王太子殿下と、私のせいで仲違《なかたが》いをしてほしくないんです』

僕の立場を慮《おもんぱか》って、あの場を収めるために兄の言うことを飲み込んでしまったミモザに、結局また守られてしまったのだと忸怩《じくじ》たる思いだった。

その帰り道、いつもなら話しても話しても話し足りないくらいだというのに、かける言葉を見つけられず、ミモザもまた遠くを見るような目でぼんやりと歩きながら何かを考え込んでいた。底知れない何かに怯《おび》えるような、いつもと違う様子に胸が痛くなった。

彼女が抱えている不安を取り除いてやりたい。けれど結局本当の意味で助けられなかった自分に何ができるのだろうと考える。今にも泣き出しそうな空に己の無力さが痛いほど身に染みた。

翌日、心配になって様子を見にいくと、教室でスピカと談笑している姿が見えた。笑っている横顔に安堵するのと同時に心配が過《よ》ぎる。

無理をして笑っているのではないか、昨日のことを思い出して怯えてはいないか。心配してやきもきしていた僕に、ミモザは休憩時間に会いにきてくれた。

『大丈夫？　本当に、嫌な思いはしていない？』

『はい……スピカと話してみて、私も彼女と仲良くなれたらいいなと思いました……っ……』

『無理、してない？』

『だ、大丈夫です……話の通じない方ではありませんでしたわ……あ、の……恥ずかしいので、その

『……手を』

「……離してくださいませ」と蚊の鳴くような小さな声で言われ、その時になってようやく自分が心配のあまりミモザの片手を握りしめて、至近距離で顔を覗《のぞ》き込むように喋《しゃべ》っていたことに気づいた。

『す、まない……』

　間近で見た赤い頬とか、恥ずかしいのか引き結ばれた唇から慌てて目を逸《そ》らして距離を取る。ミモザが自分を好きになってくれるまで、きちんと節度を保とうとしているのについ頭に血が上っていたせいで失念していた。

『いえ……』

　頬を染め目を伏せるのが可愛い。後ろからその姿を目にした者達の感嘆のため息や呟《つぶや》きが聞こえ、無意識に眉間に皺《しわ》が寄る。見られたくないなどと。ミモザは自分のものではないというのに、自らの狭量さには毎度嫌気がさした。

『アルコル様、どうかお気をつけて』

　だから、その一報を聞いた時、朝そう言って別れたミモザの笑顔を思い出してしまったら、もうじっとしていられなかった。


「森の東と西で同時に高ランクの魔物が出現したんだって」

「先生達は西側で発現した魔物にかかりきりで東側へ行けないらしい！」

「なんでそんな強い魔物がこんな場所にいるんだよ⁉」

「戦える生徒は東側の増援に、それ以外は他の班と合流して森の入り口まで戻るようにって……」

教師達からの通達を受け、騒ぎ出した生徒達の間を縫うように走り出す。

「アルっ‼」

「っ」

見つからない姿を探して森の奥へ行こうとするアルコルの腕を掴んで止めたのはメグレズだった。

「落ち着いて！」

「しかしっ……」

「さっきフェクダ先生から東側に行くように指示がありました。東側の魔物と交戦しているのはスピカ嬢達の班らしい」

「つな……じゃあミモザもそこに……‼」

最悪の想像に目の前が暗くなる。

「おそらく。今先生達は西に、東へは王太子殿下とメラク様、ドゥーベが向かっているそうです。俺もすぐにそちらに行きます」

「僕も行く！」

「いけません、アルは他の生徒達と一緒に森の外へ避難して、そこで生徒達を落ち着かせ待機していてください」

「メグレズ‼」

「駄目です！　教師や王太子殿下がいない今、不安がっている彼らを落ち着かせることができるのは王子であるアルだけです。王族としての務めをお果たしください」

「兄上だって向かっているのだろう！」

「王太子殿下はスピカ嬢の加護を得ている騎士だからです」と、メグレズも苦しそうな顔でアルコルを諭した。

「アルカイドが苦戦していると聞きました。おそらく天使の加護がない人間では相手をするのは難しいでしょう」

「っ……それでも、僕は……!!」

「アル……ミモザ嬢は俺が必ず見つけます!!　だからどうか!!」

「っ……」

メグレズの言葉に歯を食い縛る。騎士でもない自分が行っても足手まといになるだけなのだと、この場にいる身分の高い者として先導する責任があるのだと、頭では理解していても頷《うなず》けなかった。こうして駄々を捏《こ》ねている間にもメグレズの増援を遅らせているだけだとわかっている。結局頷くしか選択肢がないことも。

「……わかった」

「はい」

「ミモザを……頼む……」

「はい、彼女は俺にとっても大切な友人ですから、必ず……!!」

「メグレズも……無茶はするな」

アルコルの言葉に頷いて決意を固めた顔で森の奥へ走っていくメグレズを見送って、アルコルは森の入り口へ踵《きびす》を返した。

「魔物は先生方と騎士達が戦ってくれている！　皆は森の入り口へ！」

声をかけながら、森の中に残っていた生徒を誘導する。好きな相手一人助けにいけないこの身が、ただ一人の親友を危険な場所へ見送らねばならないこの身が煩わしい。それでも、今自分にできることをしなければきっと彼らに顔向けできなくなる。森の入り口まで戻ると、そこは避難した生徒達で溢れていた。上級生と協力して人数の確認や、連絡の取れていない者の確認を行う。

「魔物がここまで襲ってきたら？」

「先生達でも苦戦してるっていうのに……」

あちこちからあがる不安の声に声をかけて回る。

「先生達だけでなく、兄上……騎士達も戦ってくれている。きっとすぐに無事に帰ってくるよ」

不安は伝播《でんぱ》しやすい。実戦を経験したことがない生徒達が、魔物という存在にどれだけ動揺しているかが伝わってくる。これだけの集団がパニックを起こしたのでは収拾がつかなくなるだろう。

一声で人心を惹きつけるような兄のようなカリスマ性は自分にはない。行いは小さくとも一人一人不安を訴える者の側《そば》へ行き「大丈夫だから」とアルコルは声をかけ続けた。

「アルコル様、戦闘のため自発的に現地に残った者達以外は揃《そろ》ったようです」

「……そうか、ではそのまま待機させてくれ。不安がっている者には声かけを忘れずに」

避難者の中にはやはりミモザの姿はなかった。

「王太子殿下達が戻ってきた!!」

忸怩たる思いでその場にいたアルコルは、その声に反応して戻ってきたミザール達へ駆け寄った。

「兄上っ……ご無事ですか!?」

「アル……」

怪我《けが》を負ってぐったりとした様子のアルカイドに肩を貸しながら、ミザールはアルコルの姿を認めて苦しそうな顔をした。

「魔物はどうなったのですか？　メグレズ達は？」

「西側の魔物は先生方が倒した。東側へ我々が着いた時、スピカと重傷を負ったアルカイドとアリオトしかいなかった」

「っ……ミモザは……彼女はどうしたんです!?」

「魔物に追われて森の中へ逃げ込んだんだ……早く探しにいかないと……っ……」

兄の肩で呻くように声を漏らしたアルカイドに「その怪我では無理だ！」とミザールが言う。

「そ、んな……」

「駆けつけた先生方が魔物の消失は確認したらしい……けれどそれに追われていたサザンクロス嬢が見つからない。今、スピカやメグレズが森の中を探している」

「っ……兄上、あとはお願いします!!」

「アルっ……!!」

アルコルは制止の声を聞かず走り出していた。

「はっ……は……っ……」

森の東側を目指して一気に駆けて、そこで人の気配を探す。

「誰かいないか！　どこだ……！　メグレズ!!」

真新しい人の歩いたような草の踏まれた跡を見つけて、まだ近くに誰かいるだろうとあたりをつけメグレズの名前を呼ぶ。

少し遠くから、微かな返事が返ってきた声がした。その方向へ足を向け走りながら呼べば、また声が返ってくる。

「メグレズ！」

「っアル!?」

森の中にその深い緑の頭を見つけて、名を呼びながら駆け寄った。

「無事か!?」

「俺は大丈夫です!!　けど、どうしてここに」

「……ちゃんと兄上と交代してきたよ。戦闘に関わっていなかった者達は全員無事避難できている。あとは兄上が見ていてくれるだろう」

「そうですか……ミモザ嬢の行方がわからないことも聞いたのですか？」

「あぁ……」

「森の荒れたところを辿《たど》ってきましたが……まだ見つけられず……」

「申し訳ありません」と、白くなるほどきつく拳を握ったメグレズに怪我がないことを確認して「探そう」と肩を叩《たた》いた。

「ミモザはどうして一人で追われていたんだ？」

「スピカ嬢の話だと、魔物に囚《とら》われたスピカ嬢を助けるために、魔物に魔法を使ったらしいです」

「でも……ミモザの魔法はそんなに能力値が高くなかったんじゃないか？」

「……おそらくそれで魔物を屈せられず、怒りの矛先が彼女に向いたのではないかと……」

「魔物の消失を確認したというのは？」

「フェクダ先生です。高位の魔物はそれだけ大きな魔力をもっていますから……その魔力反応が突然消えたと言っていました」

アルカイドでも苦戦した魔物をミモザが一人で倒したとは考えにくい。姿を隠しているにしても、魔物が消えた今もこうして姿を見せないのは不自然だ。魔物が消えたことを知らないでそのまま隠れ続けているのか、それとも動けない怪我でもしているのか。

「もうすぐ日が暮れる……」

焦る気持ちとは裏腹に一向にミモザの姿は見つからない。

「……っ……ミモザ……」

アルコルが声を漏らした時、がさりと近くの茂みが揺れた。

「レモン!?」

茂みを潜《くぐ》り抜けた黒猫は、アルコルとメグレズの姿を認めると、体を震わせて葉を落とした。

「レモン！　ミモザと一緒ではないのか!?　ミモザはどこにいる!?」

「……なぁ、お前はアイツの味方か？」

「何を言っているんだ？　ミモザの居場所を知っているのか？」

「あぁ、知ってる」

「なら！」

「アイツの抱えてる問題を知っても、なお味方でいられると誓えるか？」

「問題……？」

じっとアルコルを見つめたままレモンは言う。

「アイツの本当の能力と、今までしてきたこと、これから起きること」

「…………」

「これからもっとアイツには悪意が降りかかるだろう……アイツだけじゃない。お前も、その周囲も巻き込まれる。関わるというのなら危険が及ぶし命の保証もできない。だからお前に問う。その時になってもお前はアイツの味方でいられるのか？　それが約束できないのならこれ以上関わるな」

「レモン、一体何の話を……」

淡々と話すレモンに動揺するメグレズを手で制して、アルコルはレモンの前に片膝をついた。

「わかった、約束する」

「アルっ……」

「ミモザがどんなことを抱えていようと、答えは決まってる」

「っ……しかし、レモンの話では危険が貴方《あなた》の身にも降りかかるかもしれないんですよ!?」

「……たとえそうだとしても、諦めるなんてことできないんだ」

「アル……」

「話せ、レモン」

「……聞いたら後戻りはできないぞ？　約束を破ったら承知しない。その時は俺がお前の命をもらう。悪魔との契約だ。それでもいいのか？」

「あぁ」

「…………」

迷いなく頷いたアルコルに、メグレズもまた心を決めてにアルコルの後ろに同じように片膝をついた。

✦母の教え その八
「自分の気持ちほど思い通りにならないものはない」

「う……」

何かが頬に触れミモザは気がついた。覚醒した意識にゆっくりと閉じていた目を開ければ、頬を掠《かす》めていたのは地面に生えた草であることが窺《うかが》える。視線を上げた先の空は暗く、木々の隙間からは崖の肌が見えていた。

「……っ」

痛む体に顔を顰《しか》めながら身を起こすと、未《いま》だ森の中にいることがわかった。

「……どう、なったの……？」

あの時、確かに自分は崖から落ちたはずだ。目の前に迫る魔物の恐怖も、絶望的な浮遊感もはっきりと覚えている。魔物の姿を思い出して無意識に身を震わせたミモザの指に、コツリと何か固いものが触れた。

「これは……」

光沢のある白い小さな破片が地面に散らばるように落ちている。耳の後ろに手をやり確認すれば、やはりアルコルがくれたお守りの髪飾りはそこになかった。花びらの欠片《かけら》を指で一つずつ拾い上げる。もう駄目だと思った瞬間、すぐそばで聞こえた何かが割れるような音、魔物を消し去った強い光。

「……守ってくださったのね」

拾い集めた欠片を握りしめて胸に抱く。脳裏に描いた姿に少しだけ落ち着きを取り戻したミモザは、自分の置かれている状況を整理した。

今いる場所から岸壁が見えることから、ここはミモザが落ちた崖の下であることに間違いなさそうだ。前も後ろも鬱蒼《うっそう》と繁る木々が続いており、方角がわからないと進む方向を決められそうもない。辺りはだいぶ暗くなっていた。どのくらい気を失っていたのかはわからないが、空の様子を見れば二時間も三時間も経《た》っているわけではない様子だった。

「っ……痛……ぁっ……」

髪飾りの破片をハンカチにくるみポケットにしまって立ち上がろうとすると、右足に鋭い痛みが走った。必死だったので覚えていないが、どこかでぶつけたか挫《くじ》いたかしたのだろう。足をつくたびに走る痛みに数歩も歩けず、ミモザは早々に座り込む。

「どうしよう……」

これでは自力で森を脱出するのは難しい。さわさわと葉の擦《す》れる音が響く暗い森は心細かったが、ここで助けを待つ他ないようだ。

(魔物がいなくなったのであれば、スピカ達がきっと探しにきてくれるはず)

そう思いながらミモザは崖の上を見上げた。

(アルコル様は無事かしら……メグレズ様も、危ない目にあっていなければいいのだけど……)

アリオトは他の場所にも同じような魔物が出たと言っていた。無事に避難してくれていたらいい。

助けに現れるアルコルの姿を想像して、すぐにそれはないと、頭を振って考えをを打ち消す。王族であるアルコルが危険な魔物の出現した森の中に留《とど》まっているわけがない。きっと早々にメグレズや教師達によって安全な場所へ避難させられているだろう。

(勝手に期待してしまって……駄目ね……)

昔、アルカイドに叩《たた》かれそうになった時も、学園でミザール達に責められていた時も、いつもアルコルはミモザを助けてくれた。優しい心に何度救われたか知れない。ずっと助けられてきたからといって、無意識に縋《すが》ろうとする自分に、それはいけないことだと言い聞かせる。

それに、咄嗟《とっさ》のこととはいえ、先ほどスピカ達の前で能力を使ってしまった。高位の魔物を数秒でも抑えておけるだけの魔法をミモザが使えると知られてしまった。あの時、力を使ったことに関しては後悔していないけれど、これからのことを考えると心配ばかりが募っていく。

(もし……私の能力が知られて軽蔑されたら……)

アルコルに疎まれ、遠ざけられる自分の姿を思い浮かべたミモザは、ズキリと胸に痛みを覚えた。

(どうして……?)

婚約者に選ばれたくなかったはずなのに。死なないために距離を置いて、いつか本当に好きになった人と幸せになれるよう応援していたはずなのに。いつの間にか根づいた感情が心を大きく占めていて、それに気づいてミモザは俯いて唇を噛《か》んだ。

『いいミモザ、道に迷った時はその場を動かないのが一番いいけれど、人生に迷った時は自分の心のままに従っていいのよ』

街へお忍びで行った時、アリアとはぐれ道に迷った母が言っていた。今思えば大人なのに迷子になってしまったので何か良いことを言って誤魔化《ごまか》そうとしただけなのかもしれなかったが、今のミモザにはその言葉がすとんと胸に落ちた。

これからどうしていくのか、現状はすでにゲームのシナリオからは逸脱してきている。

シナリオから外れるために一番わかりやすい目標がアルコルから遠ざかることだったが、それが今の自分にとって望むことかと言われると言葉が出ない。

アルコルはミモザにとって大切な人だ。メグレズも、アクルも、スピカだって。皆と離れたくない気持ちのほうが大きい。この先ミモザがこの場所にい続けたいと望むなら、この能力のことを彼らに打ち明けなければいけないだろう。

(それでも……もし受け入れてもらえなかったら……)

暗くなってきた森に風が吹いて葉擦れの音が鳴った。きっと不安になっているから悪いほうへ考えてしまうのだ。弱気になってはいけないと、沈む想いを打ち切ってミモザは自分の頬を両手で軽く叩いて、現状をどうにかできないかと別の思考へ切り替える。

「動けないとしても……せめて居場所を知らせる方法があれば……」

狼煙《のろし》でも上げたいところだが、まず火種がないし熾《おこ》すような道具も持ち合わせていない。

「やっぱり五属性の魔法が使えないのは不便ね……」

闇魔法は珍しい魔法で能力も振り切れているが、サバイバルには向かないようだ。家を出て冒険者になったとしてもこれでは大変だろうと、ミモザが頭を悩ませた時、近くで茂みを掻《か》き分けるような音がした。

「っ……」

人にしては小さなその物音にミモザは身構える。あの高位の魔物が消えたとしても、ここには低位の魔物も生息しているのを失念していた。せめてもう少し物陰に身を隠していれば良かったと、後悔する間にも物音は段々近づいてくる。

今すぐ動いたとしても、この足では逃げ切れないだろう。低位の魔物ならば暗示が効くかもしれないが、さっき消費した魔力がどれほど回復しているのかもわからない状態では心許《こころもと》ない。

(どうしよう……お願い、気づかないで……！)

祈る気持ちでミモザは身を縮め蹲《うずくま》るも、無情にも音の主はまっすぐこちらを目指し近づいてくる。

「っ……!!」

しかし、ミモザが身構えた瞬間、揺れた茂みから現れたのは見慣れた短い黒色の短い前足だった。

「よっと……あぁ、やーっと見つけた。ったく……」

「レモ、ン……?」

「だから言っただろ、お人よしも大概にしぐぇっ!?」

「レモン!!」

「ぐ……くるし、バカ、離せぇー!!」

安堵《あんど》から思わずレモンを思いきり抱きしめたミモザに、蛙《かえる》の潰れたような悲鳴を上げたレモンはジタバタと短い足でもがく。

「よかった……来てくれたのね……よかったぁあっ……!!」

「いいから一旦離せ!!　じゃないと……!!」

「……ミモザ？」

「っ⁉」

「ミモザ!!」

「アルコ……っぅ⁉」

「うぐぅう⁉」

レモンが通ってきた茂みの奥から現れたアルコルは、名前を呼ぶよりも早く駆け寄ってそのままミモザを抱きしめた。

「っ……良かった……!!　無事で……!!」

「あ、あっ……アルコル様……？」

「ミモザ……本当に……良かった」

「っ……」

ぎゅううぅ、とでも音がしそうなくらいの抱擁に、ミモザは羞恥と安堵で混乱する。

「ど、どうしてここに……！」

「探しにきた」

「魔物は？　アルコル様は、大丈夫だったのですか……？」

「魔物は消えたよ。私は他の生徒達と一緒に一度森の外へは行ったけれど……貴女《あなた》が行方不明だって聞いて……じっとしていられなかった……」

「アルコル様……」

「おい!! 俺を離してからやれぇ!!」

「苦しい！　潰れる！　そこで見つめ合うな！」と、潰されながら毛を逆立てたレモンが怒鳴る。

「み……！」

「無事を確認しただけだ」

見つめ合うという単語とその顔の近さに真っ赤になったミモザは、どうにか二人の間から抜け出した相手に「レモン！」と叱るように叫んだ。

「ったく……折角《せっかく》助けにきてやったのに！」

「ご、ごめんね……で、でもそんなこと言ったらアルコル様に失礼でしょう？」

「知るか、俺には関係ねーし！」

つーんとそっぽを向いてしまったレモンに反省の様子はなく「まったくこれだから人間は面倒《めんどう》なんだ」とかぶつぶつ言いながら、がさがさと茂みの中へ歩いていってしまった。

「レモン、どこへ……待って……」

「早くしろよ」

「ミモザ、立てる？」

「それが……足を痛めてしまったようで……」

アルコルに手を貸してもらいなんとか立ち上がるも、足がつけずによろけるのを支えてもらう。

「アルコル様、すみませんが先生を呼んできていただけないでしょうか？」

「どうして？」

「……？　歩けそうもないので……」

「私が連れて帰れば済むだろう」

「え⁉」

「はい」と背中を向けてしゃがんだアルコルにミモザは慌てて言う。

「いけません！」

「どうして？」

「どうしてって……アルコル様にそんなことをさせるわけにはいきません‼」

「たとえ短い間でも、怪我《けが》をした貴女を置いていけないよ」

それがアルコルの優しさだとしても、甘えるわけにはいかない。

「っ……それでも、婚約者でもない一令嬢が王族にその身を背負わせるなど……許されませんわ」

「私はかまわない」

「アルコル様がかまわなくても、周囲はそう思ってはくれません」

ミモザを気をかけたことで、アルコルの興味がミモザにあると誤解を生みかねないと説明しても
「それならもう手遅れな気がするけど」と、アルコルは真面目な顔で言った。

「ミモザは、そう誤解されるのは嫌？」

「わ、私の話ではなくて……」

「私は貴女を抱える役目を他の誰にも譲りたくないし、譲るつもりもない」

頑なに背に乗ろうとしないミモザに一旦立ち上がったアルコルは、ミモザに向き直ってその両手を握った。

「私にとっては誤解でもなんでもないんだ」

「アルコル様……？」

「初めて城で会ったあの日から、ずっとミモザが好きだった」

「！」

はっきりと告げられた言葉に、頭が真っ白になる。

「嫌われているとわかっていても諦められなかった。優しさにつけ込んで友人の座まで得たというのに、それだけじゃ我慢できなかった。貴女の優しいところも、意思が強いところも、情にもろくて時々危なっかしいところも全部好きだよ」

「……っ」

「貴女にとってはなんでもない言葉だったかもしれないけど、どうでもいいと自棄《やけ》になって諦めていた私に、もう一度やり直そうと思わせてくれた。あの時からずっと」

「あ……アルコル様…」

「……一人の人間として、貴女に好いてもらえるまでは言う資格もないと思って我慢してた。だから周囲に積極的に誤解されるよう動いていたのは私のほうなんだ……はっきりと自分の口で言えないくせに、狡《ずる》いことをしてごめん」

「…………」

目を伏せてミモザに謝ったアルコルに、ミモザは呆然《ぼうぜん》としながらも怒ってはいないと伝える意味で静かに首を振る。

アルコルが自分を好きだと言っている。しかも自ら気があるよう振る舞っていたと。信じられない思いでミモザはじっとアルコルの目を見た。

「ずっとそばで笑っていてほしい。けど、辛い時は我慢しないで目の前で泣いてほしい。特別なことはできないかもしれないけれど、一番に助けたいし、そばにいたいと思う。私にとって貴女がそうだったように、貴女にとっても、私がそういう存在であったらいいと思ってる」

頬が熱い。頭がぐらぐらする。足の痛みを感じなくなるほど動揺していた。

「行方不明だと聞いた時、本当に、生きた心地がしなかった……」

手を引かれて再び抱きしめられて、その胸に頭を押しつけられる。服ごしに聞こえる速い心音がその言葉が嘘《うそ》ではないことを教えていた。

「ミモザ、私の婚約者になってほしい」

「あ……」

身体《からだ》を離して、額を寄せたアルコルが告げる。

「返事はすぐにじゃなくてもいい……けど考えておいてほしい」

真っ赤になって固まってしまったミモザに苦笑したアルコルは「参ったな……本当はこんなところで言うつもりじゃなかったんだけど」と、そっとその手を離す。そして再びミモザに背を向けて屈《かが》む。

「だから誤解とか気にしなくていいから……私に貴女を助けさせてくれますか？」

「っ……」

「好きな子をこんな場所で一人にしたくないんだ」

「あ、アルコル様……」

「おんぶが嫌なら前抱きにするけど……そのほうが顔が見えるからいいな」

「お、おんぶで！　お願い……します……っ」

ぽんぽんと投げつけられる甘過ぎる言葉をこれ以上平静では聞いていられなくて、ミモザは脳内で両腕をあげて降伏した。比喩でなく本当に頭から煙が出そうだった。

そっとアルコルの肩に手をかけて体をその背に預けると、膝裏に腕が回って軽々と持ち上げられた。

急に高くなった視界に驚いて目の前の首にしがみつけば、くぐもった声がアルコルから漏れた。

「お、重いですか……？」

「あ、違うよ……しがみつかれて嬉《うれ》しかっただけ」

「な、何を言っていますのっ」

笑ってそんなことを言うアルコルにミモザの顔に再び熱が上る。

「でもこれだと顔が見えない……やっぱり前に――」

「見なくていいです！」

「だめ？」

「だめです！」

からかうような言い方をするアルコルがなんだか狡く思えて、ミモザは悔し紛れに叫んだ。けれどアルコルの耳も同じように赤くなっていることに気づいてそれ以上の言葉を失くす。

森の中だというのに、アルコルの背中はあまり揺れなかった。痩せたとは言っても、その腕も背中も逞《たくま》しくて、いつの間にか男の人なんだなと思ったら羞恥が一気に襲ってきた。乙女すぎる己の感想に追い討ちをかけられ、ミモザは思わず「うぅ」と呻き声をあげその肩に顔を埋《うず》めた。

「どうかした?」

「……何でも、ありません……」

二の句が告げなくなるのは何度目だろう。ミモザはしがみついたまま、当分戻ってきそうもない平静に向かって必死に呼び声を上げていた。


アルコルに負われて学園へ戻ったミモザは、森の入り口に待機していたスピカに抱きつかれ、わんわんと泣かれた。おまけにアリオトやアルカイドにまで涙目で無事を喜ばれ、最終的に過保護に磨きがかかったメグレズにアルコルともども医務室へ放り込まれた。

『ミモザ嬢、君はもう少し自分の身を省みたほうがいい。君が危険な目に遭えばアルは右も左も見ずにすっ飛んでいってしまう。もちろん俺だってすっ飛んでいきます。アルもアルです。いくら心配だからといって一人で飛び込んでいくのやめてくださいって言いましたよね? しかも後を追ってこられないようにあえて用事を言いつけていくのも。俺は大事な友人をこんなことで失いたくない。無茶をして何かあったらどうするんだ、死んでからでは取り返しがつかないんですよ？　こんな歩けなくなるほどの怪我をして、もう少し二人とも俺に想われて大事にされているという自覚を持って――っ』

行進曲みたいなお説教をしていたメグレズが急に言葉を途切れさせた。口を引き結んで声を詰まらせ涙をこらえたメグレズに、ぎょっとしたのはミモザだけではない。同じようにぽかんと口を開けたアルコルは、ハッとした後すぐにメグレズの手を取った。またミモザも、足を挫いていたので椅子から立ち上がることはできなかったが、アルコルと同じタイミングで、メグレズの反対の手を取った。

『す、すまない……』
『ご、ごめんなさいメグレズ様……』
『本当に、わかってるんですか……！』
『なるべく善処する……』
『なるべく気をつけますから……』
『なるべくじゃ駄目だ!!』
『メグレズ様ごめんなさい……泣かないでくださいませ……』
『メグレズ、ごめん……』

普段アルコルやミモザの前以外では表情を消していることが多いメグレズが声を詰まらせて泣き出したことに、その場にいて同じように手当てを受けていたアルカイド達も、信じられないものを見たかのように驚いていた。ミモザの膝でぐすぐすと泣いていたスピカでさえ、その衝撃に涙が引っ込んで目を丸くしてメグレズを見ていたくらいだ。

アルコルと二人で必死になってメグレズを慰めているうちに、養護教諭から動けないミモザと付き添いのスピカ以外は自室で休むように言われ、その日は解散となった。最後まで「ミモザのそばにいたい」と渋っていたアルコルも、回復したメグレズが連れ帰ってくれたので、どういう顔をしたらいいのかわからなくなっていたミモザは少しだけほっとした。

静かになった医務室で忘れていた疲労がどっとやってくる。落ち着く暇もなく次から次へ色々なことが起こって、頭も心臓も追いつかない。

椅子から移されたベッドに上半身を起こした状態で、自分の膝のあたりに突っ伏すように眠っているスピカに苦笑して、ミモザは昼間着ていたブレザーを肩にかけてやる。

『私がついてます！　お願いです、一緒にいさせてください！』

スピカはまた自分のせいでと責任を感じているのか、ずっとミモザから離れようとしなかった。それこそ王太子やドゥーベが彼女を心配して様子を見にきても「私は大丈夫だけど、怪我してない男子は禁制です」と言って医務室に頑として入れなかったくらいだから、ミモザが彼らと会わないように気を遣ってくれていたのだと思う。

自分だって恐ろしい目に遭ったというのに、こうしてミモザの心配をし、ついていてくれるのだから、やはり優しい子なんだと思う。本当に助けることができてよかった。

(スピカ達の前で力を使ってしまったけれど……良かったのよ、これで……)

誰も彼も動揺の中にいて、未だミモザの使った能力に言及されないのが救いだった。あの時、力を使わなかったらきっとスピカを助けられなかった。この温かさを失っていたかもしれなかった。すやすやと寝息を立てる横顔を見ながら、起こりえた最悪の未来の残像を打ち消す。

ミモザがそうして感慨深くスピカを眺めていると、コツコツと入り口の扉を小さく叩く音がした。養護教諭と何言か交わした人物は中へ入り、ミモザ達のいるベッドのカーテンをそっと捲《めく》った。

「あぁ、ミモザくん……起きていたか」

「先生……」

カーテンを捲って現れたのはあちこちに絆創膏《ばんそうこう》や包帯を巻いたフェクダだった。

「夜分に悪い。具合を見にきたんだけど……起きていてくれて丁度良かった。怪我はどうだい？　まだ痛むかい？」

ミモザの膝で眠るスピカを見つけたフェクダは、苦笑して声を落として言った。

「痛み止めを飲みましたから……それより、先生は大丈夫なのですか？」

「倒すのにちょっと手間取ったからね……君達のところにはガーゴイルが出たんだって？　いくらアルカイドくん達とスピカくんがいたと言ったって、君達だけでよく助かったよ……本当に、良かった」

「救援に行けなくてすまなかった」と頭を下げたフェクダに、ミモザは首を振る。腕も足も、顔だってあちこちガーゼで覆われ、服もあちこち破れているし頭上のゴーグルは罅《ひび》が入り一部が欠けていた。満身創痍《そうい》とでもいうべき姿に、フェクダ達の前に現れたという魔物の姿を見ずとも、その凶悪さを思い知らされた気分だった。

「やっぱり、あんな魔物が出るのは異常なことなんでしょうか？」

「そうだね……あの森では今まで高位の魔物の存在は確認されていないし、たとえいたとしても同日の同時刻に出現するなんて、どう考えてもおかしい」

「冥王が関係しているのでしょうか？」

「そうかもしれないね……スピカくんが浄化して回っているけれど、一向に改善の兆しが見えないのは、それを上回る勢いで穢《けが》れが溢《あふ》れてきているからかもしれない」

「………………」

ミモザとてこの演習で何かが起こるだろうと予測はしていたものの、こんなにひどいことになるとは思っていなかった。メグレズの言うとおり、死んでしまったらどうにもならない。本当にあの魔物を目の前にしてこうして生きていられたのは運が良かったのだ。

悪魔は人心を操りそそのかすことくらいしかできないのだと思っていた。人間を滅ぼすつもりの相手に対して、警戒不足だったと反省せざるをえない。

「そういえば……あれからドゥーベくんとは話す機会があったかい？」

「ドゥーベ様ですか……？　いえ特に……スピカから話は聞いていますけれど……」

先ほどもスピカに追い返されていた話をしたら、フェクダも「スピカくん、強いねぇ」と笑っていた。けれどすぐその笑みを引っ込めて、言い辛そうに顔を顰め口を開いた。

「ミモザくん、ドゥーベくんに気をつけたほうがいい」

「え……」

真剣な表情で呟《つぶや》いたフェクダを見上げる。

「どうして？　彼が何か……？」

「西の魔物と戦っている間、彼もその場にいたんだ。魔物の力が強くて、俺達教師が数人いてもなかなか倒すことができなかった。そんな時、東側でも魔物が出現してスピカくん達が襲われているという連絡を受けた。いくらアルカイドくんとアリオトくんがいるとはいえ、ガーゴイル相手に勝つのは……正直、生き残るのすら難しいと思った」

だからドゥーベに東側へ行くように言ったのだとフェクダは話す。

「スピカくんが危ない、そう言ったら目の色を変えたように急に彼の魔力が膨れ上がった」

「膨れ上がった……」

「うん、おそらくスピカくんが危険だと聞いて無意識に魔力を爆発的に練り上げたんだと思う」

「…………」

「彼はその練り上げた魔力で魔物に強力な一撃を浴びせ、すぐに君達のところへ走り出した。その一撃で致命傷を負った魔物は残った俺達ですぐに倒すことができるほどの攻撃だったんだ。それだけで彼の力がどれだけ強大かわかるけど……それ以上に、その魔力が大きすぎて……普通は人間じゃあれほど大きな魔力は内包できない……」

「それは……どういうことですか……？」

「わからない」

ドゥーベがが元々魔力量の多い特殊な体質をしているのか、外的要因があったのか。はたまた騎士としての力なのかは現時点ではわからない。

「以前の鑑定ではそこまでの異常値は出ていなかったはずだし……どれも推測の域を出ないけど、彼はその力の出力をスピカくんの存在に傾倒している気がするんだ」

「スピカに？」

「スピカくんが危険だと教えるまでは彼も我々と同じように苦戦を強いられていたんだよ。それがたった一言であんなに爆発的に魔力が膨れ上がるなんて……心因的なものに大きく作用されるとするならば……スピカくんが傷つけられた時、彼はその力を暴発させる可能性がある」

「………」

フェクダの話にミモザは思わず眠るスピカに視線を移した。

『あんたがやったのか!!』

あの時、スピカを害したのではないかとミモザに詰め寄ったドゥーベの表情を思い出した。王太子やメラクは怒りよりも軽蔑の意思が強かった気がするが、ドゥーベだけはその顔に誰よりも強い怒りを浮かべていたように思う。

「ミモザくんは今一番スピカくんに近いと言える。もちろんそれは今のスピカくんにとっては良いことだろうけれど、それをドゥーベくんがどう思うかはわからない」

「……彼はスピカと一緒にいる私を今後疎ましく思う可能性があると？」

「この間みたいな誤解が起きないとは言い切れない、可能性の一つとして考えられるよね。見ていて彼はどうやらスピカくんのことになると周囲が見えなくなるというか……盲目的になる傾向があるようだから、注意だけはしていたほうがいいだろうな。まぁ……老婆心だと思って」

「わかりました……」

「彼の魔力について俺ももうちょっと詳しく調べてみるよ」と言ったフェクダに、ミモザは神妙に頷《うなず》く。ドゥーベが発揮した膨大な魔力が何なのか不安の残るところではあったが、スピカが大事に想っている幼馴染《おさななじ》みを必要以上に避けたり不用意に疑うこともしたくはない。

「あぁそうだ、ミモザくん。皆の前で能力を使ったかい?」

「……はい」

「やっぱりか……アリオトくん達から君が一時魔物を抑えたって聞いたから、もしかしたらって思ったんだけど……」

「あ、あの……アリオトさん達はやはり気づいてしまったでしょうか……?」

「……そんなに心配しなくて大丈夫だよ」

よほど悲壮な顔をしていたらしい。フェクダはミモザの頭をぽんぽんと撫《な》で微笑《ほほえ》む。

「アルカイドくんもアリオトくんも、君の魔法が聞いていたものより高度なものだと察したようだったが、把握できるほどの状況じゃなかっただろう。一応ミモザくんの能力は魔法省で研究中で守秘義務があるから口外しないようにって口止めしておいた」

「そうですか……すみません、スピカには……」

「スピカくんは多分わかってないと思うよ。魔法を学び始めて日が浅いし、いい意味でも悪い意味でも純粋だ」

「そうですか……」

「気にし過ぎるな……って言っても無理かもしれないけど、少なくともスピカくんの命を救うために魔物の前に立ちはだかった君のことを、彼らは悪く言ったりしないと思うよ」

「はい……」

話を終えたフェクダが退室した後、ミモザも布団に倒れて医務室の白い天井を見上げた。

(疲れた……)

今日は本当に色々あった一日だと思う。ゲームのイベントである野外演習。スピカと仲良くなれたこと。アリオトからの意外な感謝。アルカイドの後悔。シナリオよりも強大な魔物の出現とその強さ。自分の力が及ばなかった悔しさと追い詰められる恐怖。一人遭難した心細さ。そしてアルコルからの。

「っ……」

思い出して、誰に見られるわけではないけれど布団を頭の天辺まで引き上げて己の赤くなった顔を覆い隠した。

(初めて会った時から……あのお茶会の時からずっと……?)

ミモザはアルコルの行動次第で距離を置くつもりでいた。友人だと言いながら、死にたくないから、婚約者に選ばれたくないから、しかるべき時が来たら離れようと思っていた薄情な人間だった。

それなのに助けを勝手に期待して、その言葉に喜びを覚えるほど、気づけば心に居場所を作ってしまっていた。

アルコルの手は少し震えていた。真剣に想いを伝えてくれたのだということは疑いようもない。

『もし、この先貴女が立ち止まってしまうほど心を揺らがせることに遭遇したのなら、たくさん悩みなさい。相手のためにも、自分のためにも。たとえ前に進んでいないように思えても、そうやって悩んだことは全部、貴女を作る欠片になるから』

この先もずっと、あの笑顔の先にいるのが自分ならいいのにと思ってしまった。手を振り返してもいいのだと信じたかった。

頬が熱い。頭の中も心の中もうるさくて胸が苦しい。膨れ上がった想いを溜《た》めておけずに大きく息をつく。

嬉しい、と感じてしまっている時点でもう手遅れだ。死亡フラグだからと言い訳をしながら、その実遠ざかることもせず、温かな現状に甘んじていた。このままではいけないと思うくせに、嫌われるのが怖くて本当のことが言い出せない。自分がひどく狡い人間に思えた。

「お母様……」

言葉と一緒に思い起こした母の姿に慰められたような気がしたミモザは、寄る眠気に身を任せるように瞼《まぶた》を閉じた。

湿気を帯びた風がカーテンを揺らした。これから更に暑さは増すだろう。季節は着実に進んでいる。

書き下ろし番外編

「原材料は赤い糸」

その日、学園寮に小さな爆発音が響いた。

内部からの圧に耐え切れず、力尽きたように開いたオーブンの蓋。飛び散った甘い匂いのする黒い物体。もうもうと上がる黒煙。爆風で逆さまに転がった銀色のボウルは、くわんくわんと何度か音を立てて回った後動かなくなった。

「…………」

目の前に広がる惨状と、それを作り出したのが自身であるというショックで、ミモザは両手で顔を覆って共同キッチンの床にがっくりと膝をついた。

暦の上では春と言っても、まだまだ寒さの残るこの時期。王都は甘い匂いと可愛《かわい》らしい装飾で一杯になる。バレンタインが近いからだ。

恋人や夫婦で愛を確かめ合う日とされているこの日は、例年男性から女性に花束やカードをプレゼントするのが定番とされていた。しかし最近では女性が意中の男性にチョコレートを贈って愛を告白したり、友達同士で贈り合って楽しんだりと、多様化してきていた。

菓子や贈り物を扱う商人達の思惑もあるのだろうが、行事に背中を押してもらいたい人間もたくさんいるという証拠だろう。かくいうミモザもその一人であった。

毎年この日、ミモザはアルコルから花束を貰《もら》っていた。婚約者ではないけれど仲の良い相手には贈るものだからと、感謝の言葉が書かれたカードが添えられた、両手に納まるくらいの小さな可愛い花束を。

なのでミモザも、毎年カードをつけてアルコルへお菓子を贈っていた。もちろんお菓子は既製品に限っている。理由は目の前の惨状を見れば語らずともわかるだろう。項垂《うなだ》れたまま息を吐いたミモザは、爆発霧散したチョコレートケーキだったものを集めて拭いた。

昔、一度だけ手作りに挑戦したことがある。絶対に失敗したくなかったから、溶かして型に入れるだけの簡単なレシピを選んだはずなのに、手際が悪かったのか、温度が悪かったのか、理由はわからないが失敗した。

目の前で毒見の人の歯を砕いた異常な硬さのチョコレートを見て、ミモザは泣いた。外聞も忘れて大泣きするミモザを慰めたアルコルは「こうすれば食べられるよ」と、ホットミルクにそのチョコレートを溶かし込んで混ぜた。

『おいしいよ』

ゆっくり輪郭を失っていくチョコレートが白に混じっていく様を呆然《ぼうぜん》と見ていたミモザは、アルコルの言葉に再び涙をこぼした。どうしようもない失敗を優しい思い出に変えてくれたアルコルは、ミモザにとっても大事な人だ。

だからこそ、二度と手作りなど渡すまいと、あの時誓ったのだ。

ようやく片づけを終えたミモザはキッチンを後にとぼとぼと自室へ戻る。何故《なぜ》今になって過去の誓いを破ろうと思ったのか。それには理由があった。

きっかけは、数日前にアルコルの爪に泥が入っているのを見つけたことだ。何かしたのかと聞いたらアルコルは「何でもないよ」と教えてくれなかったが、後にメグレズの口から理由が判明した。

『あの花束の花は、全部アルが自分で育てているものですよ』

それを聞いた時の衝撃といったらなかった。「毎年？　まさか、今までの全部？」と、聞き返すミモザに、メグレズは黙って頷《うなず》いた。

『毎日かかさず世話をしています。……ちなみに、温室の赤い花もそうですよ』

思わず自分の髪に手をやったミモザを見て、メグレズは目を細めて小さく笑った。

アルコルが花の世話をしているなんて全然知らなかった。自分への花束にその花が使われていることも。

ミモザは嬉しさと同時に不安に襲われた。知らなかったとはいえ、ずっと特別なものをくれていたアルコルへのお返しが、本当に既製品で良いのか、と。

数日考えたミモザは、「やっぱり手作りにしよう！」と奮起したが、その結果が現状だった。

「はぁ……」

無意識に漏れるため息を止める術《すべ》が見つからず、ミモザはたどり着いた自室のベッドに倒れ込んだ。せめてお菓子作りが得意なアクルがいてくれたらと思うが、そのためだけに学園へ呼び出すわけにはいかない。

うつ伏せのまま顔だけ横に向けると、テーブルの上に刺しかけの刺繍《ししゅう》が見えた。前にアルコルに贈ると約束した、刺し始めたばかりのハンカチだった。

「刺繍……」

はっとしたミモザは身体《からだ》を起こす。

刺繍ならミモザにもできる。頭の中に図案を思い描きながらミモザは針を手に取った。


そして迎えた当日。

綺麗に包装した包みを持ち、緊張しながら登校したミモザは、朝の時点で既に出鼻を挫《くじ》かれていた。

「殿下っ、あのこれ！」

「受け取ってください！」

校舎の手前で見かけたアルコルは、女子生徒に囲まれてとても近づける状態ではなかった。困惑しながら応対していたアルコルは、少し離れた場所に立ちすくむミモザに気づかなかった。メグレズもまた同じ人垣の中にいたため声をかけることもできず。ミモザは諦めて自分の教室へ向かった。

窓際の机に座り、ぼんやりと机の上に置いたままの鞄《かばん》の縫い目を眺める。先ほど見かけた女子生徒達の手に握られていたのは可愛らしいラッピングの包みばかりだった。

あの一つ一つには彼女達の想いが詰まっていて。そして、どれもミモザの失敗作とは比べようもない出来栄えのものばかりなのだろう。

そう考えると胸が痛くてたまらない。授業が開始されても、朝見た光景が忘れられず、ミモザはずっとうわの空で過ごした。

放課後になっても、勇気を挫かれてしまっていたミモザは、一人庭の隅のベンチに腰掛けて手の中の包みを眺めた。コートは着ているものの腰かけた木板は冷たく、容赦なく体温を奪っていく。クリーム色の包装紙にかけられた碧《あお》色のリボンに目を落とし、何度目かわからないため息をついた。

今頃アルコルはどうしているのだろう。あの中の誰かといるのかな。嫌だな。

自分でも驚くほど勝手な感情にミモザは唇を噛《か》んで俯いた。

「……サザンクロス嬢？」

一瞬、アルコルかと思う声が頭上からかけられ、ミモザは勢いよく顔をあげる。しかし、そこにいたのは別人だった。

「王太子様……」

「具合が悪いのか？」

心配そうに眉を寄せた相手は、ミモザの前に膝をついて屈《かが》み顔を覗《のぞ》く。その仕草がアルコルと同じで、面影を重ねて無意識に涙腺がゆるむ。涙を浮かべたミモザにぎょっとしたミザールは「使って」と、自分のハンカチを差し出した。

「ど、うした、何か、あったのか？」

「違います。すみません……違うんです」

ミモザの様子に動揺したミザールだったが、すぐに落ち着きを取り戻し「隣に座っても？」と切り出した。緊張しながらも頷いたミモザは俯いて言葉をさ迷わせる。

ミザールと話すのはあの一件以来で、ミモザと同じように相手も少し緊張しているのがわかった。

ミザールは上着を着ておらず、ベルトで束ねた教科書を持っていることからも、偶然通りかかってミモザを見つけたのだろう。

「本当に、具合が悪いわけではないんだな？」

「はい。少し……落ち込んでいただけで……」

言葉にして初めて、あぁ自分は落ち込んでいたのかと気づく。

「アルは一緒じゃないのか？」

「……今日はたくさん周りに人がいらっしゃいましたから」

「今日……あー……」

ミモザの言葉で何か察したミザールは「私でよければ話を聞くが――」と言いかけて、その後に苦笑して言葉を変える。

「君はアルのほうがいいだろうな」

「……？」

「話しかけた時、私をアルだと思ったんだろう？」

「私だと気づいてがっかりしていたみたいだから」と言い当てられて、気まずさから思わず黙り込むミモザに、ミザールは優し気に微笑《ほほえ》んだ後、真面目な顔をして「あの時は、本当にすまなかった」と言った。

「も、もう謝罪はいただいています！」

「そうだな。本当に、私が言えたことじゃないんだが……アルは君のような友人を得られて良かったと思う」

「！」

「アルが君のことを大事に想うのは、先に君がアルを大事にしてくれたからなんだろうな」

ミザールの言葉の意味を考えながら、じっとその顔を見つめていると、ざぁっと強い風が吹いた。

「っ」

「葉が――」

風で舞い上がった落ち葉が髪についてしまったのだろう。取ってくれようとしたミザールの腕が、こちらに向かって伸ばされる。

「触らないでくれますか」

しかしその腕は、硬質な声と二人の間から伸ばされたもう一つの腕によって阻まれた。

「アルコル様っ……」

「兄上、ミモザに何か用ですか？」

「……通りかかって、話をしていただけだ」

「じゃあ何でミモザは泣いたんですか」

怒りを湛《たた》えたアルコルの声に、はっとして自分の目元を触る。涙はないがきっと赤くなっていたのだろうと気づいて、慌てて言い訳をする。

「違います、アルコル様。誤解です！」

「………」

「本当です！　私がここで落ち込んでいたのを、たまたま通りかかった王太子様が見つけて、話を聞いてくれていただけです！」

ミモザの必死な様子に誤解だったと気づいたアルコルは、ばつが悪そうにしながらもきちんとミザールに謝罪した。しかし、その表情は険しいままだった。

「アルコル様……？」

「どうして、落ち込んでたの？」

「そ、れは……」

こちらに向き直ったアルコルに詰め寄られて、ミモザは答えに窮する。

「私には……言えないこと？」

本当のことを言えずミモザが黙り込んでいると、傷ついたような表情でアルコルも口を結んで黙ってしまった。

「……アル、お前今まで何をしていたんだ？」

ミモザ達の様子を見かねたらしいミザールが口を開く。

「ミモザを探していました」

「どうして見失った？」

「どうしてって……人に囲まれてそれで……」

ミザールに返事をしながら、思い当たった節にアルコルは兄を見返した。

見ていたわけでもないミザールのほぼ当たっている推測に、居たたまれなくなったミモザは立ち上がって「用事を思い出したので失礼します！」と駆け出した。

「待って！　っ、兄上、失礼します！」

苦笑して手を振るミザールに言葉をかけながら、アルコルがミモザを追ってくるのがわかった。頬にあたる風が冷たい。白い息を吐きながら庭園の垣根を一つ曲がったところで、ミモザはすぐにアルコルに捕まった。

「ミモザ、待って」

「っ……」

後ろから抱きしめられて動きを止めたミモザは、持っていた包みを思わず両手で胸に抱える。

「冷た……いつから外にいたんだ……！」

熱を移すように制服のマントごと包まれて、完全に逃げ場を失ったミモザは赤い顔で俯く。

「ミモザ」

「…………」

だんまりを貫くミモザに「落ち込んでたのは私が原因？」と、アルコルが聞く。

「……違います」

「そっか……」

どこかしょんぼりしたアルコルが「私のせいなら良かったのに」と抱きしめる腕に力を込める。肩に顔を埋《うず》められる感触がして、頬に当たった金糸の髪に肩が小さく跳ねた。

「私は嫉妬した」

「！」

はっきり嫉妬したと言われて、ミモザは赤面して顔をそろりとアルコルのほうへ向ける。前髪で表情は見えなかったが「やっと見つけたと思ったら兄上と一緒にいて」と、くぐもった声が聞こえた。

「誤解だったけど、貴女《あなた》は泣いているし……兄上は良くて、私には話してくれないのかと思ったら、余計に面白くなかった」

「あ、アルコル様……」

「……確かに今日は色々な人に声をかけられたけど、誰からも、何も受け取ってない。むしろ名前を呼ばれるたびに貴女かと期待して何度がっかりしたか……」

アルコルの言葉に動揺したミモザは胸に抱いた包みをぎゅっと強く握る。心臓がひどくうるさい。冷たかった頬が今は熱くてどうしようもないくらいに。力を込め過ぎた腕の中から、くしゃりと包装が崩れる音がした。

「貴女も同じだったって自惚《うぬぼ》れても――」

「あぁ!?」

咄嗟《とっさ》に目の前に持ち上げた包みを確認すれば、見事なまでにリボンは潰れ、包装紙はくしゃくしゃによれていた。

「……それ、私に？」

ミモザが突然上げた奇声に驚いて言葉を途切れさせたアルコルは、すぐに立ち直って、ひしゃげて潰れたリボンの上から包みごとミモザの手を握った。

「開けていい？」

「だ、だめです！」

見た目はとても人にあげられるようなものではなくなっていた。焦って首を振るミモザに、アルコルは「どうしても欲しい」と何度も懇願する。相手の表情に弱い自分が拒否できるはずもなく、数回の攻防の末、諦めたミモザは頷く。

アルコルの反応を見るのが怖くて、自分の前に回されたアルコルの腕に両手を添えて視線を下に落とした。包装紙を開けたアルコルが中に入っていたハンカチを開く。

「チョコレートの刺繍？」

「刺繍なら……歯は折れませんから」

恥ずかしさと情けなさで自棄《やけ》っぱちにミモザが言うと、アルコルはきょとんとした後、ぶはっと大きく噴き出して笑った。「笑わないでください」とむくれたミモザに「だって、ずっと気にしてたんだって思ったら、なんか可愛くて」とアルコルは更に追い討ちをかける。

「嬉《うれ》しい」

ハンカチの刺繍に口づけを落として呟《つぶや》いたアルコルに、ミモザは再度赤面して口を噤《つぐ》む。

「私も、貴女に渡すものがあるんだ」

「風邪を引くから、中へ入ろう」と、ミモザの手を引くアルコルに、ミモザも意を決して口を開く。

「お花、いつも育ててくれてたんですね」

「……誰から聞いたの？」

耳を赤くして「メグレズめ……」と、恥ずかしそうに顔を顰《しか》めた相手にミモザも笑う。

「重いって思われそうだから黙ってたのに……」

「ふふ……っ……」

「笑わないでよ」

「さっきの仕返しです」

まだ自分の気持ちを素直に口にするのは難しい。握られた手から熱が移るみたいに、気持ちも伝わればいいのにと思った。

ミモザが笑うのをやめないため、アルコルはむくれて「重いついでに言うけど」と、顔を背けながら言った。

「本数にも意味があるから」

「え？　そうなのですか？」

「知らなかったです」と、素直に感心したミモザはまだ知らなかった。その夜、アルコルからもらった十一本の赤いチューリップの花束を前に、軽い気持ちで意味を調べて、真っ赤になった顔を両手に埋めて絶句する羽目になることを。

あとがき

二〇一九年五月一九日。はじめて小説家になろうのサイトに投稿した日にちです。早いものでもう四年近くが経ってしまいました。ラノベを読むのが大好きで、自分でも書きたくなってはじめた自分が読みたいだけの話が、こうして目に見える形で世に出るということが未だに信じられない気持ちです。自分の書いた小説が本になるって、すごく珍しい人生の実績解除したみたいじゃないですか。

編集作業をさせて頂くにあたって、自分の筆力が趣味の域でしかないことを痛感したのと同時に、未熟だった文章が補修され良くなっていくのが見えて、貴重な経験をさせてもらっているなと感じました。日々の仕事に追われながらの作業でしたが、一生に一度のことだと思って尽力したつもりです。

小説家になろうのサイトでたくさん感想を下さった読者様、貴方がたの声でどれだけ救われたか。ど素人の私に一から書籍化の流れや編集に関わって下さった編集者様をはじめとする出版社の方々、感謝の念が尽きません。そして今の私を形作ってくれた両親と、今を支えてくれている家族に感謝を。

拙い物語ではありますが、誰かの「本棚に残しておきたい一冊」になれればいいなと思いながらあとがきを終えたいと思います。ありがとうございました。

お母《かあ》様《さま》の言《い》うとおり！

初出……「お母様の言うとおり！」
小説投稿サイト「小説家になろう」で掲載

2023年5月5日　初版発行

【　著　　者　】 ふみ
【 イ ラ ス ト 】 黒裄《くろゆき》

【　発 行 者　】 野内雅宏

【　発 行 所　】 株式会社一迅社
〒160-0022
東京都新宿区新宿3-1-13　京王新宿追分ビル5F
電話　03-5312-7432（編集）
電話　03-5312-6150（販売）

発売元：株式会社講談社（講談社・一迅社）

【印刷所・製本】 大日本印刷株式会社
【　Ｄ　Ｔ　Ｐ　】 株式会社三協美術

【　装　　幀　】 AFTERGLOW

ISBN978-4-7580-9512-9

おたよりの宛先
〒160-0022
東京都新宿区新宿3-1-13　京王新宿追分ビル5F
株式会社一迅社　ノベル編集部
ふみ先生・黒裄先生